Über die Autorinnen:

Anne Barns ist ein Pseudonym der Autorin Andrea Russo. Sie hat vor einigen Jahren ihren Beruf als Lehrerin aufgegeben, um sich ganz auf ihre Bücher konzentrieren zu können. Sie liebt Lesen, Kuchen und das Meer. Zum Schreiben zieht sie sich am liebsten auf eine Insel zurück, wenn möglich in die Nähe einer guten Bäckerei.

Susanne Oswald ist Bestsellerautorin – ihr Traum wurde wahr. Die gebürtige Freiburgerin liebt das Meer. Gemeinsam mit ihrem Mann am Strand spazieren zu gehen und den Abend vor dem Kamin mit Strickzeug auf dem Schoß ausklingen zu lassen, ist für sie das Schönste. Mit dem Kopf ist sie fast immer bei ihren Heldinnen und Helden, und es macht sie glücklich, ihre Fantasie Wirklichkeit und Buchstaben zu Geschichten werden zu lassen.

Über dieses Buch:

»Als Kind war ich oft mit meinen Großeltern unterwegs gewesen. Ich hatte die Ostsee kennengelernt, die Heide, die Nordsee, aber auch den Bayerischen Wald. Und natürlich Fenjesiel, das kleine Fischerdorf, in dem sich Oma und Opa kennen- und lieben gelernt haben. Fenjesiel. Wann war ich das letzte Mal dort gewesen? Bestimmt vor mehr als zwanzig Jahren … Spontan klappte ich das Notebook auf und suchte online eine Unterkunft. Nach nur zehn Minuten hatte ich sie gefunden, eine kleine Wohnung direkt am Hafen. Ohne zu zögern, buchte ich – bis Dienstag. Ich würde mir ein Fahrrad ausleihen, kilometerweit am Deich entlangradeln, am Meer spazieren gehen, jeden Tag Fisch essen, Krabben pulen, endlich mal wieder ein Buch lesen und die Seele baumeln lassen.«

Anne Barns & Susanne Oswald

Roman

HarperCollins

1. Auflage 2024
Originalausgabe
© 2024 by HarperCollins in der
Verlagsgruppe HarperCollins Deutschland GmbH, Hamburg
Umschlaggestaltung von Lisa Höfner, buxdesign, München
unter Verwendung von Motiven von Adobe Stock und Plainpicture
(Plainpicture / Bildhuset / Jerker Andersson)
Gesetzt aus der Stempel Garamond
von GGP Media GmbH, Pößneck
Druck und Bindung von GGP Media GmbH, Pößneck
Printed in Germany
ISBN 978-3-365-00865-2
www.harpercollins.de

PROLOG

Nora saß auf dem Bug des kleinen Ruderbootes und spürte das sanfte Schaukeln des Wassers unter sich. Ein leichter Sommerwind strich ihr durch das Haar, während die Sonne golden über dem Dollart glänzte. Ihr Großvater saß am Heck und zog die Ruderdollen durch das klare Wasser.

Plötzlich hörte er auf zu rudern und ließ das Boot langsam treiben. Nora sah ihn erwartungsvoll an. Ihr Großvater schmunzelte. »Habe ich dir schon die Geschichte von der versunkenen Stadt erzählt?«, fragte er.

»Nein, hast du nicht!« Nora sah auf das Wasser. »Hier? Unter uns?«

Er nickte. »Vor vielen, vielen Jahren lebten hier Menschen in einer prächtigen Stadt namens Torum. Sie hatten sieben Goldschmiede, waren sehr reich und aßen mit goldenen Löffeln von goldenen Tellern. Es gab drei Kirchen und drei Türme. Sie waren so schön, dass die Menschen die Zeit vergaßen, wenn sie sie ansahen. Aber dann …« Er zuckte bedauernd mit den Schultern. »Die Leute in der Stadt waren vom Reichtum geblendet. Sie waren eitel und dachten nur an sich selbst. Bis …«

»Was? Erzähl weiter, Opa. Was ist mit der Stadt passiert?«, fragte Nora.

Ihr Großvater beugte sich etwas näher zu ihr und flüsterte geheimnisvoll: »Eines Tages wurde der Himmel schwarz und ein Sturm fegte über das Land hinweg. Der Wind brachte eine große Flut mit sich, die Torum verschlang. Die ganze Stadt versank im Wasser und wurde zu einem verborgenen Schatz. Kaum etwas erinnert noch daran. Doch manchmal hört man hier am Dollart noch etwas Besonderes.«

Nora sah ihren Großvater mit großen Augen an. »Was kann man hören, Opa?«

Ihr Großvater lächelte geheimnisvoll und fuhr fort: »Es heißt, dass die Glocken der versunkenen Stadt manchmal läuten. Wenn das Wasser ruhig ist und der Wind sanft darüber streicht, dann, so erzählen die Fischer, hören sie in der Tiefe des Wassers den fernen Klang der Glocken. Und bei klarem Wetter kann man auf dem Meeresgrund die Dächer der Türme und einige Häuser sehen.« Er legte den Finger auf die Lippen. »Psst!«

Nora wagte kaum zu atmen. Still saß sie neben ihrem Großvater und lauschte. Doch alles, was sie hörte, war das leise Plätschern der Wellen.

Sie beugte sich über den Bootsrand und schaute mit zusammengekniffenen Augen aufs Wasser. Es war grau und trüb. »Da ist nichts«, sagte sie enttäuscht. »Bist du sicher,

Opa, dass es die Stadt gibt?« Sie sah ihn skeptisch an. »Oder ist das nur eine deiner erfundenen Geschichten?«

Ihr Großvater nahm ihre Hand und sagte ernst: »Ja, Nora, Torum hat es wirklich gegeben. Aber selbst wenn nicht, die Geschichten und unsere Fantasie sind wie ein Schatz, den wir in unseren Herzen tragen.«

Nora überlegte einen Moment. »Du hast es also doch erfunden!«

Der Großvater schüttelte den Kopf, und mit einem Lächeln im Gesicht griff er in den Rucksack, den er bei sich trug, und holte einen kleinen Löffel heraus. Er war golden und glänzte im Sonnenlicht. »Wenn man sehr viel Glück hat, findet man hin und wieder einen Beweis dafür, dass die Stadt wirklich existiert hat.«

KAPITEL 1

Anneke

Von draußen drang Möwenkreischen zu mir ins Zimmer. Aus der Ferne hörte ich dunkles Tuckern und Stampfen, dazwischen knappe Rufe. Ein Motor brummte, dumpfes Hämmern erklang. Der Hafen erwachte. Ich hatte das Bild vor Augen, wie der erste Kutter sich zum Auslaufen bereit machte.

Ich schlug die Augen auf. Der Morgen dämmerte.

Eine kurze Weile lag ich still da, starrte an die Decke und lauschte den Geräuschen. Sie waren mir seit meiner Geburt vertraut, denn ich war genau hier, in diesem Haus, direkt an der Ostfriesischen Küste mit Möwenkreischen, Kuttertuckern und Meeresrauschen als Begleitmusik geboren. Zumindest hatte Papa es mir immer genau so erzählt.

Wie gern hätte ich diesen kleinen Moment zwischen Schlaf und Wachsein festgehalten. Diesen Bruchteil einer Sekunde, in der die Welt noch in Ordnung und alles gut zu sein schien. Doch schon mit dem nächsten Atemzug war die trügerische Leichtigkeit vorbei.

Nichts war in Ordnung und meine Welt nicht mehr so, wie ich sie kannte. Sie würde nie mehr so sein. Wie Blei legte sich die Wahrheit über mich und drohte mich zu erdrücken.

War es wirklich erst acht Wochen her, dass meine Eltern diesen schrecklichen Unfall gehabt hatten? Erst sechs Wochen, seit wir sie beerdigt hatten?

Die kleine Kirche war bis auf den letzten Platz belegt gewesen, ganz hinten hatten sogar ein paar Leute dem Trauergottesdienst stehend beiwohnen müssen. Meine Eltern waren beliebt gewesen in Fenjesiel. Wertvolle Mitglieder unserer Gemeinde hatte der Pfarrer sie genannt. Freunde und Bekannte hatten sich zuerst in der Kirche und dann auf unserem kleinen Friedhof versammelt, um Peter und Sabine zu verabschieden und mir an diesem Tag beizustehen. Und doch hatte ich mich mitten zwischen all den Menschen so allein gefühlt wie noch nie.

Wie in Trance hatte ich die Umarmungen und das Händeschütteln über mich ergehen lassen. Ich hatte mich bedankt, genickt, einzelne Worte und kurze Sätze gewechselt, ohne zu begreifen, was eigentlich gesprochen wurde. Ich hatte so neben mir gestanden, dass ich nicht einmal geweint hatte – erst nachts, als ich im Bett gelegen und die Stille des leeren Hauses in meinen Ohren gedröhnt hatte, waren die Tränen geflossen.

Bei Kaffee und Kuchen hatten die Leute nach der Beerdigung Geschichten erzählt und so die Erinnerung an Peter und Sabine noch einmal lebendig werden lassen.

Die Lütte, die einmal samt ihrem Cockerspaniel im Hafenbecken gelandet war. Peter, der beim Boßeln nach einigen Schnäpsen statt der Kugel versehentlich mit viel Schwung sein Handy geworfen hatte. Die beiden frisch verliebten Teenager beim Maitanz, als der Pfarrer sie knutschend hinter der Kirche erwischt und ihnen die Ohren lang gezogen hatte. Sie erinnerten an die Hochzeit der beiden und wie es gewesen war, als sie das Haushaltswarengeschäft von Mamas Eltern übernommen hatten und in die kleine Wohnung über dem Laden gezogen waren. Das Haus, in dem ich geboren worden war, hatten sie erst gekauft, als Mama mit mir schwanger gewesen war.

Irgendwann hatten sich die Fenjesieler die Kuchenkrümel aus den Mundwinkeln gewischt, einen letzten Schnaps auf das Wohl der Gegangenen gekippt und waren in ihre eigenen Leben und in ihren Alltag zurückgekehrt. Nur ich nicht. Ich hatte kein eigenes Leben mehr. Keinen Alltag.

Es fühlte sich an, als sei das alles erst gestern gewesen. Acht Wochen, und ich hatte noch immer keine Idee, wie es weitergehen sollte.

Mit der rechten Hand tastete ich nach meinem Handy und aktivierte den Bildschirm. Es war kurz vor sechs. Schlafen würde ich nicht mehr können, also schlug ich die Decke zurück und schwang meine Beine über die Bettkante. Als ich zum Fenster hinausblickte, sah ich, dass ein strahlend schöner Spätsommertag anbrach. Ich atmete tief durch und fasste einen Entschluss. Ich hatte jetzt lange genug in Schockstarre verharrt. Es war an der Zeit, mein Leben wieder in die Hand zu nehmen. Heute würde ich entscheiden, wie es weitergehen sollte.

Barfuß tapste ich ins Bad. Nach einer ausgiebigen Dusche schlüpfte ich in Bluejeans und meinen Lieblingsringelpullover. Bevor ich die Wollsocken über die Füße streifte, hielt ich sie in Händen und strich sanft über die Maschen. Mama hatte sie mir gestrickt. Ohne Schnickschnack. Ein kurzes Bündchen und den Rest glatt rechts.

»Mach doch mal was mit Muster«, hatte ich ihr immer wieder vorgeschlagen. »Zöpfe, Lace oder Fair Isle.«

Aber Mama hatte jedes Mal den Kopf geschüttelt und abgewunken. »Firlefanz kostet nur Zeit und Nerven. Es genügt doch, wenn eine in der Familie mit Nadeln zaubern kann«, hatte sie immer geantwortet und mir ein anerkennendes Küsschen auf die Wange gedrückt.

Sie war stolz auf ihre talentierte Tochter, das hatte sie bei jeder Gelegenheit betont.

»Außerdem sollen die Dinger keinen Schönheitswettbewerb gewinnen, sondern deine Füße warmhalten, Annekind«, hatte sie dann immer hinterhergeschoben.

Sie hatte mich immer Annekind genannt, und ich hatte mich immer geärgert, weil ich wollte, dass sie mich als Erwachsene sah und nicht als Kind. Wie gern würde ich ihr Annekind jetzt noch einmal hören.

Mama hatte immer vor dem Fernseher gestrickt. In einem Affentempo waren die Maschen von einer Nadel auf die andere geflogen. Eine Socke an zwei Abenden. Wenn ein spannender Film im Fernsehen lief, hatte sie auch mal eine Socke an einem Abend geschafft. Je aufregender der Film war, desto hektischer hatten Mamas Nadeln geklappert.

Ich lächelte bei der Erinnerung daran.

Oft hatten wir zusammen auf dem Sofa gesessen und gestrickt. Mama ihre Stinos, wie sie ihre stinknormalen Socken genannt hatte, und ich Tücher, Pullover, Jacken und andere hübsche Dinge. Bei mir gab es immer Schnickschnack. Im Gegensatz zu Mama liebte ich schwierige Muster und Herausforderungen.

Obwohl ich viele meiner fertigen Arbeiten an Freunde verschenkte, hatte ich selbst auch schon eine ansehnliche Sammlung von Stricksachen. Ich war seit Jahren die beste Kundin im Fenjesieler Woll-Laden *Tante Erna*. Dort gab es eine reiche Auswahl an besonderen Garnen, die mein Herz höherschlagen ließen und die Lust weckten, etwas daraus zu stricken. Meist kamen die Ideen, während ich die Knäuel streichelte und bewunderte. Und so verließ ich das Geschäft eigentlich nie ohne reichlich Beute. Seit ich dieses Hobby in der vierten Klasse der Grundschule für mich entdeckt hatte, machte Stricken mich glücklich.

Besonders toll fand ich es, wenn es herausfordernd war. Wenn mein Gehirn und meine Finger sich vor Anstrengung zu verknoten drohten und sich dabei unter meinen Händen ein edles Stück entwickelte, dann schüttete mein Körper Glückshormone aus. Nach meiner Überzeugung war es gerade der Schnickschnack, der das Leben schmückte und die Seele streichelte.

Socken hatte ich seit Jahren keine gestrickt. Vielleicht sollte ich damit anfangen? Ich könnte Stinos stricken und dabei an Mama denken.

Das war ein schöner Plan, ich freute mich schon darauf. Ich nahm mir vor, gleich nachher bei *Tante Erna* reinzuschauen und passende Wolle auszusuchen. Ab zehn war der Laden geöffnet – und das sieben Tage die Woche.

Jeden Tag von zehn Uhr, bis der Sandmann kommt – so stand es auf der Tafel neben der Eingangstür. Und genau so hielt Erna es tatsächlich. Erst wenn sie abends müde wurde, schloss sie das Geschäft und schleppte sich die Treppe nach oben. Ihre Wohnung nutzte sie während der Saison nur zum Schlafen und Duschen. Erna lebte quasi in ihrem Wollgeschäft. Im Hinterzimmer hatte sie eine kleine Küche, das genügte ihr.

Ich zog mich fertig an, schnappte mir ein leichtes Tuch und die Jacke und verließ das Haus. Bis Erna öffnete, dauerte es noch ein paar Stunden, doch die Zeit wollte ich nutzen. Ein Spaziergang würde mir ganz sicher guttun.

Gedankenverloren stand ich auf das Geländer gelehnt am Sieltor, mit Blick auf den Hafen, und sah den Wellen zu, die mit leisem Plätschern gegen die Kaimauer schwappten. Die Flut hatte den Höchststand fast erreicht. Ein paar kleine Boote schaukelten leicht auf dem Wasser, in ein paar Stunden würden sie wieder trocken liegen.

Der Lauf der Zeit, das Auf und Ab des Lebens – hier am Meer war es greifbar und in seiner Unvergänglichkeit auch immer wieder irgendwie tröstend für mich. Hier trafen sich Vergangenheit und Zukunft und nahmen mich in der Gegenwart in den Arm – genau so hatte ich es Mama einmal erklärt, ich musste fünfzehn oder sechzehn gewesen sein und hatte damals gerade den geballten Weltschmerz auf meinen Schultern gefühlt. Erwachsen zu werden war nicht einfach gewesen, aber am Meer zu leben hatte mir dabei geholfen, meinen inneren Frieden wieder-zufinden. Damals. Ich hoffte darauf, dass es auch heute wieder so sein würde. Noch war die Wunde zu frisch, der Schmerz zu laut.

Ich hatte einen langen Spaziergang gemacht und dabei versucht, mir über die Zukunft klar zu werden und meinen Vorsatz vom Morgen in die Tat umzusetzen. Ich musste dringend entscheiden, wie es weitergehen sollte. Doch so einfach, wie es sich kurz nach dem Aufwachen angefühlt hatte, war es nicht. Ich war verzweifelt. Sosehr ich es mir wünschte, ich fand einfach keine Antwort.

Sollte ich beruflich umschwenken und das Geschäft meiner Eltern weiterführen? Oder bei dem neuen Arzt anfragen, ob er mich anstellen wollte? Ich war zwar Kran-kenschwester, hatte aber sechs Jahre als Arzthelferin gut mit Doktor Petersen zusammengearbeitet, bis er vor zwei Monaten – kurz vor dem Unfall meiner Eltern – die Pra-xis aus Altersgründen geschlossen hatte. Den Gerüchten nach sollte demnächst ein neuer Hausarzt die im Moment leer stehende Praxis übernehmen. Als ich vor ein paar Ta-gen bei Bente und Bente in der Buchhandlung gewesen war, hatte Matta mir erzählt, dass Doktor Paul Sievers aus dem Krankenhaus aus Leer nach Fenjesiel wechseln würde. Mehr hatte sie aber nicht gewusst.

»Vielleicht ist er ja Junggeselle, dann schnappst du ihn dir, Anneke«, hatte sie noch hinterhergeschoben und mir vielsagend zugezwinkert. Natürlich lautstark wie immer, sodass Bente im Büro und vermutlich halb Fenjesiel es gehört hatten. Ich hatte nur die Augen verdreht und war ohne Buch gegangen.

Matta war schwerhörig und weigerte sich, ihr Hörgerät zu tragen. Deshalb sprach sie immer viel zu laut. Aber dass Fenjesiel mich gern verkuppeln würde, war auch kein Geheimnis. Seit ich Hennrik vor bald einem Jahr verlassen hatte, waren alle der Meinung, ich bräuchte wieder einen Mann. Dabei wollte ich gar keinen. Ich hatte keine Lust, mich wieder zu binden – zumindest nicht im Moment. Irgendwann vielleicht, ich würde schon merken, wenn der Zeitpunkt gekommen war. Aber Matta und die anderen glaubten mir nicht und wurden nicht müde, immer neue Verkupplungsversuche zu starten.

Vielleicht brauchte ich eine Luftveränderung? Ich könnte mich in Emden oder Leer im Krankenhaus bewerben. Krankenschwestern wurden doch immer gebraucht. Was hielt mich noch hier in Fenjesiel?

Der Wind wehte mir immer wieder die Haare ins Gesicht. Anfangs strich ich die Strähnen automatisch mit einer Hand wieder nach hinten, irgendwann ließ ich es geschehen und blickte durch den hellbraunen Vorhang meiner Locken hindurch.

Der Fenjesieler Hafen war das Herz des Ortes. Hier auf dem Platz direkt neben der Anlegestelle fand zweimal wöchentlich der Markt statt, wo Bauern, Fischer, Händler und Künstler ihre Waren feilboten. Straßenmusiker und Gaukler fanden sich auf dem Platz ein, um den Menschen ihr Können zu präsentieren, um zu unterhalten, gute Laune zu verbreiten und sich ihren Lebensunterhalt zu verdienen. Ich mochte den Hafen schon, seit ich ein kleines Kind war. Hier war immer etwas los, es gab immer etwas zu sehen, das Leben pulsierte. Wenn man jemanden treffen wollte, war der Hafen der richtige Ort.

Am Pier lagen einige Kutter, das Boot der Seenotrettung, eins der beiden Ausflugsschiffe und Jontes Hausboot. Das Bullauge war verdeckt, vermutlich schlief er noch. Er machte oft die Nacht zum Tag.

Jonte war ein Weltenbummler – oder Lebenskünstler, wie er sich selbst gern nannte. Er war im Herbst vor einem Jahr in Fenjesiel angekommen. Er lebte auf seinem Hausboot, an dem er seit Monaten schraubte, hämmerte und erneuerte. Wenn er Geld brauchte, schnappte er sich seine Gitarre, setzte sich auf den Marktplatz und spielte Musik.

Ich mochte Jonte. Er war immer gut gelaunt und erzählte spannend und unterhaltsam von seinen Reiseerlebnissen. Wir hatten schon manchen Abend in gemütlicher Runde im *Alten Fährmann* verbracht.

Bevor Jonte das heruntergekommene Hausboot gekauft und damit bei uns im Hafen gelandet war, hatte er mit einem Boot die Welt umsegelt – zumindest, wenn seine Erzählungen kein Seemannsgarn waren. Manche Storys waren so wild, dass ich mir nicht sicher war.

Mein Blick fiel auf den Fischer mit Mütze auf dem Kopf und Pfeife im Mundwinkel, der neben mir am Geländer lehnte und wohlwollend über das Treiben zu wachen schien. Er war eine von etlichen Bronzeskulpturen, die es in Fenjesiel zu entdecken gab.

»Na, was siehst du?«, fragte ich ihn und grinste. Der olle Kerl gab mir wieder einmal keine Antwort. Ich machte mir manchmal einen Spaß daraus, mich mit den Figuren zu unterhalten, und erntete dafür durchaus verwunderte Blicke – besonders von Touristen. Aber das störte mich nicht. Die Einheimischen kannten mich und ließen mir mein Vergnügen.

Unten am Pier watschelte Fiete wie eine Ente auf seinen O-Beinen auf seinen Kutter zu. Fast konnte man den Eindruck bekommen, der alte Fischer hätte Modell gestanden für die Bronzefigur.

»Moin, Anneke«, grüßte Fiete, als er mich entdeckte. Wie immer hatte er seine Schiffermütze auf und eine Pfeife im Mundwinkel stecken – genau wie sein Bronzezwilling.

»Moin Fiete«, grüßte ich zurück. »Geht's raus?«

»Jo.«

Mehr sagte er nicht. Fiete war kein gesprächiger Typ, auch das hatte er mit seinem Doppelgänger gemeinsam. Mir war es gerade recht. Ich nickte.

»Na dann: Guten Fang«, rief ich noch und wandte ich mich wieder dem Wasser zu.

Auf dem Hausboot rührte sich etwas. Das Bullauge wurde geöffnet und Jontes blonder Strubbelkopf kam zum Vorschein. Als er mich entdeckte, lächelte er und brachte damit seine Wangengrübchen zum Vorschein.

»Das nenn ich mal eine schöne Aussicht. Moin, Anneke. Bleib, wo du bist, bin gleich bei dir.«

Schon verschwand der Kopf, und das Bullauge wurde geschlossen. Ein paar Minuten später tauchte Jonte an der Luke auf. Behände kletterte er an Deck, sprang von Bord und stand Sekunden später auch schon neben mir. Sportlich war er, das konnte man nicht leugnen.

»Na, alles klar?«, fragte er gut gelaunt.

»Eher trüb wie die Nordsee nach Sturm«, rutschte es mir heraus, bevor ich nachdenken konnte. Verflixt. Das hatte ich nicht sagen wollen. Schnell zwang ich mich zu einem Lächeln. »Ich muss aufräumen«, schob ich hinterher. Ich hatte keine Lust, mit Jonte über meine Sorgen zu sprechen. Er würde meine Gefühle und Überlegungen garantiert nicht verstehen. Ich hatte Verantwortung, etwas, was er abgeschüttelt hatte.

War ich etwa neidisch auf Jontes Leichtigkeit? Der Gedanke schoss mir unerwartet durch den Kopf. Ich musterte mein Gegenüber. Strahlend blaue Augen, blonde Locken, die in alle Richtungen abstanden, und Lippen, die immer ein wenig zu lächeln schienen. Jonte strahlte Lebensfreude und Leichtigkeit aus. Unwillkürlich dachte ich an mich selbst. An das Bild, das ich heute Morgen im Spiegel gesehen hatte. Traurigkeit und Schwere. Als würde eine dunkle Wolke um mich herumwabern. Ich hatte in den letzten Wochen all meine Leichtigkeit und mein Lachen verloren. Das musste ich wiederfinden.

Schluss jetzt! Energisch gab ich mir den Befehl und straffte die Schultern.

»Tut mir leid, Jonte, aber ich muss los«, sagte ich und hob die Hand zum Gruß.

»Ich dachte, wir gehen einen Kaffee trinken«, versuchte Jonte mich aufzuhalten.

»Sorry, keine Zeit.« Schon sprang ich die Treppe zum Anleger hinunter.

Ich hatte mir heute Morgen versprochen, mich endlich zu entscheiden, und genau das würde ich jetzt auch tun. Ich wollte nur noch eben die Sockenwolle besorgen und dann in den Laden gehen. Beim Gedanken daran fühlte ich ein Flattern im Bauch. Seit dem Unfall war ich nicht mehr dort gewesen, ich musste mich dem jetzt stellen. Es gab keine andere Möglichkeit.

Der Fischkutter tuckerte Richtung offenes Gewässer. Ich sah Fiete am Steuer stehen. Dann lenkte ich meine Schritte vom Pier weg in die Hafenstraße, wo nicht nur *Tante Erna*, sondern hundert Meter weiter auch das Haushaltswarengeschäft *Sperling* lag.

Intuitiv wusste ich, dass ich dort im Geschäft meiner Eltern die Antwort finden würde, die ich so dringend suchte.

KAPITEL 2

Nora

Plötzlich war der Sommer wieder da. Seit Ende August hatte es ununterbrochen geregnet, die Tage waren grau und viel zu kalt gewesen. Doch heute schien die Sonne, das Thermometer kletterte auf über zwanzig Grad. Die Natur hatte beschlossen, den Herbst noch etwas warten zu lassen.

Ich stand am Fenster und blickte in den Biergarten, wo Luisa gerade die Vasen mit frischen Blumen auf die Tische stellte. Die weißen Freesien, die ich im Blumenladen gekauft hatte, machten sich gut auf den lindgrünen Tischdecken. Sie sahen nicht nur hübsch aus, sie dufteten auch himmlisch.

»Wie süßer Pfeffer«, hatte die Floristin gesagt. »Ist das möglich?«

»Bei rotem Pfeffer lagern sich durch den langen Reifeprozess Zuckermoleküle im Fruchtfleisch ein«, hatte ich ihr erklärt. »Nicht zu verwechseln mit den rosa Beeren, die oft fälschlicherweise als Pfeffer bezeichnet werden, aber botanisch nicht verwandt sind.«

Sie hatte mir die Blüten unter die Nase gehalten. »Riech mal.«

»Süß und tatsächlich mit einer leichten Pfeffernote«, hatte ich bestätigt.

Ein sanftes Lächeln hatte ihre Lippen umspielt. »Freesien gelten als bedingungsloses Symbol der Liebe.«

In mir hatte der Duft noch etwas anderes ausgelöst. In den letzten Monaten waren wir im Restaurant so beschäftigt gewesen, dass ich kaum Gelegenheit gehabt hatte, innezuhalten, nachzudenken, zu mir zu kommen. Wie oft hatte ich mir vorgenommen, meine Großmutter zu besuchen. Aber ich hatte es nicht geschafft, hatte mir einfach nicht die Zeit genommen, mich zweieinhalb Stunden ins Auto zu setzen, um zu ihr zu fahren. Dann hatte mich der Blumenduft in die Vergangenheit zurückversetzt. Er erinnerte mich an das blumige Parfum meiner Oma.

Was würde sie wohl sagen, wenn sie mich jetzt sehen könnte? So gestresst war ich schon lange nicht mehr gewesen. Am Limit. Ich sehnte mich nach ihr, nach dem Tee aus frischer Minze und Honig, den sie für mich zubereitete. Nach ihren aufmunternden Worten, ihrer warmen Stimme, die in den letzten Jahren etwas brüchig geworden war. Nach ihrem fürsorglichen Blick.

Doch bevor ich mir die Zeit nehmen konnte, sie zu besuchen, mussten mein Bruder und ich uns aus dem finanziellen Schlamassel befreien, in den wir geraten waren.

Dabei hatte alles so vielversprechend angefangen. Vor zwei Jahren hatte Nils den Schritt in die Selbstständigkeit gewagt, das Restaurant übernommen, und ich hatte zugesagt, ihn zu unterstützen. Kurzerhand hatte ich meinen Job als Konditorin gekündigt, um bei ihm zu arbeiten. Statt zu backen, kochte ich oder bediente Gäste. Es lief gut an, aber dann hatte das Gesundheitsamt die Ausstattung der Küche beanstandet. Er musste investieren, um die Auflagen zu erfüllen. Nur mit Mühe konnte er die Bank überzeugen, einen weiteren Kredit zu gewähren. Als es endlich wieder aufwärtsging, zeigten sich plötzlich Schimmelflecken an den Wänden. Die längst fällige Sanierung des Daches hatte der Eigentümer immer wieder aufgeschoben. Dadurch war nach und nach Wasser ins Mauerwerk eingedrungen. Eine Sanierung war aber immer noch nicht in Sicht, obwohl der Hausbesitzer sie schon vor Wochen angekündigt hatte. So wie es aussah, stand uns nun auch noch ein Rechtsstreit bevor. Meine Nerven lagen blank und die von Nils auch. Ich musste mir wieder mehr Zeit für die Dinge nehmen, die mir wichtig waren, Spaß machten!

Ich ging in meine Küche, gab dunkle Schokolade in einen Topf, schmolz sie im Wasserbad und gab einen Schuss flüssige Sahne dazu. Vorsichtig rührte ich sie unter die glänzende Masse. Gleich würde ich sie über die kleinen Küchlein gießen, die ich vor wenigen Minuten aus dem Ofen geholt hatte. Sie waren noch lauwarm und würden himmlisch schmecken. Zusammen mit einer Kugel Vanilleeis passten sie perfekt zu dem schönen Wetter, das uns heute überrascht hatte.

Ich nahm einen flachen weißen Teller, legte ein Küchlein darauf, goss die Schokoladenmasse darüber, dachte an die Floristin und streute ein paar zerstoßene rote Pfefferkörner darauf. Auf das Eis verzichtete ich. Ich hatte keine Lust, dafür ein Stockwerk tiefer in den Kühlraum zu gehen. Ich war zu ungeduldig, wollte sofort wissen, wie meine neueste Kreation schmeckte.

Es war perfekt. Ich hatte nur die besten Zutaten verwendet. Achtundsiebzigprozentige Schokolade, echte Vanille, bester Espresso … Das Ergebnis war saftig, roch leicht bitter und schmeckte auch so. Süß, herb und herrlich schokoladig. Dazu ein Hauch Pfeffer. Unsere Gäste würden das Dessert lieben.

Ich ging mit dem Teller ins Arbeitszimmer, setzte mich an den Schreibtisch, da hörte ich plötzlich die Dielen im Flur knarren, schnelle Schritte, Nils kam.

Lächelnd drehte ich mich um. Er würde sich über das neue Dessert auf der Karte freuen.

Nils blieb in der Tür stehen. »Weißt du, wo der Lieferschein ist?«

Ich sah zum Schreibtisch. »Im Ordner.«

Er schüttelte den Kopf. »Da habe ich schon nachgesehen.« Nils kniff die Augen zusammen und hob das Kinn. »Verdammt, Nora, da ist er nicht. Wann gewöhnst du dir endlich an, die Sachen gleich wegzuräumen, damit wir nicht stundenlang danach suchen müssen?« Er schlug mit der flachen Hand gegen den Türrahmen. »So geht das nicht, so geht das wirklich nicht weiter! So können wir nicht zusammenarbeiten.«

Ich kannte ihn mein Leben lang. Gut genug, um zu wissen, dass er sich gleich wieder beruhigen würde. Er machte seinem Unmut Luft, und eine halbe Stunde später war alles vergessen. Ich ärgerte mich über meine manchmal unorganisierte Arbeitsweise, aber diesmal war ich mir sicher, dass mein Bruder sich irrte. Ich ging zu meinem Schreibtisch, öffnete den Ordner, blätterte ihn durch und fand, was ich suchte.

»Du suchst den Lieferschein? Hier ist er.«

Nils kam zu mir, stellte sich hinter mich und schaute mir über die Schulter.

»Du hast ihn bei den offenen Bestellungen abgeheftet, obwohl er erledigt ist«, stellte er fest. Seine Stimme klang gereizt. »Wie oft habe ich dir schon gesagt, dass wir ein System brauchen, dass wir …«

Ich wartete, bis er zu Ende gesprochen hatte, und erklärte: »Du hast gesagt, du willst die Getränkelieferung überprüfen, also habe ich sie zu den unerledigten Vorgängen sortiert.« Mein Blick fiel auf die Vase mit den Freesien, die ich auf die Kommode neben der Tür gestellt hatte, um ein paar Farbtupfer und den süßen Duft ins Arbeitszimmer zu bringen. »Du wirst ein paar Tage ohne mich auskommen müssen«, entschied ich spontan. »Ich werde Oma besuchen, ich muss unbedingt mal raus.«

»Was? Aber …« Er hielt inne. »Vielleicht ist das eine gute Idee. Dann können wir beide in Ruhe überlegen, wie es weitergeht. So, wie es jetzt läuft, jedenfalls nicht.«

Ich sah ihn über die Schulter an. »Haben wir ein berufliches Problem oder eins unter Geschwistern?«

»Das eine bedingt das andere, wenn wir nicht aufpassen.« Er fuhr sich durchs Haar. »Ich will nicht, dass wir uns streiten.«

Das wollte ich auch nicht. »Wir werden eine Lösung finden.«

Er nickte. »Wann fährst du? Dann frage ich Luisa, ob sie für dich einspringt. Sie hat mich neulich sowieso schon gefragt, ob sie ein paar Stunden mehr arbeiten kann. Sie übernimmt bestimmt gerne für dich.«

Die beiden mochten sich. Ein bisschen zu sehr, wie ich fand. Dass ich Luisa im Verdacht hatte, für den Fehlbestand unserer Getränke verantwortlich zu sein, behielt ich für mich. Tatsache war, dass sich jemand an unserem teuren Whisky und anderen Spirituosen vergriffen hatte. Deshalb hatte Nils auch nach der Getränkebestellung gefragt. Er verdächtigte allerdings den Fahrer des Lieferwagens oder eine der beiden Aushilfen, während ich Luisa im Visier hatte. Letzte Woche hatte ich gesehen, wie sie im Vorratsraum die Flaschen in den Regalen hin und her geschoben hatte. Um Ordnung zu schaffen, wie sie sagte, als ich sie darauf ansprach. Nachdem Nils sie auch noch dafür gelobt hatte, beschloss ich, meine Skepsis vorerst für mich zu behalten.

Ich schaute zum Fenster, hinter dem die Sonne schien. Jetzt war genau der richtige Zeitpunkt, um ein paar Tage mit Oma zu verbringen. Im Garten sitzen, selbst gemachte Limonade trinken, Apfelkuchen essen, spazieren gehen und danach den lang vermissten Pfefferminztee aus der großen blauen Henkeltasse trinken.

»Am besten so schnell wie möglich.« Ich nahm den Lieferschein aus dem Ordner und hielt ihn Nils hin.

Er griff zu. »Gut. Dann frage ich Luisa, ab wann sie dich vertreten kann.«

»Ab morgen.« Ich stand auf. »Damit ich noch etwas von dem schönen Wetter abbekomme.« Aber darum ging es mir eigentlich nicht. Ich wäre auch bei strömendem Regen gefahren, denn plötzlich wollte ich nur noch weg. Das Restaurant war von Anfang an keine gute Idee gewesen, niemals hätte ich mich darauf einlassen sollen, für meinen Bruder zu arbeiten. Ich war zwar nur seine Angestellte, aber ich teilte die volle Verantwortung mit ihm – bei schlechter Bezahlung.

Ich betrachtete das halbe Schokoladenküchlein auf meinem Teller. Der Appetit war mir vergangen. Aber nur kurz. Als Nils weg war, aß ich es auf, holte mir ein zweites und verzehrte auch das bis auf den letzten Krümel. Danach ging es mir besser.

Ich hätte Arbeit und Privatleben wenigstens räumlich trennen sollen. Aber es war zu verlockend, die Wohnung über dem Restaurant zu mieten, als sie überraschend frei wurde. Sie war schön, mit hohen Stuckdecken, alten Holzdielen und Erkern. Die Küche war klein, aber das machte nichts, denn ich benutzte meistens die des Restaurants.

Ruhe fand ich nicht. Ich wohnte hier, Nils fünf Kilometer entfernt. Im Restaurant gab es immer etwas zu tun, und es war so einfach, die Treppe runterzugehen und nach dem Rechten zu sehen, die Tische abzuwischen oder die Töpfe zu schrubben, die in der Spülmaschine nicht sauber geworden waren. Und jetzt kam auch noch der Wasserschaden dazu.

Wenn der Vermieter nicht bald etwas unternahm, bedeutete das nicht nur die Schließung des Restaurants, es würde auch einen Umzug bedeuten. Aber daran wollte ich im Moment nicht denken. Ich wollte lieber erst einmal wieder zu Kräften kommen. Wir würden einen Weg finden, da war ich mir sicher.

Ich nahm mein Handy und drückte die Kurzwahltaste für Omas Festnetzanschluss. Es war Samstag, zehn Uhr morgens. Wahrscheinlich saß sie gerade auf der Terrasse, trank eine Tasse Tee und las ein gutes Buch.

»Guten Morgen, Nora!«

Es dauerte einen Moment, bis ich begriff, dass das nicht die Stimme meiner Großmutter war, sondern die meiner Mutter.

»Hat Papa dir gesagt, dass ich hier bin? Ich habe mein Handy zu Hause vergessen.« Sie seufzte. »Das blöde Ding macht mich immer noch wahnsinnig. Entweder ist der Akku leer oder ich habe es vergessen. Jedenfalls hast du mich jetzt erreicht. Wie geht es dir? Immer noch so viel zu tun?«

Mein Gehirn arbeitete auf Hochtouren. Warum war meine Mutter bei meiner Großmutter? Und warum nahm sie an, dass ich sie sprechen wollte?

»Es ist immer noch sehr stressig«, sagte ich schließlich.

Und da fiel es mir plötzlich ein. Seit mein Großvater vor einem Jahr gestorben war, war meine Großmutter ständig unterwegs. Sie war gar nicht da. Sie hatte mir erzählt, dass sie mit ihrer Freundin Gerda in die Lüneburger Heide fuhr. Und ich hatte nicht mehr daran gedacht. »Gießt du die Blumen?«

»Ja, ich bin gerade fertig.« Meine Mutter atmete tief durch. »Ist das Wetter nicht schön?«

»Das ist es. Deshalb habe ich beschlossen, mir spontan ein paar Tage frei zu nehmen. Ich muss mal raus, was anderes sehen.«

»Mach das. Das ist eine gute Idee. Wo willst du denn hin?«

»Das weiß ich noch nicht.« Hannover kam ohne meine Oma nicht infrage.

»Fahr in die Lüneburger Heide«, schlug meine Mutter vor. »Da blüht es gerade. Oma wird Augen machen, wenn du sie damit überraschst.« Sie machte eine kleine Pause. »Oder du kommst zu uns. Dein altes Zimmer steht dir immer noch zur Verfügung.« Sie machte eine kleine bedeutungsvolle Pause. »Papa würde sich auch freuen. Du weißt, dass er das nicht so gemeint hat.«

»Doch, das hat er, Mama. Aber mach dir jetzt keine Sorgen. Dass ich so lange nicht da war, liegt wirklich nur daran, dass wir hier so viel zu tun haben. Ich komme bestimmt bald wieder. Aber jetzt brauche ich einfach mal eine Auszeit. Und dabei denke ich ehrlich gesagt nicht an mein altes Kinderzimmer.«

»Er hat dich trotz allem sehr lieb.«

Trotz allem? In den letzten zwei Jahren hatte ich meine Eltern an Heiligabend nicht besucht, weil ich die Zeit mit meinem damaligen Freund Marcello bei seiner Familie verbracht habe. Der Streit, der deswegen zwischen meinem Vater und mir ausgebrochen war, hing immer noch wie eine dunkle Wolke über uns. Ein Wort hatte das andere ergeben, und aus dem abgesagten Weihnachtsbesuch waren plötzlich Vorwürfe geworden, die mich sehr verletzt hatten. Er sei enttäuscht von mir, hatte er mir an den Kopf geworfen. Sowohl meine Berufswahl als auch die Wahl meines Freundes seien ein Griff ins Klo gewesen. Er hätte mehr von mir erwartet. Im Nachhinein war mir klar geworden, dass mich diese Aussage nur deshalb so getroffen hatte, weil ich ihm insgeheim recht gegeben hatte. Marcello war inzwischen Geschichte. Wir hatten uns nach drei Jahren getrennt, weil er sich vernachlässigt fühlte, mit meinen langen Arbeitszeiten nicht zurechtkam und eine Frau wollte, die zu Hause war, wenn er zu Hause war. Spätestens um achtzehn Uhr unter der Woche und natürlich auch am Wochenende. Ich hatte keinen Freund mehr, stritt mich mit meinem Vater und kämpfte um ein Restaurant, das nicht mir, sondern in erster Linie meinem Bruder am Herzen lag. Etwas stimmte nicht. Es war an der Zeit, mich zu fragen, wie lange ich noch an einem Traum festhalten wollte, der nicht meiner war.

»Wie gesagt, ich komme euch bald besuchen«, wiederholte ich. »Versprochen.«

»Und wo willst du hin?«

»Irgendwo ans Meer«, entschied ich spontan.

»Gute Idee. Da könnte ich ja mitkommen.«

Ich war so überrascht, dass ich einen Moment brauchte, bevor ich antwortete. »Das ist eine schöne Idee, nur würde ich lieber allein sein.« Es reichte mir, dass ich meinen Bruder fast jeden Tag um mich hatte. Da wollte ich mir nicht auch noch meine Mutter antun. Dass ich meine Zeit eigentlich mit Oma verbringen wollte, behielt ich für mich.

Sie lachte. »Keine Sorge, das war nur ein Scherz. Fahr du mal allein, das wird dir guttun.«

Ich verabschiedete mich, räumte die Küche auf und ging nach unten, um mit Nils zu reden. Er saß im Biergarten bei einer Tasse Kaffee. Mit Luisa. Die gedeckten Tische sahen bezaubernd aus, genauso wie das Lächeln, mit dem sie gerade meinen Bruder anstrahlte. Ich blieb auf der kleinen Terrasse stehen, die zum Biergarten hinter dem Haus führte.

Die beiden hatten mich noch nicht bemerkt. Ich beobachtete, wie mein Bruder sich durch das dunkle volle Haar strich, während er sich mit ihr unterhielt. Nils sah gut aus. Er war groß, sportlich, hatte markante Gesichtszüge – und Charme. Es war nur eine Frage der Zeit, bis Luisa sich in ihn verlieben würde, wenn sie es nicht schon getan hatte. Ich hoffte, Nils würde sich zurückhalten. Davon abgesehen, dass ich mir nicht sicher war, ob sie für den Getränkeschwund verantwortlich war, war sie eine zuverlässige Kraft, immer pünktlich, fleißig. Und genau sein Beuteschema, klein, zierlich, langes dunkles Haar, immer gut gelaunt …

Gerade als ich mich bemerkbar machen wollte, entdeckte sie mich. Ich ging über die kleine Treppe nach unten. Wie immer zählte ich dabei in Gedanken mit, eins, zwei, drei, vier. Wie viele Stufen war ich in den letzten Monaten hoch und wieder runter gegangen, um die Gäste zu bedienen?

Luisa winkte mir zu. »Nora! Nils hat mich gerade gefragt, ob ich für dich einspringen kann«, rief sie.

Ihr Strahlen vertiefte sich, als ich am Tisch ankam. »Das passt so was von gut gerade. Ich habe Zeit, und das Geld kann ich ganz dringend gebrauchen. Du kannst beruhigt wegfahren, ich halte hier gern bis Sonntag die Stellung.«

»Bis Sonntag?« Ich sah zu Nils. Wir hatten nicht darüber gesprochen, wie lang ich bleiben würde. Aber das wollte ich später mit ihm klären, wenn wir unter uns waren.

»Dann hast du das ganze Wochenende für dich«, sagte er.

»Das wird dir bestimmt guttun.« Luisa lächelte mich an. »Du kannst dich zu hundert Prozent auf mich verlassen.« Plötzlich wurde sie ernst. »Ich wollte sowieso noch mal mit euch beiden reden und fragen, ob wir meine Arbeitszeit nicht generell um einige Stunden erhöhen können.«

»Das sieht schlecht aus, das können wir uns momentan leider nicht leisten.« Nils schaute zerknirscht. »Aber danke für dein Angebot, wir wissen das sehr zu schätzen.«

Erleichtert atmete ich auf. Nils hatte recht, das konnten wir uns nicht leisten.

»Na gut, immerhin habe ich dann das komplette Wochenende, das hilft mir.«

So wie die Spirituosen, dachte ich und bekam ein schlechtes Gewissen. Es war nett von Luisa, dass sie für mich einsprang. Außerdem hatte ich keine Beweise.

»Schön, dann fahre ich also«, sagte ich mit fester Stimme. »Danke fürs Vertreten, Luisa.«

Sie winkte ab. »Ach was, dafür brauchst du dich doch nicht zu bedanken.« Sie hob eine Augenbraue. »Übrigens habe ich gestern die Getränkelieferscheine mal mit dem Inhalt in den Kisten verglichen. Es ist nur eine Vermutung. Aber kann es sein, dass sich der Lieferant hin und wieder bedient? Ich habe beim letzten Mal ganz genau nachgezählt. Da fehlte definitiv eine Flasche.«

Prompt machte sich das schlechte Gewissen wieder bemerkbar. So abgebrüht, dass sie selbst zugriff und dann einen anderen verdächtigte, schätzte ich sie nicht ein. Ich war urlaubsreif. Die Auszeit hatte ich bitter nötig.

KAPITEL 3

Anneke

Das Glockenspiel erklang, als ich die Tür öffnete und in den kleinen Eckladen trat. Wie immer, wenn ich bei *Tante Erna* war, spürte ich dieses glückliche Kribbeln in den Fingern. Dieser Laden war für mich das, was ein Süßigkeitengeschäft für ein Kind war. Zauber und Verführung, wohin mein Blick auch ging. In den Regalen lag so viel wundervolle Wolle, und jedes einzelne Knäuel schien nur auf mich gewartet zu haben.

Hinter dem Verkaufstresen saß Erna in ihrem Schaukelstuhl. Sie hatte ein sehr hübsches gestricktes Tuch mit einer Spitzenumrandung um ihre Schultern gelegt. Ihre Hände, die das Strickzeug mit einer angefangenen Socke hielten, lagen bewegungslos in ihrem Schoß. Ernas Mund war leicht geöffnet, die Augen geschlossen. Das Gesicht mit den unzähligen Runzeln, die von einem langen Leben voller Freude und auch voller Kummer erzählten, wurde von schlohweißen Löckchen umrahmt. Rechts über dem

Ohr hing noch ein kleiner Lockenwickler, den musste sie beim Frisieren übersehen haben.

Ich betrachtete die alte Frau liebevoll. Sie sah so friedlich aus. Als das Klingen der Türglocke endete, hörte ich Ernas leises Schnarchen.

Ich wusste, dass ihre Hüfte ihr chronische Schmerzen bereitete, im Schlaf war sie davon befreit. Deshalb gönnte ich ihr diese Auszeit von Herzen und beschloss, sie nicht aufzuwecken. Ich würde mir Wolle aussuchen und das Geld zusammen mit einem Zettel auf den Tresen legen.

Leise drehte ich mich zu dem großen Regal mit Körben voller Sockenwolle um und ließ meinen Blick über die Auslage schweifen. Die Auswahl war riesig. Alle Farben, dünne und dicke Wolle, unterschiedliche Hersteller. Sockengarn ging immer. Das hatte Erna mir verraten, als wir bei einem meiner regelmäßigen Besuche einmal über das Wollangebot und die Kundenwünsche gesprochen hatten.

Ich wählte ein vierfädiges Regia Garn in Rot und Orange mit verschiedenen Schattierungen und eines in Blauweiß, das perfekt zu meinem Ringelpullover passte. Es war ein Farbdesign, das *Line A & C Lofoten Color* hieß, und es gefiel mir ausgesprochen gut.

Mein nächster Griff ging zu dem finnischen Wollhersteller Novita. Mit deren Wolle hatte ich schon einige Tücher und einen Slipover gestrickt. Die Kollektion *Seven Brothers* war ein dickes Sockengarn mit Farben, die nicht nur meine Sockenlust anstachelten. Bestimmt könnte ich die ganz wunderbar mit einem dünnen Mohairfaden ergänzen und zu einem kuscheligen Wintertuch verarbeiten.

Schon zuckte meine Hand zum Regal neben der Sockenwolle, wo das Mohair lag. Im nächsten Moment zog ich sie jedoch energisch wieder zurück.

Ich sollte mich nicht verzetteln. Heute war ich hier, um möglichst schöne und abwechslungsreich gefärbte Sockenwolle zu kaufen. Also konzentrierte ich mich wieder auf die Knäuel, die vor mir in den Körben lagen, und ließ sie auf mich wirken. Wenn ich schon Stinos ohne Firlefanz stricken wollte, musste zumindest die Färbung ein wenig Abwechslung bringen.

Ich drehte das Knäuel, das ich gerade gegriffen hatte, in meiner Hand und warf einen Blick auf die Banderole. Die Novita hatte nur zweihundert Meter Lauflänge auf hundert Gramm – das war ein achtfädiges Garn. Das würden extra dicke Kuschelsocken werden. Vorsichtshalber nahm ich von jeder Färbung ein zweites Knäuel mit, ich war mir nicht sicher, ob eines für ein Paar reichen würde.

Zufrieden stapelte ich die Wolle zu der anderen in meinem Arm. Damit waren meine warmen Füße im nächsten Winter garantiert.

Jonte blitzte in meinen Gedanken auf. Vielleicht sollte ich ihm auch ein paar dicke Socken stricken. Der Winter auf dem Hausboot konnte bestimmt ziemlich ungemütlich werden. Zumal er mitten in der Renovierung steckte und noch lange nicht alles gedämmt war. Die Idee, Jonte mit einem kleinen Geschenk zu überraschen, gefiel mir. Ich machte anderen Menschen gern eine Freude. Kurz entschlossen suchte ich nach den Farben, von denen ich annahm, dass sie Jonte gefallen würden. Gerade als ich mich für eine Färbung in Grünschwarz entschieden hatte und die Hand danach ausstreckte, sprach Erna mich von hinten an.

»Min Deern, ik heff di gornich höört.«

Das kam so unerwartet, dass mir vor Schreck die Wolle aus der Hand fiel. Ich drehte mich um und lächelte.

»Moin Erna«, grüßte ich. »Ich wollte dich nicht stören.« Ich bückte mich, um meine Beute wieder aufzusammeln. Eines der Knäuel war unter das Regal gerollt. Es half nichts, ich musste auf die Knie. Auch so kam ich noch nicht an die Wolle heran. Erst als ich den Oberkörper tief nach vorne beugte, konnte ich meinen Arm unter das Regal schieben. Mich schauderte. Hoffentlich war da keine Spinne, flehte ich stumm, während ich nach der Wolle tastete.

»Nicht schlecht«, tönte Hinnerksens Stimme. »Den Ausblick will ich mir wohl gefallen lassen.«

Wo kam unser Postbote denn so plötzlich her? Ich hatte gar nicht mitbekommen, dass die Türglocke geläutet hatte.

»Moin Hinnerksen«, sagte ich etwas gepresst, weil ich noch immer halb unter dem Regal steckte. Über seinen Kommentar zu meinem Hinterteil ging ich großzügig hinweg, immerhin gefiel ihm, was er sah.

Nicht so dagegen Erna.

»Du oller Lustmolch«, schimpfte sie prompt und drohte Hinnerksen mit dem vom Alter gekrümmten Zeigefinger. »Hilf der Deern lieber, als dich hier so aufzuspielen wie ein dummer Gockel.«

Da war ich aber längst wieder auf den Beinen und grinste Hinnerksen an. »Leg dich lieber nicht mit Erna an«, warnte ich. »Die bringt es fertig und zieht dir die Ohren lang.«

»Dat will ik woll meinen«, schimpfte Erna und machte Anstalten, meine Idee in die Tat umzusetzen. Wenn sie aufgeregt war, verfiel Erna immer ins Plattdeutsche, obwohl sie den Touristen zuliebe meist Hochdeutsch sprach.

Hinnerksen hob den Arm, um den Angriff abzuwehren, und machte einen Schritt rückwärts. »Ihr Frauenzimmer wollt euch wohl gegen mich verbünden – das könnte euch so passen. Aber denkt dran, ich bin derjenige, der euch die Post bringt. Die wollt ihr doch wohl weiter haben, oder etwa nicht?«

Erna lachte und winkte ab. »Den Kram kannst du gleich wieder mitnehmen«, konterte sie. »Sind ja doch nur Rechnungen und Reklame.«

»Na dann, bitte schön. Vielleicht ist ja heute ein Liebesbrief dabei«, feixte Hinnerksen und drückte Erna einen Stapel Briefe und Werbung in die Hand. Dann wandte er sich an mich. »Was ist, Anneke, gehen dein hübsches Hinterteil und du mit mir Kaffee trinken?«

»Ne Hinnerksen, tut mir leid, mein Hintern hat schon andere Pläne.« Bedauernd neigte ich den Kopf und hob die Schultern. Als Hinnerksen sich theatralisch ans Herz fasste und mir zuzwinkerte, lachte ich.

»Ich versuch es wieder«, versprach er.

Da Erna keine Anstalten machte, ihm einen Kaffee oder einen Schnaps anzubieten, hob er die Hand zum Gruß und machte sich wieder auf den Weg.

»Unmöglicher Kerl«, schimpfte Erna und sah ihm mit blitzenden Augen hinterher. Die Lachfältchen in ihrem

Gesicht und das kleine Lächeln auf den Lippen straften ihre Worte Lügen und verrieten den Spaß, den sie mit dem »Unmöglichen Kerl« gehabt hatte.

So war Hinnerksen eben. Mit ihm konnte ich leicht schäkern, da ich sicher war, dass er es genau wie ich nur aus Jux und Tollerei machte und kein ernsthaftes Interesse an mir hatte.

Unser Dorfpostbote war glücklicher Junggeselle und flirtete mit allem, was nicht bei drei auf dem Deich war. Mit jungen Frauen vielleicht ein bisschen mehr, aber er machte auch vor unseren Ernas nicht halt.

»Im Herzen sind das doch alles schnieke Deerns«, hatte er einmal zu mir gesagt. »Ein paar nette Worte tun nicht weh. Das hält jung.«

Wenn Hinnerksen kam, wurde geflirtet, geklönt und gelacht. Ein Tässchen Kaffee oder ein Schnäpschen lehnte er selten ab, was zur Folge hatte, dass die letzte Post der Tagestour manchmal auch im falschen Briefkasten landete. Das nahm ihm niemand übel. Hinnerksen gehörte eben zu Fenjesiel und sorgte auf seine ganz eigene Weise dafür, dass die Menschen in Kontakt blieben.

»Socken?«, fragte Erna und riss mich damit aus meinen Gedanken. Sie musterte meine Wollauswahl.

Ich sah ebenfalls auf den Stapel Knäuel in meinem Arm und dann zu ihr und nickte. »Ich dachte mir, ich sollte wieder damit anfangen.«

Erna seufzte, ihr Blick wurde weich. Sie wusste natürlich, dass Mama die Sockenstrickerin in unserer Familie gewesen war. Aber sie sagte nichts weiter, und ich war ihr dankbar, nicht darüber sprechen zu müssen.

Während Erna die Preise zusammenrechnete, drehte ich mich noch einmal zum Sockenregal um und schnappte mir kurz entschlossen zwei weitere Knäuel in Blautönen von hell bis dunkel. Wolle fraß schließlich kein Brot, da durfte es ruhig ein bisschen mehr sein.

»Schau mal rechts, die Signature ist auch gut. Wenn du Einzelfarben nimmst, kannst du Fair-Isle-Socken stricken«, sagte Erna, nachdem sie meine Auswahl begutachtet hatte. »Dann hast du ein bisschen Abwechslung.«

Natürlich. Erna kannte mich viel zu gut. Sie wusste, was ich mochte. Ich hatte keine Lust, ihr zu erklären, weshalb ich dieses Mal keine Muster einstricken wollte, also dankte ich ihr für den Tipp und suchte mir noch drei Einzelfarben aus. Die Signature kam von den West Yorkshire Spinners – einer Kammgarnspinnerei aus England, die ich auch sehr gern mochte. Es war ein Familienunternehmen. Die Wolle wurde in England gewonnen und verarbeitet, das machte sie zu etwas Besonderem.

»Danke, Erna«, sagte ich, als sie mir die prall gefüllte Tüte mit meinem Einkauf in die Hand drückte. »Bis bald.« Ich wog die Wolle in meiner Hand und fügte hinzu: »Die nächsten Wochen bin ich wohl erst mal beschäftigt.«

Ich wollte den Laden verlassen, da hielt Erna mich zurück. »Da ist noch was, Anneke«, sagte sie und machte eine kurze Pause. Sie schien sich die nächsten Worte zurechtzulegen. Dann schüttelte sie den Kopf. »Ach, was soll's, ich sag es geradeheraus. Ich mache den Laden zu, Anneke. Wenn du noch etwas brauchst, bis Ende Oktober bin ich noch da.«

Vor Schreck blieb mir die Spucke weg. Fenjesiel ohne *Tante Erna*? Das durfte doch nicht wahr sein!

»Aber …«, setzte ich krächzend an.

Erna wehrte ab, sie wollte kein Aber hören, das zeigte sie deutlich.

»Glaube mir, ich habe mir die Entscheidung nicht leicht gemacht, aber irgendwann ist der Zeitpunkt gekommen, da muss man der Wahrheit ins Gesicht sehen. Ich bin müde, Anneke. Müde und alt. Meine Knochen wollen nicht mehr. Und dann kam vor ein paar Monaten das gute Angebot von Kalle. Ein Wink des Schicksals, wenn du mich fragst. Meine Restbestände habe ich nach Emden an das Wollgeschäft verkauft. Sie nehmen alles, was Ende Oktober nicht weg ist. Und den Laden übernimmt Kalle. Er wird alles umbauen und einen Fischverkauf eröffnen.«

Fisch statt Wolle? Ausgerechnet Fisch? Ich war zwar waschechte Ostfriesin und mit Fischerei aufgewachsen, aber ich mochte keinen Fisch. Nicht einmal Kibbeling. Außerdem konnte man Fisch nicht stricken und nicht mit ihm kuscheln.

»Das tut mir leid, Erna«, sagte ich schließlich, da Erna mich erwartungsvoll ansah. »Das *Tante Erna* wird mir sehr fehlen. Nicht nur wegen der Wolle.«

Es schnürte mir den Hals zu. Ich blinzelte eine Träne aus dem Augenwinkel. Ernas Neuigkeit hatte mich kalt erwischt, und ich spürte Panik in mir aufsteigen. In meinen Ohren rauschte es. Ich kannte das schon. Es war mir nach dem Unfall meiner Eltern ein paarmal passiert. Kalter Schweiß, rasender Puls, Rauschen in den Ohren, Schwindel …

Einatmen, ausatmen. Einatmen, ausatmen. Ich musste mich zwingen, stand kurz davor, die Fassung zu verlieren. Nach ein paar Atemzügen hatte ich mich wieder unter Kontrolle. Nur mein Herz klopfte noch wild. Ich wollte mich nicht länger unterhalten. Diese Neuigkeit musste ich erst einmal verdauen. »Also gut, Erna, ich will dann mal. Wir sehen uns auf jeden Fall noch, bevor du schließt. Ich wünsch dir einen schönen Tag.«

Schwungvoll zog ich die Ladentür auf und trat ins Freie.

Nur ein paar Meter, dann hatte ich mein Ziel erreicht. Mein Herz klopfte mir bis in den Hals, als ich vor dem Haushaltswarengeschäft meiner Eltern stand.

Ich starrte auf das Schaufenster. *Haushaltswaren Sperling – Töpfe, Pfannen, Geschirr und allerlei Tüddelkram –* stand in grünen Buchstaben dort. Neben dem Wort Sperling klebte ein Spatzenbild. Meine Füße wollten mich wegtragen. Alles in mir wehrte sich, den Laden zu betreten. Aber ich musste es tun. Ich musste mich endlich der Situation stellen. Entschlossen steckte ich den Schlüssel ins Schloss, zog die Tür auf und trat ein, bevor ich es mir wieder anders überlegen konnte.

Als ich Mamas Schürze am Haken sah, konnte ich die Tränen nicht mehr zurückhalten. Langsam ging ich die Gänge entlang. Töpfe und Pfannen, Küchenmaschinen, Teller, Tassen, Schüsseln und Besteck. Die Masse der Waren drohte mich zu erschlagen. Von vielem hatte ich keine Ahnung, wozu es überhaupt verwendet wurde, und es interessierte mich auch nicht. Aber Mama hatte es geliebt. Das war ihr Leben gewesen. Sie hatte immer wieder versucht, die Leidenschaft dafür in mir zu wecken. Aber ich hatte nie einen Bezug zu dem Geschäft gehabt. Wieso auch? Ich kochte nur, wenn es sich nicht vermeiden ließ. Was Menschen so glücklich machte, wenn sie stundenlang in der Küche standen und schnippelten, brutzelten und rührten, erschloss sich mir nicht. Fünf Stunden Arbeit, und in zehn Minuten war alles verputzt. Das Verhältnis passte für mich nicht. Dafür kannte ich mich prima mit dem Sortiment an Tiefkühlkuchen im hiesigen Supermarkt aus. Da gab es sehr leckere Sachen – ganz ohne dass ich hinterher die Küche oder den Backofen putzen musste.

Ich blieb stehen und versuchte mir vorzustellen, wie es wäre, tagein, tagaus hier zu sein. Wollte ich den Rest meines Lebens zwischen Schüsseln und Schneebesen verbringen und Kunden über die perfekte Pfannenbeschichtung informieren? Ich schauderte und rieb mir über die Arme, um die Gänsehaut wieder loszuwerden. Das war so gar nicht meine Welt. Einen Schneebesen nutzte ich allenfalls, um Puddingpulver ohne Klümpchen in die heiße Milch zu rühren. Oft genug klappte selbst das nicht, aber das war okay. Pudding konnte man schließlich auch mit Klümpchen essen. Eines stand fest: Kochen und Backen gehörte eindeutig nicht zu meinen Leidenschaften. Hier im Geschäft wurde mir das mit aller Deutlichkeit bewusst.

Abgesehen von meinen persönlichen Befindlichkeiten war der Laden schon lange keine Goldgrube mehr. Die Nachfrage war in den letzten Jahren stetig gesunken. Stammkunden waren weggestorben, neue nicht hinterhergekommen. Obwohl ihnen die Immobilie gehörte, hatten Mama und Papa immer öfter mit spitzem Bleistift kalkulieren müssen. Es war Mama gewesen, die an dem Geschäft festgehalten hatte. Wäre es nach Papa gegangen, wäre *Haushaltswaren Sperling* vielleicht längst Geschichte und eine Gastronomie hier drin. Wie sollte ich, ohne Mamas Herzblut, den Kampf gegen rote Zahlen und die übermächtige Konkurrenz aus dem Internet aufnehmen? Allein der Gedanke daran bereitete mir Magenschmerzen. Ich konnte nicht in die Fußstapfen meiner Eltern treten, es würde mich unglücklich machen.

Kaum hatte ich diesen Gedanken zugelassen, fühlte ich mich schlagartig besser. Ich wusste aber dennoch nicht, wie es weitergehen würde. Was sollte mit dem Haus geschehen? Verkaufen oder verpachten? Sollte ich mich als Arzthelferin bei dem neuen Arzt bewerben und in Fenjesiel bleiben oder ganz neu anfangen? Ich könnte als Krankenschwester in einem Krankenhaus arbeiten. Vielleicht in Emden oder in Hamburg. Meine Fantasie schlug Purzelbäume. Vielleicht sollte ich mich für die Krankenstation auf einem Kreuzfahrtschiff bewerben und auf diese Weise etwas von der Welt sehen. Der Gedanke ließ meinen Puls schneller schlagen. Was für ein verrückter und für mich untypischer Gedanke. Und was für ein Wunder, dass es mich tatsächlich reizte. Ob ich diesen Schritt wirklich wagen würde, ob es tatsächlich das war, was mich glücklich machen würde, konnte ich gerade nicht beurteilen. Aber immerhin wusste ich jetzt, was ich nicht wollte. Und das fühlte sich gut an.

Ich beschloss, den Laden noch einmal für eine kurze Zeit zu öffnen und einen Räumungsverkauf zu starten. Das würde Kapital in die Kasse schwemmen und mir die Freiheit geben, mir bei der Entscheidung Zeit zu lassen.

KAPITEL 4

Nora

Irgendwo ans Meer. Ich betrachtete das Foto an meiner Pinnwand, das Oma vor zwei Jahren gemacht hatte. Es zeigte mich neben meinem Großvater auf einer Holzbank sitzend. Wir trugen beide eine Kappe mit dem Emblem seines Lieblingsfußballvereins Bayern München. Über die Hosen hatten wir Kniestrümpfe gezogen, die Kragen der Jacken hochgeschlagen. Wir strahlten um die Wette. Ich, weil ich einen Steinpilz gefunden hatte, dessen Hut so groß war wie ein Kuchenteller und den ich in die Kamera hielt. Mein Großvater, weil er es liebte, mit seinen Enkelkindern durch den Wald zu streifen und Pilze zu suchen. Und ich liebte es auch. Jedes Jahr wartete ich auf seinen Anruf, freute mich auf den aufgeregten Klang seiner Stimme, wenn er fragte: »Was machst du morgen, Nora? Die ersten Sommersteinpilze wollen von uns gefunden werden.« Die Zeit dafür hatte ich mir immer genommen, sie war mir heilig. Mindestens einmal im Jahr ging ich mit Oma und Opa auf Pilz-suche.

Unsere Beute, wie mein Opa unsere Funde nannte, hatten wir noch am selben Tag verarbeitet. In der Pfanne mit etwas Olivenöl, Zwiebeln, Pfeffer und Salz angebraten. Dazu gab es selbst gemachte Semmelknödel oder bissfest gekochte Bandnudeln. Wenn wir besonders erfolgreich waren, und das waren wir oft, denn er kannte die besten Stellen im Wald, schnitten wir die Pilze in dünne Scheiben, fädelten sie auf eine Schnur, trockneten sie ab und füllten sie in hübsche Gläser. Im Restaurant wurden sie nicht verwendet, sie wanderten nur in die Töpfe unserer privaten Küche.

Ob ich vielleicht doch in die Heide fahren sollte? Ich war mir sicher, dass Oma dort schon auf der Suche nach Pilzen durch die Wälder streifte. Nass war es in den letzten Wochen genug gewesen.

Arme Gerda, sie wäre bestimmt lieber irgendwo nach Mallorca geflogen, um faul in der Sonne zu liegen. Aber Oma hatte etwas gegen Flugzeuge, und außerdem war sie sehr aktiv, sie musste sich bewegen. Als Kind war ich oft mit meinen Großeltern unterwegs gewesen. Ich hatte die Ostsee kennengelernt, die Heide, die Nordsee, aber auch den Bayerischen Wald. Und natürlich Fenjesiel, das kleine Fischerdorf, in dem sich Oma und Opa kennen- und lieben gelernt haben.

Fenjesiel. Wann war ich das letzte Mal dort gewesen? Bestimmt vor mehr als zwanzig Jahren …

Spontan klappte ich das Notebook auf und suchte online eine Unterkunft. Nach nur zehn Minuten hatte ich sie gefunden, eine kleine Wohnung direkt am Hafen. Ohne zu zögern, buchte ich – bis Dienstag. Ich würde mir ein Fahrrad ausleihen, kilometerweit am Deich entlangradeln, am Meer spazieren gehen, jeden Tag Fisch essen, Krabben pulen, endlich mal wieder ein Buch lesen und die Seele baumeln lassen.

In diesem Moment kam Nils mit einem Schokoladenkuchen auf dem Teller ins Arbeitszimmer.

»Lecker.«

»Finde ich auch.« Ich klappte das Notebook zu. »Oma ist nicht da. Ich habe ganz vergessen, dass sie selbst Urlaub macht. Sie ist mit Gerda in der Heide. Ich fahre nach Fenjesiel, gerade habe ich eine kleine Ferienwohnung gebucht.«

Nils verschluckte sich am Kuchen und musste husten. »Du hast was?«

»Eine kleine Ferienwohnung gebucht«, wiederholte ich. »Wieso, wo ist das Problem?«

»Wow, du lässt es dir also gut gehen. Du kannst es dir ja leisten.«

Es lief immer auf das Gleiche hinaus. Nils warf mir vor, dass ich mich nicht überreden ließ, das Restaurant als gleichberechtigte Partnerin zu übernehmen, und er das finanzielle Risiko allein trug.

Unser Großvater hatte, als wir noch Kinder waren, eine kleine Lebensversicherung abgeschlossen und uns als Begünstigte für den Fall seines Todes eingesetzt. Ich hatte das Geld bis jetzt nicht angerührt und auch nicht ins Restaurant gesteckt wie Nils. Ich hatte Opa versprochen, es für mich zu verwenden. Nils wusste das. Trotzdem meldete sich sofort mein schlechtes Gewissen, wie immer, wenn das Thema aufkam.

»Ich kann ja versuchen, die Wohnung abzusagen«, schlug ich vor. »Dann bleibe ich hier und wir sparen doppelt. Die Miete – und Luisas Gehalt.«

»Puh!« Er fuhr sich durch die Haare. »Nein, fahr! Wie gesagt, ein bisschen Abstand wird uns beiden guttun. Vorhin kam eine kurzfristige Anfrage für Montag wegen einer Doppelbuchung für eine Party. Eigentlich wollte ich ablehnen, aber ich denke, ich sage doch zu. Vierzig Leute. Das bringt Geld.«

Ein Doppelname würde gut zu mir passen, dachte ich, nachdem Nils schlecht gelaunt den Raum verlassen hatte. Nora Schlechtes-Gewissen-Brinkmann. Ich hatte die Wohnung bis Dienstag gebucht, ohne vorher noch einmal mit Nils gesprochen zu haben. Er würde die vierzig Leute nicht ohne mich schaffen. Er brauchte mich den ganzen Tag für die Vorbereitungen und Luisa zusätzlich für die Abendstunden. Ich klappte das Notebook wieder auf und schrieb eine Nachricht an die Vermieterin, dass ich Sonntagabend, spätestens Montagmorgen wieder abreisen würde.

Am nächsten Morgen hatte sich Nils wieder beruhigt. Sein »Viel Spaß« zum Abschied klang echt. Er umarmte mich. »Tut mir leid wegen gestern.«

»Ich liebe dich auch«, sagte ich und zog meinen Reisetrolley zum Auto, fest entschlossen, die Zeit in Fenjesiel zu genießen.

Am Auto angekommen, drehte ich mich noch einmal

zum Restaurant um. Ich bemerkte, dass das Schild über der Eingangstür schief hing, aber ich widerstand dem Impuls, zurückzugehen.

Auf der A31 war wie erwartet wenig Verkehr. Ich kam gut voran.

Gerade als ich überlegte, eine Kaffeepause einzulegen, traf eine Nachricht auf meinem Handy ein. Sie war von Nils, wie ich an dem für seine Nummer typischen Piepton erkannte. An der nächsten Raststätte hielt ich an.

Mit einem großen Becher und einer Tüte Weingummi saß ich kurze Zeit später draußen auf einer Bank und las Nils' Nachricht.

> *Wo hast du den Lieferschein hingelegt? Er ist*
> *WIEDER nicht im Ordner.*

Ich widerstand dem Impuls, meinen Bruder darauf hinzuweisen, dass ein bisschen Freundlichkeit besser zu ihm passen würde, und antwortete sachlich:

> *Du hattest ihn zuletzt. Als du mit Luisa im Bier-*
> *garten gesessen hast.*

Nils war online, die beiden Häkchen verfärbten sich, er hatte die Nachricht gelesen. Eine Antwort kam nicht. Er war sofort wieder offline und blieb es, während ich meinen Kaffee trank.

»Idiot!« Ich stieg ins Auto, schaltete das Handy auf lautlos und verstaute es tief in meiner Tasche, damit ich während der Weiterfahrt nicht auf die Idee kam, einen

Blick darauf zu werfen. In den nächsten Tagen wollte ich das Restaurant hinter mir lassen.

Eineinhalb Stunden später war das Weingummi aufgebraucht und ich war da. Im Schritttempo fuhr ich in den kleinen Ort Fenjesiel. Das Kopfsteinpflaster holperte unter meinen Rädern. Ich fuhr an flachen, rot geklinkerten Häusern vorbei, über eine kleine Brücke, bog rechts ab und hielt direkt vor dem Haus, das für die nächste Zeit meine Bleibe sein sollte. »Meerhuus«, sagte ich laut zu mir selbst. Die Lage war genial. Von hier aus hatte ich einen direkten Blick auf den kleinen Sielhafen, in dem bunte Kutter auf dem Wasser schaukelten.

Ich stieg aus, streckte mich und hielt mein Gesicht mit geschlossenen Augen einen Moment lang der Sonne entgegen. Ihre Strahlen wärmten meine Haut – und meine Seele. Ich war da, ich war wirklich in Fenjesiel. In diesem kleinen Dorf hatten sich Oma und Opa ineinander verliebt. Jahre später verbrachten wir hier glückliche Urlaube miteinander. Gleich würde ich ein Foto vom Hafen machen und es Oma schicken. Aber zuerst wollte ich mein Gepäck in die Wohnung bringen. Die Vermieterin hatte mir einen Code für den Safe im Hof gegeben, in dem ich den Schlüssel finden sollte. Ich drückte das Holztor auf, und kurz darauf öffnete sich die Tür zu »Koje Nr. 6«.

Überrascht blieb ich direkt vor der Eingangstür stehen. Die Fotos auf der Website hatten mir schon sehr gut gefallen. Aber in Wirklichkeit sah die Wohnung noch viel schöner aus. Sie war nur fünfundzwanzig Quadratmeter groß, aber sie hatte alles, was ich brauchte. Eine Küchenzeile, um Kaffee zu kochen oder auch mal ein Spiegelei zu braten, eine gemütliche Essecke, einen Lesesessel, ein modernes Bad. Das Beste aber war der Schlafplatz in der gemütlichen Koje, einem in die Wand eingelassenen Bett. Mit den leichten weißen Vorhängen als Sichtschutz, der blau gemusterten Bettwäsche und den vier kleinen blau-weißen Bildern an der Wand, die wie überdimensionale Kacheln aussahen, wirkte es friesisch gemütlich. Und es war sehr gemütlich, wie ich feststellte, als ich mich mit dem Hintern darauf fallen ließ und ein paar Mal auf und ab wippte. Hier konnte ich es aushalten.

Ich holte mein Gepäck aus dem Auto, beschloss, es später auszupacken, und ging zum Hafen. Dort machte ich ein Foto von den hübschen bunten Kuttern, schrieb *Wo bin ich?* und schickte die Nachricht zusammen mit dem Foto an Oma.

Nils hatte sich nicht mehr gemeldet. Trotzdem schickte ich auch ihm das Foto. Er sollte wissen, dass ich gut angekommen war. Und auch meinen Eltern gab ich Bescheid.

Gerade als ich zurückgehen wollte, hörte ich Gitarrenklänge und kurz darauf eine Männerstimme. Ich blickte auf die Kutter, von denen einer wohl keiner war. Es sah eher aus wie ein in die Jahre gekommenes Hausboot. Die Farbe, einst Weiß, jetzt schmutzig Graugrün, blätterte ab. An der Reling war ein Stück abgebrochen.

An Deck stand ein Mann mit zerzausten blonden Haaren. Er blickte zu mir auf und sang leicht kratzig, aber sehr melodisch: »Weil ich dich liebe, immer noch und immer mehr. Weil ich dich brauche …«

Ich verkniff mir das Mitsingen, obwohl ich den Text auswendig kannte. Aber es fehlte mir an musikalischem Talent, es tat sogar mir weh, wenn ich mich singen hörte.

Der Mann beendete sein Ständchen und schenkte mir ein herzliches Lächeln. »Moin, schöne Frau.«

Ich mochte seine tiefe Stimme. »Moin.«

Der Urlaub fing gut an.

KAPITEL 5

Anneke

Mit dem Wissen, nicht für immer im Laden stehen zu müssen, machten die Verkaufsvorbereitungen sogar beinahe Spaß. Ich würde als Verkäuferin sicher meine Frau stehen. Zumindest solange keine Kunden mit Fachfragen bei mir Rat suchten. Bei der Hälfte der Sachen, die sich in den Regalen befanden, wusste ich nicht einmal, wozu sie gebraucht wurden. Und ich verstand den Sinn hinter den vielen unterschiedlichen Ausführungen nicht.

Wieso um Himmels willen musste es so viele verschiedene Pfannen geben? Wer brauchte solch eine Auswahl? Eine große und eine kleine Pfanne ließ ich mir ja noch gefallen. Allein schon wegen der Bequemlichkeit, hinterher nicht eine große Pfanne spülen zu müssen, wenn ich mir ein einzelnes Spiegelei gebraten hatte. Aber Keramik, Edelstahl, Kupfer, Aluminium, Gusseisen, beschichtet oder nicht, und wenn ja, dann welche Art der Beschichtung. Es gab Pfannen für Fleisch, Fisch, Eier oder Gemüse. Mir wurde schwummrig, als ich versuchte, mir einen Überblick zu verschaffen.

Konnte man nicht einfach die Pfanne auf den Herd stellen und reintun, was angebraten werden sollte? Musste man wirklich erst ein Pfannenstudium absolvieren, bevor man sich ein Spiegelei braten konnte? Mir jedenfalls war das alles zu viel. Ich hatte keine Lust, mich damit auseinanderzusetzen – weder beruflich noch privat. In meiner Küche gab es eine Pfanne und vier unterschiedlich große Töpfe im Schrank, und damit kam ich wunderbar zurecht.

Aber der Köder musste ja bekanntlich dem Fisch schmecken und nicht dem Angler – also seufzte ich tief, warf meine Abwehrhaltung über Bord und beschloss, mich kopfüber in die Materie zu stürzen. Ich musste mich darauf einlassen, sonst würde ich – wenn der Verkauf nachher losging – mit meiner Anti-Haltung die Kunden vergraulen.

Bewaffnet mit roten Sonderpreisaufklebern, dem Ordner mit den regulären Preisen und einem Taschenrechner arbeitete ich mich durch das Sortiment. Im Schnitt rechnete ich zwischen zwanzig und fünfzig Prozent Rabatt aus. Mama hatte in ihrem Ordner zum Glück eine Renner-und-Penner-Liste, das half mir bei der Einschätzung der Verkaufsmöglichkeit. Waren, die sehr gefragt waren und einen guten Absatz hatten, waren die Renner oder auch Schnelldreher, auf die gab es nur zwanzig Prozent Nachlass. Die Penner oder auch Langsamdreher dagegen lagen wie Blei im Regal, wenn ich dort die Preisschraube nicht ordentlich nach unten drehte, würde ich auf dem Zeug sitzen bleiben. Den errechneten Betrag rundete ich dann jeweils geschickt, wenn auch vollkommen unprofessionell zu einer gut klingenden Zahl auf oder ab. Ich war eben keine Kauffrau, und das würde sich auch nicht so schnell ändern.

Mein Handy klingelte. »Anneke hier, moin«, meldete ich mich nach dem zweiten Läuten.

»Moin, Frau Sperling, Heribert Wölke von der Nordwestbank am Apparat«, tönte es an mein Ohr.

Verflixt! Den Bankberater meiner Eltern hatte ich komplett verdrängt. Er hatte vor ein paar Wochen angerufen und mich um einen Termin gebeten. Er wollte mit mir abklären, wie es mit dem Geschäft weitergehen sollte. Ich hatte ihm erklärt, dass ich noch nicht so weit war, darüber nachzudenken, und versprochen, mich zu melden, sobald ich Klarheit hatte. Damals wusste ich noch nicht, dass ich so lange brauchen würde, um zu einer Entscheidung zu kommen.

»Moin, Herr Wölke.« Ich überlegte, ob ich mich rausreden sollte, verwarf den Gedanken aber sofort wieder. Geradeaus war der kürzeste Weg. Außerdem war ich eine miserable Lügnerin. »Es tut mir leid«, sagte ich also ganz direkt. »Ich weiß, ich hätte mich längst melden sollen, aber ich …«

Ich konnte das Geschäft bis heute nicht betreten, wollte ich sagen, aber ich spürte, wie es mir die Kehle zuschnürte. Mein inneres Gleichgewicht, das ich gerade erst wiedergefunden hatte, geriet bereits bei der ersten kleinen Welle ins Wanken, als wäre ich auf offener See in einen Sturm geraten. Ich zwang mich, tief ein- und wieder auszuatmen, und drängte die aufsteigenden Tränen mit aller Gewalt zurück.

Heribert Wölke räusperte sich. »Es ist eine schwierige Situation, Frau Sperling, ich weiß und habe vollstes Verständnis, das dürfen Sie mir glauben. Aber es ist wirklich wichtig. Ich möchte verhindern, dass es noch schwieriger für Sie wird, deshalb mein Anruf.« Er seufzte. »Haben Sie sich denn inzwischen entschieden, was mit dem Geschäft geschehen soll? Die Kosten für das Gebäude laufen weiter, es wäre wirklich gut, wenn Sie das bald regeln würden. Finanzamt, Gewerbeamt, Industrie- und Handelskammer müssen informiert werden. Und es geht weiter. Versicherungen, Stromanbieter, Telefonanschluss … Sie haben doch sicher die Unterlagen gesichtet und sich einen ersten Überblick verschafft. Das Geschäftskonto lässt Ihnen nicht mehr viel Spielraum, die Angelegenheit noch lange hinauszuzögern.«

Mein Puls raste, als ich der eindringlichen Warnung des Bankmenschen lauschte. Wieso nur war das so ein bürokratischer Wahnsinn? Aber zumindest in einem Punkt konnte ich etwas vorweisen. »Ich werde das Geschäft schließen, Herr Wölke«, erklärte ich hastig, um mich nicht mehr ganz so sehr wie das Lamm zu fühlen, das zur Schlachtbank geführt wurde. Ich spürte meinen Worten nach. Es fühlte sich richtig an.

»Oh«, kam es überrascht von der anderen Seite der Verbindung. »Das ist doch zumindest schon eine stichhaltige Aussage. Und Frau Sperling, wenn Sie mich fragen, ist das die richtige Entscheidung. Das Geschäft Ihrer Eltern war …« Er zögerte, schien zu überlegen. Dann sprach er weiter: »Nun ja, auf jeden Fall sind Sie damit ja nun einen Schritt weiter.«

»Ja, Herr Wölke, das bin ich. Ich werde einen Räumungsverkauf durchführen und mich bei Ihnen melden, sobald ich klarer sehe. Ich muss darüber nachdenken, ob ich das Geschäftshaus verkaufe oder mich als Verpächterin versuche.«

»Tun Sie das, Frau Sperling. So etwas sollte gut überlegt sein, Verpachtungen sind nicht ohne Risiko, besonders wenn man kein finanzielles Polster hat. Nun ja, lassen Sie sich Zeit.« Er lachte kurz und schob dann hinterher: »Allerdings nicht zu lange. Aber zwei Wochen kann ich Ihnen den Rücken auf jeden Fall noch freihalten, bis dahin warte ich auf Ihren Rückruf. Dann wünsche ich Ihnen viel Erfolg bei dem Räumungsverkauf. Auf Wiederhören, Frau Sperling.«

Nachdem der Anruf beendet war, sah ich auf das Display meines Handys und spürte dem Gespräch nach. Herr Wölke schien regelrecht erleichtert gewesen zu sein, dass ich das Geschäft nicht weiterführen wollte. Eigenartig. Ging es ihm dabei um mich oder verfolgte er andere Interessen? Er schien jedenfalls aufrichtig besorgt zu sein. Traute er mir die Leitung des Betriebs nicht zu? Oder gab es Probleme, von denen ich bislang nichts ahnte?

Ich wusste natürlich, dass die Umsätze in den letzten Jahren weniger geworden waren. Mama hatte zwar versucht, es vor mir zu verbergen, aber ich hatte schließlich keine Muscheln auf den Augen und bekam mit, dass die Kunden weniger wurden. Ernsthafte Sorgen schienen sich meine Eltern aber nicht gemacht zu haben, und immerhin hatten sie mit dem Geschäft ihren Lebensunterhalt bestritten.

Während ich so darüber nachdachte, fiel mir auf, dass die beiden in den letzten Jahren kaum noch verreist waren. Früher hatten sie in der Winterpause oft lange Touren unternommen und waren durch die Welt gejettet. Südsee, Afrika, Indien und einmal vier Wochen Kreuzfahrt auf der Queen Elizabeth. Ich hatte bisher nicht darüber nachgedacht, aber konnte es am fehlenden Geld gelegen haben, dass sie kaum noch weggefahren waren?

Mir gegenüber hatten sie sich nie etwas anmerken lassen, aber das musste nichts heißen. Der Unterton in Herrn Wölkes Stimme machte mich hellhörig. Schon bei unserem ersten Telefonat hatte er etwas angedeutet und heute wieder. Außerdem waren nach dem Unfall ein paar Mahnungen bei mir gelandet. Ich hatte angenommen, dass es Rechnungen gewesen waren, die Mama eben noch nicht bearbeitet hatte. Aber vielleicht waren sie liegen geblieben, weil das Geld fehlte, um sie zu begleichen. Der Gedanke machte mir das Herz schwer. Gleichzeitig war ich froh, wohl wirklich die für mich richtige Entscheidung getroffen zu haben.

Aber auch wenn ich beschlossen hatte, das Geschäft nicht weiterzuführen, wollte ich doch für einen fulminanten Abgang sorgen. *Haushaltswaren Sperling* sollte nicht sang- und klanglos von der Bildfläche verschwinden, sondern mit einem Paukenschlag. Ich würde noch einmal ordentlich die Trommel schlagen und den Leuten die Euroscheine aus der Tasche locken. Das wäre doch gelacht.

Und wenn die Regale leer waren, konnte ich über das Internet auch noch versuchen, das Inventar zu verkaufen. Vor allem aber würde ich mich endlich der Angelegenheit stellen. Bisher hatte ich alles, was mit dem Erbe meiner Eltern zu tun hatte, von mir geschoben. Es hatte keine Notwendigkeit bestanden, mich damit zu beschäftigen. Die Beerdigungskosten waren durch eine kleine Sterbeversicherung abgedeckt gewesen. Meinen eigenen Lebensunterhalt bestritt ich selbst. Ich hatte während meiner Jahre als Arzthelferin einiges zur Seite gelegt und ein kleines Polster auf dem Konto. Damit kam ich noch eine Weile zurecht. Irgendwann in nicht allzu ferner Zukunft würde ich ohnehin wieder mein eigenes Geld verdienen.

»Dann mal los jetzt«, gab ich mir selbst das Kommando. Sich der Sache zu stellen bedeutete, den Räumungsverkauf schnell zu starten und dann einen Termin mit Herrn Wölke zu vereinbaren.

Inzwischen hatte ich fast alles neu ausgezeichnet. Ich kam zum Geschirr. Mama hatte ein Faible für handgefertigte Töpferwaren gehabt. Das Regal war vollgestellt mit wunderschönen Schüsseln, Tellern und Tassen. Eine Teekanne mit einer dunkelblau-türkisen Lasur stellte ich samt den passenden Tassen und Kuchentellern für mich selbst zur Seite. Zwei Schüsseln kamen noch dazu, sie hatten die perfekte Größe und Form, um mir als Wollschüssel zu dienen, damit die Knäuel beim Stricken nicht immer davonkullerten.

Bei den Kupfertöpfen schüttelte ich den Kopf. Was hatten meine Eltern sich bei der Sortimentsauswahl nur gedacht? Glänzend poliertes Kupfer sah zwar hübsch aus, aber wer kochte denn heutzutage noch in Kupfertöpfen? Allein der Aufwand, das Material zu putzen, damit es nicht anlief, schreckte mich ab. Außerdem waren die Sachen richtig teuer. Der Blick in die Liste bestätigte meinen Verdacht. Kupfertöpfe waren eindeutig Penner. Ich fuhr mit dem Finger über einen Deckel und zog eine Linie in die Staubschicht. Die Dinger standen sicher schon Jahre im Regal. Kurz entschlossen reduzierte ich das Kupfergeschirr drastisch. Hauptsache, ich wurde die Sachen los.

Irgendwann am späten Vormittag hatte ich es geschafft. Ich hatte eine Tafel beschriftet mit dem Hinweis auf den Räumungsverkauf, hatte Wechselgeld in der Kasse und ein Schild auf dem Tresen, dass ich nur Barzahlung akzeptierte. Meine Eltern hatten zwar ein Lesegerät für Karten, aber ich konnte nicht damit umgehen und hatte keine Lust auf den Aufwand für die paar Tage. Ich war bereit für diesen letzten Tanz.

»Ich hoffe, es ist okay für euch, Mama, Papa«, flüsterte ich Richtung Zimmerdecke. Dass keine Lampe flackerte und auch kein Fenster zerbarst, nahm ich als Zustimmung. »Also gut«, sagte ich und rieb mir die vor Aufregung feuchten Hände an der Jeans ab. »Dann auf in den Kampf. Wollen wir doch mal sehen, was passiert.«

Bevor ich kalte Füße bekommen konnte, schnappte ich mir die Tafel und stellte sie vor den Laden. Beim Hineingehen drehte ich das Schild in der Tür auf »geöffnet«. Es war ein Spätsommertag wie aus dem Bilderbuch. Kein Wunder also, dass einige Touristen die Hafenstraße entlangflanierten. Jetzt mussten sie nur noch den Weg zu mir ins Geschäft finden. Ich stellte mich hinter den Tresen und begann das Chaos dort aufzuräumen. Tüten und Packpapier lagen herum. Ich fand Lieferscheine und Bestell-Listen.

Immer wieder wanderte mein Blick zur Tür. Wann wohl der erste Kunde kam? Kaum hatte ich das gedacht, tönte auch schon die Türglocke. Es war Matta.

»Moin, Anneke«, schmetterte sie mir wie immer deutlich zu laut entgegen. Sie hatte – natürlich – ihr Hörgerät nicht im Ohr. »Dann hatte Wibke recht, du hast wieder geöffnet«, stellte sie fest. Sie hatte die Hände in die Hüften gestemmt und musterte mich. »Räumungsverkauf?« Die Frage hing in der Luft.

Ich nickte und zuckte mit den Schultern. »Ich werde schließen, Matta«, schrie ich beinahe, damit sie mich verstand.

»Du willst dich erschießen?« Matta riss erschrocken die Augen auf. Mit zwei großen Schritten war sie bei mir und fasste mich am Arm. Besorgt schüttelte sie mich ein bisschen. »Anneke, mach keinen Quatsch. So schlimm ist das alles nicht, wirst schon sehen. Die erste Zeit ist schwer, aber dann wird es besser.«

»Schließen, Matte«, brüllte ich ihr ins Ohr. »Ich werde den Laden schließen.«

»Ach so!« Sie lachte und schüttelte über sich selbst den Kopf. Dann musterte sie mich eindringlich, und ich gab mir Mühe, fröhlich zu wirken. Sie durchschaute mich natürlich – Matta kannte mich, seit ich ein kleines Mädchen war, ihr konnte ich nichts vorspielen. »Es wird leichter, Anneke, das versichere ich dir«, schmetterte sie. Sie nickte, und ich konnte an ihrer Miene ablesen, dass dieser Gedanke sie beschäftigte. Vermutlich erinnerte sie sich an die Zeit nach dem Tod ihres Mannes und wollte mich mit ihrer Erfahrung trösten. Matta war in Ordnung. Ein bisschen burschikos und ziemlich neugierig, aber wenn sie alles wusste, war sie friedlich wie eine Robbe beim Sonnenbad.

»Na denn«, sagte sie, nachdem sie sicher war, dass ich keine Schusswaffe hinter dem Tresen hatte. »Ich muss dann mal wieder. Bente hat heute ihren freien Nachmittag, die brauchen mich im Buchladen.«

»Schöne Grüße«, sagte ich und nickte ihr lächelnd zu.

»Ja«, stimmte Matta mir zu. »Die Steherei geht ganz schön in die Füße.« Sie hob die Hand zum Gruß und wackelte auf ihren etwas krummen Beinen aus dem Geschäft. Ich sah ihr kopfschüttelnd hinterher. Matta sollte dringend das Hörgerät tragen, das sie seit Jahren im Schrank liegen hatte. Ich stellte mir vor, wie Kunden in der Buchhandlung verzweifelt versuchten, den richtigen Titel von Matta zu bekommen.

Während sich in meinem Kopf kleine Sketche abspielten, ertönte die Türglocke erneut. Neugierig wandte ich mich dem Eingang zu. Eine junge Frau trat ein. Ich kannte sie nicht, offenbar eine Touristin, und mit etwas Glück meine erste Kundin.

»Moin«, grüßte ich freundlich und lächelte.

»Moin«, erwiderte die Kundin und unterstrich den freundlichen Ton in ihrer Stimme mit einem offenen Lächeln. »Wie schade, dass der Laden geschlossen wird«, sagte sie, während sie die ersten Sachen begutachtete.

»Alles hat seine Zeit, sagte die Flut zur Ebbe und schwappte über sie hinweg«, erwiderte ich und zuckte mit den Schultern. »Es ist zwar schade, aber es ist ganz sicher auch für etwas gut. Wer weiß, was für Abenteuer auf die Räume warten.«

Die blonde Frau nahm einen getöpferten Eierbecher in die Hand und bewunderte ihn. Gleichzeitig strahlte sie mich an. »Das mit den Abenteuern ist ein wunderschönes Bild«, sagte sie. »Aber ich gebe zu, es tut mir um kleine inhabergeführte Läden dennoch immer leid. Hier stecken so viel Liebe und Herzblut drin, ich kann es spüren.« Langsam schlenderte sie weiter und inspizierte das Angebot. Ich ließ sie in Ruhe stöbern und räumte weiter auf.

Es dauerte nicht lange, da sagte sie: »Die Töpfe sind wunderschön.«

Wunderschöne Töpfe? Neugierig ging ich zu ihr, um zu sehen, welcher Topf sie so in Verzücken versetzen konnte.

»Sie haben richtige Schätze hier, wissen Sie das?«, fragte sie mich.

»Echt?« Die Frage war mir rausgerutscht. In der gleichen Sekunde wurde ich mir meiner Rolle als Verkäuferin bewusst. »Ich meine, ja, nicht wahr«, korrigierte ich mich schnell.

»Wissen Sie was, ich nehme sie. Könnten Sie mir die Töpfe bitte zur Seite stellen«, bat die Kundin nach kurzer Überlegung. »Ich möchte gern noch etwas weiterstöbern.«

»Diesen hier?«, fragte ich und zeigte auf den Topf, den sie noch immer im Arm hielt.

Sie lachte und wirkte plötzlich etwas verlegen. »Ich würde gern alle sechs nehmen, wenn das in Ordnung ist«, sagte sie fast entschuldigend.

Ich nahm mir vor, später unbedingt Lotto zu spielen. Das musste mein Glückstag sein. Obwohl ich mich bemühte, professionell aufzutreten, konnte ich mein Staunen nicht verbergen.

»Unbeschichtete Kupfertöpfe sind perfekt für Marmelade, für Schokolade, Karamell oder auch gebrannte Mandeln. In einem guten Kupfertopf kann man wahre Zaubertränke brauen«, erklärte die junge Frau. Ihr Gesichtsausdruck wirkte dabei so verklärt, als hätte sie gerade die Liebe ihres Lebens wiedergefunden. Ihre Leidenschaft für Töpfe und Geschirr stand ihr ins Gesicht geschrieben.

Etwas, was sie gesagt hatte, machte mich stutzig. »Karamell kann man selbst machen?«, fragte ich deshalb. Dann winkte ich ab. »Vergessen Sie die Frage, ich bin ein hoffnungsloser Fall. Die Töpfe stelle ich zur Seite. Schauen Sie sich gern in Ruhe weiter um.«

»Danke, das werde ich.« Kaum hatte sie das gesagt, meldete sie sich schon wieder. »Töpferware, echte Manufakturware, keine Fabrik. Wunderschön.«

Während meine Kundin mit den Schüsseln liebäugelte, hatte ich die Kupfertöpfe auf den Tresen gestellt. Jetzt kam die Frau zu mir.

»Nun habe ich ein Problem«, gestand sie und knabberte ein bisschen an ihrer Unterlippe. »Ich war nicht auf solch eine Gelegenheit vorbereitet, aber Sie haben echte Schätze hier. Leider habe ich nicht genug Bargeld bei mir und würde auch sehr gern noch einen Moment über den Kauf nachdenken. Ich weiß, es ist ein Räumungsverkauf, aber was meinen Sie, wäre es möglich, dass Sie mir die Sachen vielleicht ein, zwei Stunden zurücklegen?«

Sie lachte mich offen an und streckte mir die Hand

hin. »Ich bin übrigens Nora und dieses Wochenende auf Kurzurlaub hier an der Küste. Ich wohne im Meerhuus.«

»Anneke«, antwortete ich und ergriff die ausgestreckte Hand. »Nett, dich kennenzulernen, Nora. Wenn du magst, suche dir aus, was dich interessiert, und ich stelle es zur Seite, bis du wiederkommst.«

Sie war hübsch. Ihr schulterlanges honigblondes Haar leuchtete in der Sonne, das durch das Schaufenster fiel. Es umrahmte ihr herzförmiges Gesicht, in dem ihre grünen Augen vor Freude blitzten. Ihre Kleidung war schlicht, sie trug ein weißes Shirt auf eine ausgewaschene Jeans, dazu flache Sandalen.

»Das ist sehr nett von dir. Vielen Dank, Anneke.«

Zehn Minuten später stand der Tresen voll mit Sachen, die Nora angeschleppt hatte.

»So«, sagte sie und stellte einen Wasserkessel mit einer dreistimmigen Pfeife neben die Schüsseln. »Jetzt reicht es aber wirklich. Ich gehe mal eben zur Bank und vielleicht einmal um den Hafen herum, um ein bisschen nachzudenken. Ich komme auf jeden Fall pünktlich zurück, versprochen.«

»Mach dir keinen Stress«, rief ich noch hinter ihr her.

Was für eine nette Person. Sie musste etwa in meinem Alter sein. Ich konnte gar nicht genau ausmachen, was es war, aber Nora war mir auf Anhieb sympathisch. Und ganz offensichtlich liebt sie es zu backen, dachte ich und betrachtete die Gugelhupf-Form und die vielen anderen Backutensilien. Außerdem hat sie einen Hang zu nostalgischen Dingen, analysierte ich ihre Auswahl weiter. Wenn mich nicht alles täuschte, würde sie alles mitnehmen. Sie hatte jedes einzelne Teil so verliebt betrachtet, sie würde es nicht übers Herz bringen, eins der Beutestücke zurückzulassen. Für mich war es jedenfalls ein überaus gelungener Start in den Räumungsverkauf.

Neue Kunden traten ein, die nächste Stunde hatte ich keine Zeit mehr, über Nora nachzudenken.

KAPITEL 6

Nora

Mein Großvater hatte meine Entscheidung, nach dem Abitur eine Ausbildung zur Konditorin zu absolvieren, immer gutgeheißen. Er liebte Kuchen genauso wie ich. Und er war fest davon überzeugt, dass meine Berufswahl richtig war. Denn ich war meinem Herzen gefolgt, meiner Leidenschaft. Er war mein größter Fan gewesen, aber auch mein größter Kritiker. Wie gern hatte ich ihn mit meinen neuesten süßen Kreationen überrascht. Aber sein Lieblingskuchen war und blieb der klassische Nusskuchen, saftig gebacken mit einer dicken Schicht Zimtglasur. Er hätte nicht lange überlegt, sondern die Töpfe einfach gekauft. Ich sollte mir etwas gönnen von dem Geld, das er mir hinterlassen hatte.

Ich atmete tief durch und lächelte bei dem Gedanken, fast fünfhundert Euro in dem Haushaltswarengeschäft auszugeben, das ich entdeckt hatte. Für mich. Einen Moment blieb ich stehen und beobachtete das Treiben auf dem Wasser. Ein paar freche Möwen umkreisten einen Kutter, vom Hausboot drangen noch immer Gitarrenklänge herüber, ein kleines Motorboot zischte heran. Der Duft von gebratenem Fisch stieg mir in die Nase. Vor dem Imbiss zu meiner Linken hatte sich eine lange Schlange von Hungrigen gebildet. Ich bekam sofort Appetit, wollte mich aber nicht anstellen. Stattdessen ging ich in meine Wohnung, holte ein Handtuch und tat das, worauf ich mich schon gefreut hatte, seit meinem Entschluss, nach Fenjesiel zu kommen. Ich ging zum Strand. So viel Zeit musste sein. Nur für ein paar Minuten wollte ich den Sand unter meinen Füßen spüren.

Der Weg war nicht weit. Ich schlenderte vorbei an einem Buchladen, einem Souvenirladen, einer Eisdiele, einem kleinen Supermarkt, einer Fischbude, immer am Siel entlang. An die Geschäfte konnte ich mich nicht erinnern. Sie schienen neu zu sein. Ich nahm mir vor, beim nächsten Mal dort zu stöbern. Zuerst wollte ich ans Wasser. Vorfreude erfasste mich, ein Kribbeln im Bauch. Ich konnte es schon hören, das Auf und Ab der Wellen. Und dann war ich endlich da. Die Nordsee glitzerte einladend in der Spätsommersonne. Noch ein paar Schritte, dann blieb ich stehen, schlüpfte aus meinen Sandalen und lief barfuß über den Sand. Die Körner unter meinen Fußsohlen fühlten sich angenehm warm an. Am Spülsaum blieb ich stehen, grub meine Zehen in den feuchten Sand und atmete tief die frische, salzige Luft ein. Kühles Wasser schwappte über meine Knöchel, eine frische Brise strich über mein Gesicht, meine Arme. Ich fühlte mich gut. Es war genau die richtige Entscheidung gewesen, hierherzufahren, die letzten Sonnentage zu genießen – am Meer.

Mit mir waren noch andere Urlauber am Strand. Gut gelaunt lächelten sie mich an, als ich weiterging, immer am Wasser entlang.

»Moin«, schallte es hier und da.

»Moin«, antwortete ich und ließ das Wort in mir nachklingen. Mein Großvater hatte mir damals erklärt, dass es nicht »Guten Morgen« bedeute, wie ich als Kind erstaunt gedacht hatte, sondern dass »moi« aus dem Plattdeutschen komme, »schön« bedeute und »Moin« die Abkürzung für »Moien Dag« sei.

Ich vermisste ihn. Im letzten Jahr vor seinem plötzlichen Tod hatte ich ihn kaum gesehen. Das bedauerte ich jetzt. Niemand hatte damit gerechnet, dass sein Herz einfach so aufhören würde zu schlagen. Er war gerade achtundsiebzig Jahre alt geworden und noch topfit gewesen. Unwillkürlich schüttelte ich den Kopf. Ich hatte in den letzten Monaten nichts geändert, obwohl ich es mir fest vorgenommen hatte. Ich hatte Oma vernachlässigt, meine Eltern, meine Freundinnen, mich selbst. Es war an der Zeit, etwas dagegen zu tun. Heute fange ich an, nahm ich mir vor.

An einem ruhigen Platz legte ich das Handtuch in den Sand, zog Shirt und Hose aus und legte mich in die Sonne. Kinderlachen drang zu mir, Hundegebell, das Krächzen der Möwen, die über dem Wasser kreisten. Ich schloss die Augen, konzentrierte mich auf das Rauschen der Wellen und schlief ein.

Als ich wieder aufwachte, war die Sonne ein ganzes Stück nach Westen gewandert. Erschrocken richtete ich mich auf und sah auf meinem Handy nach der Zeit. Es war nach vier, ich hatte fast zwei Stunden geschlafen. Der Haushaltswarenladen kam mir in den Sinn. Schnell zog ich mich an, schüttelte das Handtuch aus und ging zurück zum Hafen. Dort hatte ich auf dem Hinweg einen Geldautomaten neben dem Supermarkt gesehen.

Eine Viertelstunde später ging ich wieder in den Laden. Außer mir war niemand da, keine Kunden, und auch Anneke konnte ich nicht entdecken.

Sie schien im Nebenzimmer zu sein, die Tür stand offen, ich hörte ein Poltern – und dann ein leises Schluchzen. Unschlüssig blieb ich einen Moment stehen, lauschte, ging näher und fragte zaghaft: »Hallo, alles in Ordnung?« Wieder lauschte ich. Jemand weinte, ich war sicher, es war eine Frau. Ohne weiter nachzudenken, ging ich durch die Tür.

Sie saß auf dem Boden, die Knie angezogen, die Arme darum geschlungen, den Kopf darauf gelegt. Ihre Schultern zuckten weinend. Es war Anneke, die zierliche Verkäuferin mit den schönen großen braunen Augen, die mir vorhin so traurig erschienen waren.

»Keine Angst«, sagte ich laut. »Ich bin es, Nora, die kaufwütige Kundin.«

Sie blickte kurz auf, strich sich durch ihr lockiges braunes Haar und schniefte ein paarmal hintereinander.

Ich setzte mich neben sie. »Schlechter Tag?«

Sie schluchzte wieder.

»Hey.« Spontan legte ich ihr den Arm um die Schultern. »Ist es okay, wenn ich etwas näher komme?«

Als sie wieder den Kopf hob, versuchte sie zu lächeln. Es misslang, aber immerhin reagierte sie. »Ja. Danke.«

Ich wartete eine Weile, bevor ich sagte: »Wir kennen uns nicht, aber mir geht es immer besser, wenn ich darüber spreche.«

Sie atmete tief durch. »Meine Eltern sind gestorben. Es war ein Autounfall. Vor zwei Monaten.«

»Oh, das tut mir so leid«, sagte ich. Ihre Traurigkeit sprang auf mich über. Wie aus dem Nichts schossen mir Tränen in die Augen.

Sie blinzelte ein paar Mal und versuchte, wieder zu lächeln. »Hey, wolltest du mich nicht trösten? Und jetzt weinst du auch noch.«

Ich wischte mir über die Augen. »Tut mir leid.«

Jetzt lachte sie wirklich. »Das muss es nicht. Das ist sehr nett.«

»Schließt du deshalb den Laden?«, fragte ich.

Anneke drückte ihren Rücken durch. »Ja. Heute habe ich mich spontan dazu entschlossen. Es lief die ganze Zeit sehr gut. Ich habe viel verkauft, es war immer was los. Aber als es plötzlich still wurde ...« Sie sah mich an und hielt sich die Hand vor den Mund. »Oh Gott, was ist denn mit dir passiert? Du bist ja ganz rot im Gesicht. Hast du einen Sonnenbrand?«

Ich hielt mir die Hand an die Wange. »Wirklich? Ist die Sonne immer noch so heiß? Ich bin am Strand eingeschlafen.«

»Du hast dich ganz schön verbrannt. Am besten, du schmierst dir gleich ein Päckchen Quark drauf. Ich gehe welchen holen. Der Supermarkt ist nicht weit von hier.« Sie stand auf und sah mich an.

Ich lächelte sie an. »Sollte ich dich nicht trösten? Stattdessen weine ich mit dir. Und jetzt bist du diejenige, die sich um mich sorgt.«

»Berufskrankheit«, sagte sie, streckte mir die Hand entgegen und half mir auf. »Ich bin ausgebildete Krankenschwester. Kannst du solange auf den Laden aufpassen?«

»Natürlich.«

»Es tut gut, sich einmal um jemand anderen zu kümmern. Das lenkt mich von meinem eigenen Kummer ab.«

Ich sah ihr nach, wie sie leichtfüßig aus dem Laden ging. Es kam mir vor, als würden wir uns schon lange kennen. Ich mochte sie.

Keine drei Minuten später ging die Tür auf. Ein Mann mit dichtem braunem Haar, das er zu einem Seitenscheitel frisiert hatte, betrat den Laden. Sein gut sitzender dunkelgrauer Anzug passte perfekt zu seiner akkuraten Frisur und seinem glatt rasierten Gesicht. Nur die roten Turnschuhe störten das Bild ein wenig. Es waren Laufschuhe, da war ich mir sicher. Auch die schlanke, sportliche Erscheinung passte.

»Moin«, begrüßte ich ihn.

»Wie würden Sie reagieren, wenn eine Frau um die vierzig plötzlich über Übelkeit, Schweißausbrüche und Schmerzen im Oberbauch mit Kurzatmigkeit klagt?«, fragte er.

Ich blickte durch das Schaufenster an ihm vorbei. »Wo ist sie? Ich würde einen Krankenwagen rufen.«

»Warum?«

»Weil sie Hilfe braucht, es könnte etwas Ernstes sein.«

»Genau, es könnte ein Herzinfarkt sein.« Er legte eine Visitenkarte auf die Theke. »Paul Sievers, Doktor Paul

Sievers. Ich bin der neue Arzt hier und übernehme demnächst die Praxis vom alten Petersen, wenn der Umbau und die Einrichtung abgeschlossen sind.« Er sah sich im Laden um. »Geschäftsaufgabe, Sie übernehmen also nicht. Kommen Sie doch mal vorbei. Ich suche noch eine fähige Arzthelferin.«

Ich griff nach der Karte. »Ein neuer Arzt also.« Mein Blick fiel auf den Kaffeevollautomaten, den Anneke viel zu günstig ausgezeichnet hatte. »Dann brauchen Sie sicher noch ein paar Haushaltsgegenstände für die Praxis.«

Einen Moment lang sah er mich überrascht an, dann nickte er. »In der Tat. Ich habe mich entschlossen, in die Wohnung über der Praxis zu ziehen.« Er deutete auf mein Gesicht. »Der Sonnenbrand muss übrigens behandelt werden. Vielleicht kommen Sie heute noch vorbei.«

Meine Gesichtsfarbe vertiefte sich. Plötzlich war es mir peinlich, dass ich so leichtsinnig gewesen war, einzuschlafen. Ich hoffte, dass er es nicht bemerkte, und legte die Hand auf meine Wange. »Ich versuche es mit Quark.«

»Hausmittel, warum nicht?« Er musterte mich. »Das sollte fürs Erste reichen. Solange man ihn sich ins Gesicht schmiert und nicht isst.«

Seine Haut war leicht gebräunt und ließ seine hellblauen Augen leuchten, um die sich jetzt ein paar Lachfältchen zeigten. Ich war mir noch nicht sicher, ob ich ihn mochte, obwohl er jetzt ein bisschen netter wirkte. Jedenfalls schien er sehr von sich überzeugt zu sein.

»Ich *würde* den Quark erst zu Käsekuchen verarbeiten, bevor ich ihn serviere«, antwortete ich und fragte mich im nächsten Moment, warum mir das herausgerutscht war.

»Bringen Sie ihn mit, wenn Sie in den nächsten Tagen in die Praxis kommen«, erwiderte er. »Also …« Er nickte und ging zur Eingangstür. »Und was die Haushaltsgegenstände angeht, so bringe ich natürlich meinen Hausstand mit. Aber die Praxis könnte etwas Geschirr gebrauchen, eine Kaffeemaschine, einen Wasserkocher, vielleicht eine Mikrowelle. Das Übliche. Stellen Sie was zusammen, bringen Sie es mit.«

»Wie hoch ist das Budget?«, fragte ich.

Er hielt kurz inne, rieb sich das Kinn, schien im Kopf zu rechnen. Schließlich zeigte er auf den Automaten. »Tausend Euro. Mit Kaffeemaschine.«

»Alles klar.« Ich lächelte gut gelaunt. »Das werde ich der Besitzerin ausrichten.«

»Danke, das ist sehr nett von Ihnen. Bis dann.«

»Bis dann. Danke.« Er hatte nicht verstanden, dass ich ihm eben durch die Blume zu verstehen geben wollte, dass ich nicht Anneke war.

Auf der Theke fand ich einen kleinen Block. Ich schrieb »Verkauft!« auf das erste Blatt und klebte es mit einem Klebestreifen an den Automaten. Eine Mikrowelle fand ich nicht, aber einen Wasserkocher, ein hübsches Friesengeschirr, einen Satz Gläser und einen gefüllten Besteckkasten.

Kurz darauf kam Anneke in den Laden. Sie hatte nicht nur Quark, sondern auch zwei Eisbecher mitgebracht.

»Vanille, Schokolade und Nuss oder lieber Erdbeere, Joghurt und Birne?« Sie lächelte schelmisch. »Eine Kühlung von innen hilft sicher auch.«

»Der Reihe nach«, antwortete ich. »Bei Eis kann ich meistens nicht widerstehen.«

Anneke drückte mir den Milcheisbecher in die Hand. »Okay, wenn du das erledigt hast, gehen wir das Fruchteis holen.«

»Danke.« Ich grinste breit. »Ich habe gerade Ware für tausend Euro verkauft, vorausgesetzt der Kunde zahlt, wovon ich aber ausgehe. Der neue Arzt war da.« Ich schob die Karte über die Theke. »Er hat mir einen Job angeboten, als Arzthelferin in seiner Praxis.«

Anneke schaute mich mit großen Augen an. »Doktor Sievers war hier? Wie ist er denn so?«

»Schick«, antwortete ich. »Von sich selbst überzeugt. Sportlich.« Ich lächelte. »Spontan. Er hat sich schnell von mir überreden lassen, ein paar Sachen für die Praxis zu kaufen. Ich darf sie aussuchen.«

Sie sah mich einen Moment skeptisch an, dann nickte sie. »Er hat dich mit mir verwechselt. Ich habe bei seinem Vorgänger als Arzthelferin gearbeitet.«

»Tatsächlich?« Ich ließ den Löffel in die Kugel Vanilleeis gleiten. »Du musst einen Käsekuchen mitbringen, wenn du dich vorstellst.«

»Ich kann nicht backen.«

»Ach was, backen kann doch jeder. Du musst dich nur an das Rezept halten.«

Anneke schüttelte den Kopf. »Das hat wohl etwas mit einer selbst erfüllenden Prophezeiung zu tun. Ich gehe davon aus, dass es nichts wird. Und deshalb werde ich das Backpulver vergessen. Oder eine andere Zutat. Oder ich lasse die Backform fallen, wenn ich sie in den Ofen stelle. Alles schon passiert. Wahrscheinlich, weil es mir einfach keinen Spaß macht.«

»Okay, du hast mich überzeugt. Ich habe einen Ofen in meiner Wohnung. Ich backe dir einen Kuchen. Und was ist mit dem Job? Willst du ihn?«

Sie seufzt. »Ehrlich gesagt weiß ich es noch nicht. Aber es wäre eine Option.«

»Dann solltest du dir wenigstens deinen zukünftigen Chef ansehen.«

»Er ist Ende dreißig, wie ich gehört habe. Lebt getrennt, keine Kinder, jedenfalls keine eigenen. Seine Frau hat wohl einen Sohn mit in die Ehe gebracht, Noah, acht Jahre alt.«

»Du bist aber gut informiert.«

»Wir sind hier in Fenjesiel.« Sie zuckte mit den Schultern. »Hier weiß jeder alles über jeden, vor allem, wenn es um potenzielle Heiratskandidaten für ewige Junggesellinnen wie mich geht. Es gibt hier einige, die es sich in den Kopf gesetzt haben, mich so schnell wie möglich unter die Haube zu bringen.«

»Wie alt bist du?«

»Einunddreißig.«

»Ein Jahr jünger als ich. Dann gehöre ich wohl auch in diese Kategorie – nach Fenjesieler Maßstäben.« Ich probierte das Nusseis. »Es ist köstlich.«

Anneke nickte. »Gunda macht das Eis selbst. Es ist das beste weit und breit. Die Leute kommen sogar aus den umliegenden Dörfern zu ihr.«

»So muss es sein, Qualität setzt sich durch.«

Sie reichte mir ihren Becher. »Willst du mal probieren?«

»Ich hole ihn beim nächsten Mal.« Ich sah Anneke eine Weile an. »Weißt du, was komisch ist? Ich habe das Gefühl, dich schon sehr lange zu kennen.«

»Mir geht es genauso. Wo kommst du denn her?«

»Aus Essen. Aber ich war immer mal wieder mit meinen Großeltern hier. Das ist allerdings schon ewig her. Vor meiner Schulzeit.«

»Dann sind wir uns vielleicht schon mal begegnet, ich bin hier aufgewachsen«, sagte Anneke. »Aber an dich habe ich keine Erinnerung.«

»Wer weiß?« Ich lächelte. »Wie wäre es jetzt mit dir und dem hübschen Paul? Interessierst du dich für ihn?«

»Nein.« Anneke ließ ihren Blick durch das Geschäft schweifen. »Ich habe im Moment andere Sorgen. Hier gibt es viel zu tun. Und ich glaube auch nicht, dass ein Mann im Moment viel Freude an mir hätte. Wer will schon eine Frau, die immer wieder in plötzliche Weinkrämpfe verfällt. Ich trauere um meine Eltern. Das ist keine gute Zeit für die Liebe.«

»Aber vielleicht für eine neue Freundin. Was machst du heute Abend?«, fragte ich spontan.

»Im Wohnzimmer sitzen, alte Fotoalben anschauen, Wein trinken.«

»Klingt gut«, sagte ich. »Ich könnte ein paar Cracker mitbringen, Chips, oder wir bestellen uns eine Pizza.«

»Bestellen?« Sie schüttelte den Kopf. »Nicht in Fenjesiel. Du kannst höchstens zum Alten Fährmann gehen, da kannst du Essen mitnehmen. Der Burger ist gut, die hausgemachten Süßkartoffelpommes auch, und wenn du Lust auf Fleisch hast, kannst du auch das Schnitzel probieren. Aber Pizza nicht.« Sie kratzte den Rest aus ihrem Eisbecher. »Aber ich würde mich trotzdem über deinen Besuch freuen.«

»Gut.« Ich lächelte sie an. »Du besorgst den Wein, ich bringe die Pizza mit, selbst gemacht. Gibt es etwas, was du nicht darauf magst?«

»Fisch«, sagte Anneke. »Und Meeresfrüchte.« Sie schüttelte sich. »Ich mag beides nicht, obwohl ich ein Küstenkind bin. Frag mich nicht, warum, das war schon immer so.«

»Ich werde mir etwas einfallen lassen.«

»Wir können auch etwas holen«, schlug sie vor.

»Kommt nicht infrage. Ich koche und backe gerne. Das ist nicht nur mein Beruf, das ist meine Leidenschaft, und die gilt vor allem den Süßigkeiten. Ich bin gelernte Konditorin. Ich bringe was mit!«

»Schön. Ich freue mich.«

»Ich auch.« Ich sah auf die Uhr. »Gleich fünf. Ich muss noch auspacken und vorher einkaufen gehen. Passt dir halb acht?«

Sie nickte. »Das ist gut, dann habe ich noch Zeit, vorher aufzuräumen. Seit zwei Monaten ist alles liegen geblieben.«

Ich ließ mir von Anneke erklären, wo sie wohnte, wir tauschten unsere Telefonnummern aus, dann verabschiedete ich mich von ihr. Erst als ich im Supermarkt das viele Geld in meinem Portemonnaie entdeckte, fiel mir ein, dass ich die Sachen, die ich mir zurücklegen lassen hatte, immer noch nicht bezahlt hatte. Ich überlegte gerade, ob ich Anneke deswegen kurz anrufen sollte, als ich sah, wie der Herr Doktor mit einer hübschen Frau den Laden betrat. Sie hatte ihr dunkles Haar zu einem lockeren Knoten hochgesteckt, trug ein bodenlanges rotes Kleid und dazu schwarze Sandalen mit hohen Absätzen. Ihr Lachen war glockenhell. Optisch passten die beiden perfekt zusammen.

Ich bezahlte und sah aus dem Augenwinkel, dass sie vor dem Weinregal stehen blieben. Anneke und ich waren anscheinend nicht die Einzigen, die sich einen schönen Abend machen wollten.

KAPITEL 7

Anneke

Die Verabredung mit Nora tat mir gut. Es war erstaunlich. Obwohl der Tag emotional anstrengend gewesen war, fühlte ich mich viel besser. Nicht nur im Vergleich zu vorhin, als ich im Laden wieder einmal ein heulendes Häuflein Elend gewesen war. Nein, ich fühlte mich sogar viel besser als seit Langem. Ungewohnt leicht. Als würde sich mein Herz wieder erinnern, dass es noch etwas anderes gab als Traurigkeit und Leere. Vielleicht lag es auch daran, dass ich mich endlich dazu durchgerungen hatte, mich dem Leben wieder zu stellen. Die Entscheidung, den Laden aufzugeben, war überfällig gewesen. Und richtig. Ganz bestimmt. Es war ein erster wichtiger Schritt, weitere Entscheidungen würden sich daraus sicher ergeben. Aber eins nach dem anderen.

Beschwingt sammelte ich die in meiner kleinen Mansardenwohnung verteilte Schmutzwäsche ein und stopfte sie in den Wäschekorb. Dann rückte ich dem Staub der letzten Wochen mit dem Sauger zu Leibe. Seit der Beerdigung hatte ich mich wie gelähmt gefühlt, jede Arbeit im Haushalt hatte ich mir mühsam erkämpfen müssen. Und nun war es, als hätte jemand das Bleigewicht weggenommen, das mich niedergedrückt hatte. Ich wischte mir mit dem Ärmel die Haare aus der Stirn und sah mich um. Das sah ja gar nicht mal so schlecht aus.

Geschirrberge gab es keine, die bewältigt werden mussten. Keine verkrusteten Pfannen oder angetrockneten Essensreste in Töpfen. Das war eindeutig ein Pluspunkt, wenn man nicht gern kochte. Mein Blick fiel auf den Mülleimer, aus dem Packungen von Fertiglasagne und Tiefkühlkuchen herausragten. Gut, den Müll sollte ich noch eben nach draußen bringen. Aber dann war ich bereit für meinen Besuch. Schon schnappte ich mir den Eimer und marschierte damit aus meiner Wohnung, die Treppe hinunter und an der Eingangstür zur Wohnung meiner Eltern vorbei. Um die leer stehende Wohnung hatte ich mich auch viel zu lange nicht gekümmert. Das würde ich als Nächstes in Angriff nehmen. Morgen vielleicht.

Ich trat ins Freie und marschierte ums Haus herum zu den Tonnen. Das Haus meiner Eltern – mein Haus!, korrigierte ich in Gedanken – lag am Ortsrand. Anfangs hatten sie in den zwei Zimmern über dem Laden gewohnt. Als meine Mutter mit mir schwanger war, hatten sie das Friesenhaus gekauft und die Wohnung über dem Laden als Lagerraum genutzt.

Ich ging die paar Schritte vom Grundstück bis auf den Deich. Das war ein Ritual. Immer wenn ich den Müll rausbrachte, gönnte ich mir diese kurze Atempause. Hinter dem Deich zogen sich Salzwiesen bis zum Meer. Ein Stück weiter war der Badestrand und im Anschluss der Hafen. Bei diesem Anblick wurde mein Herz weit, und meine Seele fühlte sich an, als könne sie fliegen. Ich atmete tief ein und aus und lauschte dem Schnattern, Tschilpen und Kreischen der vielen Vögel. Auf den Salzwiesen tummelten sich Schwärme von Wildgänsen, Austernfischern, Möwen, Pfuhlschnepfen und Enten. Mit meinem Vater hatte ich früher oft hier gesessen. Aus der Ferne tönte das Rauschen der Wellen, das der Wind zu uns trug. Zu meinem vierten Geburtstag hatte ich ein eigenes Fernglas bekommen. Papa hatte mir beigebracht, die einzelnen Vogelarten zu erkennen und zu unterscheiden. Allein die Vielfalt bei den Möwenarten faszinierte mich bis heute. Doch wie früher schon, bei den Vogelbeobachtungen mit Papa, lenkte mich auch heute wieder einmal der Himmel vom Geschehen auf der Salzwiese ab. Der Wind hatte aufgefrischt, Wolken zogen eilig über mich hinweg Richtung Nordosten. Versonnen sah ich dem wechselnden Wolkenbild zu. Das hatte ich schon als Kind geliebt. »Annekind, träumst du wieder Wolkengeschichten?«, hatte Mama immer gefragt, wenn ich, den Kopf in den Nacken gelegt, dagesessen und den Himmel beobachtet hatte. Oft hatte sie sich zu mir gesetzt. Eine Weile genau wie ich nach oben geguckt und irgendwann gefragt: »Was erzählen sie dir denn, die Wolken?«

»Sie tanzen«, antwortete ich. Oder: »Sie zanken sich. Schau nur, die da ärgert die anderen und zupft an den Wolkenrändern.«

Und plötzlich fühlte ich Mama neben mir.

»Vielleicht sollte ich der da rechts ein paar Wolkenstrümpfe stricken«, sagte sie. »Was meinst du, Annekind? Du hier unten und ich oben. Und die Maschen auf unseren Nadeln verbinden uns.«

Mein Kopf fuhr herum. Es hatte sich so nah und echt angefühlt und angehört, dass ich einen Moment wirklich gedacht hatte, Mama stünde neben mir. Der Platz neben mir war leer. Natürlich. Trotzdem flüsterte ich: »Das ist eine schöne Idee, Mama.« Auch wenn ich wusste, dass der Gedanke an meine Mutter, die im Himmel Wolkenstrümpfe strickte, ziemlich albern war. Es hatte etwas Tröstliches.

Wieder in der Wohnung zurück, überlegte ich, ob ich noch Staub wischen sollte. Mein Blick fiel auf die Tüte mit Wolle, die ich heute bei *Tante Erna* erstanden hatte. So staubig waren die Möbel gar nicht. Ich schnappte mir die Beute, setzte mich an den Esstisch und packte alles aus.

Vor mir stapelte sich Wollknäuel um Wollknäuel. Womit sollte ich beginnen? Die Signature, für die Fair-Isle-Socken, legte ich erst einmal zur Seite. Die Isoveli von Novita zog meine Aufmerksamkeit auf sich. Als ich an den Werbefilm der Firma dachte, den ich vor einiger Zeit im Netz entdeckt hatte, musste ich unwillkürlich lächeln. Die Finnen wussten, wie man die Lust am Stricken weckte – und nicht nur die. In dem kurzen Film strickten finnische Männer mit viel Sexappeal mitten in der Natur. Der Hauch von Abenteuer lag über allem. Kein Wunder, dass ich der Wolle nicht widerstehen konnte. Von der Isoveli hatte ich gleich ein paar Hundert Gramm gekauft. Im

Laden hatte ich mir noch eingebildet, dicke Socken damit stricken zu wollen. Aber jetzt, da die Schätze vor mir lagen, wusste ich, dass es ein Tuch werden würde. Groß und dick – genau richtig, um mich an kalten Herbsttagen darin einzumummeln. Noch während meine Finger die Wolle streichelten, entstanden erste Ideen, wie ich Farben und Muster kombinieren könnte. Energisch stoppte ich die Gedankenflut! Socken waren angesagt. Das Tuch musste warten.

Bedächtig nahm ich zwei Knäuel in die Hand. Betrachtete sie und nickte. Endlich hatte ich mich entschieden. Ich legte die blaue Wolle wieder auf den Tisch zurück und behielt die grünschwarze in der Hand. Das erste Paar würde ich für Jonte stricken. Mein Blick fiel auf die Uhr, Nora würde in einer Stunde kommen. Da es nichts mehr zu tun gab, kochte ich mir eine Tasse Tee und ging damit – und natürlich mit der Wolle – ins Wohnzimmer. Auf dem Weg zog ich noch ein dreieinhalber Nadelspiel aus meiner Nadeltasche. Meine Wahl fiel auf Bambusnadeln. Mit denen strickte ich zurzeit besonders gern. Ich freute mich. Das würden warme Wintersocken werden.

Die Füße unter den Po geschoben, saß ich gleich darauf auf dem kleinen Sofa. Zuerst pulte ich mit den Zeigefingern ein bisschen von rechts und links in die Wolle hinein und lockerte damit die inneren Fäden etwas. Dann holte ich mit Daumen und Zeigefinger den Fadenanfang aus der Mitte. Wie immer kam ein kleiner Teil Wolle mit heraus, aber das störte mich nicht. Stricken lehrt Geduld. Wenn dabei wirklich einmal etwas verknotete, enthedderte ich es eben in aller Ruhe, bis es wieder auseinander war.

Manchmal, wenn ich etwas Größeres strickte, nahm ich den Wollanfang auch von außen und steckte das Knäuel auf einen meiner Wollabwickler. Aber Socken waren so ein typisches Mitnahmeprojekt. Die warf ich in die Tasche und konnte überall daran weiterstricken. Da war so ein schwerer Wollabwickler unpraktisch.

Mit Erna hatte ich vor Jahren über die richtige Technik, Wollknäuel abzustricken, philosophiert.

»Das ist wie mit den Frühstückseiern, Anneke«, hatte sie gesagt. »Öffnet man sie nun an der stumpfen Seite oder an der spitzen? Und dann gibt es ja noch die Eierköpfer und die Eierklopfer. Wir könnten darüber natürlich in Streit geraten. Aber wenn wir ehrlich sind, ist weder das eine noch das andere richtig oder falsch. Nur anders. Genau das ist das Problem. Jetzt bin ich so alt geworden wie een verdröögte Flunder, Deern, aber ick heff bis heute nicht kapiert, wieso wir uns mit *anders* so schwertun. Haste nicht gesehen, gibt es Krieg wegen so einem Schiet.« Sie hatte bekümmert geseufzt. Den Kopf geschüttelt über diese Welt, die sie nicht verstehen konnte. Und dann hatte sie mir zugezwinkert. »Du machst das genau richtig, Anneke. Mal so und mal so. Genau wie es für dich passt. Pfeif auf die ollen Wattschnecken, die es besser wissen wollen.«

Tief in Gedanken versunken jagte ich die Maschen über die Nadeln. Als es klingelte, zuckte ich erschrocken zusammen. Nora? Jetzt schon? Der Blick auf die Uhr bestätigte es. Die Stunde war tatsächlich schon vorbei. Es waren sogar schon zehn Minuten drüber. Ich beeilte mich, das Strickzeug aus der Hand zu legen und Nora zu öffnen.

»Wirst du die untere Wohnung vermieten, wenn du in Fenjesiel bleibst?«, fragte Nora.

Wir hatten das Geschirr abgeräumt, und ich öffnete heimlich den obersten Knopf meiner Jeans. So eine köstliche Pizza hatte ich seit Jahren nicht mehr gegessen. Nora hatte nicht zu viel versprochen. Sie war eine kulinarische Zauberin. Und eine wunderbare Gesprächspartnerin. Mir fiel auf, dass ich mich den ganzen Abend auf unser Zusammensein konzentriert hatte. Wir waren vom Hölzchen zum Stöckchen gesprungen, hatten uns aus der Gegenwart und Vergangenheit erzählt und viel miteinander gelacht. Darüber war mein Kummer ein gutes Stück in den Hintergrund getreten.

Nora ließ mir Zeit, über die Antwort nachzudenken. Sie stand auf, um das Dessert aus dem Kühlschrank zu holen. Das tat sie mit einer unaufdringlichen Selbstverständlichkeit. Nora bewegte sich in meiner Wohnung, als wäre sie schon tausendmal hier gewesen. Kein langsames Antasten. Kein vorsichtiges Abchecken. Nora und ich – wir mussten verwandte Seelen sein. Oder uns aus einem früheren Leben kennen.

Doch zumindest was die Schrankinhalte anging, merkte ich nun doch, dass Nora fremd bei mir war. Sie sah sich suchend um. Ich zeigte auf den Schrank schräg über dem Herd, und sie holte die Teller heraus.

»Das kann ich dir gar nicht sagen«, antwortete ich. »Ich bin dankbar, dass ich heute den Schritt mit dem Laden getan habe. Wie es nun weitergehen wird? Ich weiß, dass ich die Wohnung nicht ewig leer stehen lassen kann. Ein bisschen mehr Platz für mich würde mir schon gefallen, ich könnte nach unten ziehen. Aber was mache ich dann mit meiner kleinen Wohnung? Fremde im Haus – ich weiß nicht so recht. Aber bevor ich ernsthaft darüber nachdenke, muss ich erst einmal entscheiden, wie es beruflich weitergehen soll. Vielleicht sollte ich mir diesen neuen Doktor doch einmal ansehen und mir die Option offenlassen.« Ich grinste Nora an und verdrehte die Augen bei dem Gedanken daran, was die Fenjesieler daraus machen würden.

Nora verstand mich sofort und lachte hell auf. »Das kannst du getrost tun. Die Gefahr, verkuppelt zu werden, besteht wohl nicht«, sagte sie und hob mit einem Löffel und einer Drehung gekonnt wunderschöne Noppen aus der Schüssel. Sie hatte eine Schokoladencreme vorbereitet.

»Hättest du doch was gesagt«, meldete ich mich mit einem Anflug schlechten Gewissens. »Einen Schokoladenpudding hätte ich uns auch anrühren können. Mit etwas Konzentration vielleicht sogar ohne Klümpchen. Und wieso besteht keine Gefahr?«, nahm ich den Faden wieder auf.

Nora verzog angewidert das Gesicht und schüttelte sich. Sie stellte ein Schälchen vor mir auf den Tisch. »Koste und sprich nie wieder über Chemiepudding mit mir«, forderte sie. Sie blieb stehen und sah mich mit hochgezogenen Augenbrauen erwartungsvoll an.

Ich schnupperte. Es duftete nach Kakao und einem Hauch Zimt. Andächtig stach ich mit meinem Löffel in die Nocke. Die Masse war luftig und zart. Ich schnupperte noch einmal und schob mir den Löffel in den Mund.

»Hmm!« Ich schloss die Augen und ließ diesen Schokoladentraum auf der Zunge zergehen. Es war eine dunkle

Schokolade, herb. Gerade süß genug, um die Aromen freizugeben und auf der Zunge zu spielen. »Wow!«, sagte ich, nachdem ich geschluckt hatte.

»Und?«

»Entschuldige bitte. Ich werde das Thema Päckchen-pudding anrühren dir gegenüber nie wieder in den Mund nehmen. Versprochen.«

Nora nickte zufrieden und setzte sich nun endlich auch wieder hin. Ein zweiter Löffel verschwand in meinem Schlund. Dann fiel mir etwas ein.

»Wie wäre es mit einem Espresso dazu?«, wollte ich wissen. Das würde sicher hervorragend passen.

»Sehr gern«, stimmte Nora erfreut zu. »Ich hatte nicht erwartet, dass du eine Espressomaschine hast.«

»Klischeefalle?«, wollte ich wissen. »Alle Ostfriesen trinken immer nur Tee?«

Nora grinste und sah dabei ausgesprochen hübsch aus. Ihre Lippen hatten eine natürliche Herzform, und die Augen strahlten. Der Sonnenbrand hatte sich bereits zu-rückgebildet und nur eine sanfte Röte auf den Wangen und ein paar Sommersprossen auf der Nase hinterlassen. Wenn ich ein Mann wäre, nach Nora würde ich mich si-cher zweimal umdrehen.

»Eher das Resümee meiner kurzen Erfahrung mit dir«, konterte sie spitzbübisch. »Ich hätte auf Kaffee To Go ge-tippt.«

Ich prustete. »Erwischt«, gab ich zu. »Aber nur manch-mal.« Im Handumdrehen brühte ich uns in meinem Kocher zwei Espresso auf und beeilte mich, zu meinem Dessert zurückzukommen.

»Sollte ich in Fenjesiel bleiben«, verkündete ich und nippte an dem Amaretto, den ich zum Espresso serviert hatte, »wäre es vielleicht doch gut, mich als Verpächterin zu versuchen.«

»Den Laden?«, fragte Nora. »Möchtest du doch, dass es damit weitergeht?«

Ich nickte und schüttelte gleichzeitig den Kopf. »Mein Vater hat manchmal davon geträumt, das Geschäft zu schließen und eine Gastronomie reinzunehmen. Eiscafé und Fischrestaurant gibt es schon. Vielleicht eine Pizzeria. So eine richtig gute Pizza vermisse ich hier im Ort schon manchmal. Entweder ich muss nach Emden fahren oder auf Tiefkühlpizza zurückgreifen.« Nachdenklich kratzte ich die Reste meiner Schokocreme vom Teller. »Aber gute Kuchen und Desserts müssten sie auch anbieten.« Dann fiel mir ein, was Erna mir verkündet hatte. Ach, das *Tante Erna* würde mir fehlen. Also schob ich hinterher: »Und Wolle sollten sie im Sortiment haben.«

Nora saß da und sah verträumt auf die Fliesen über der Spüle, als würde sie das Muster bewundern. Gedankenverloren drehte sie ihr Weinglas in der Hand. »Vielleicht sollte ich nach Fenjesiel ziehen und in deinem Laden ein Café eröffnen«, sagte sie. Sie sah mich an, runzelte die Stirn und meinte: »Mit Wolle kann ich allerdings nicht dienen. Ich kann Schafwolle nicht von Polyester unterscheiden und habe vom Stricken so viel Ahnung wie eine Robbe vom Ballett.«

Im ersten Moment verschlug es mir die Sprache. Ich hatte nur so vor mich hin geträumt, mit den Möglichkeiten gespielt. Aber was war mit Nora? Meinte sie das ernst?

»Hast du nicht erzählt, du führst zusammen mit deinem Bruder ein Restaurant?«, fragte ich.

Nora seufzte und nickte. »Ja, habe ich. Aber weißt du – gerade denke ich darüber nach, ob es überhaupt das ist, was ich möchte. Vielleicht wäre es an der Zeit, eigene Wege zu gehen.«

Wortlos stand ich auf und holte eine zweite Flasche Wein. Das könnte noch ein interessanter Abend werden.

»Und wieso laufe ich nicht Gefahr, verkuppelt zu werden?«, fragte ich, als mir bewusst wurde, dass wir vom Thema abgekommen waren.

KAPITEL 8

Nora

D u denkst darüber nach, für den neuen Arzt zu arbeiten. Solange du dir nicht sicher bist, was du beruflich machst, ist Küssen mit ihm verboten.«

Anneke lachte. Und ich freute mich darüber. Es war schön, sie etwas fröhlicher zu sehen. »Außerdem hat Mister Perfect wohl schon seine Miss Perfect gefunden. Er war mit einer sehr schick gekleideten dunkelhaarigen Schönheit im Supermarkt«, sagte ich und musterte Anneke demonstrativ. Mein Blick blieb an ihren Füßen hängen. »Ich kann mir ehrlich gesagt nicht vorstellen, dass er auf Frauen steht, die ihre Socken selbst stricken.« Ich lächelte und nippte an meinem Rotwein. »Die Schöne an seiner Seite trug ein elegantes rotes Kleid und hochhackige Sandalen.«

Anneke wippte mit den Füßen. »Seit dem Unfall friere ich ständig. Es ist wohl eher eine innere Kälte, und die Socken helfen auch nicht wirklich, aber sie haben eine emotionale Bedeutung. Meine Mutter hat auch gestrickt.«

In ihren Augen blitzte für einen kurzen Moment wieder dieser schmerzliche Ausdruck auf, der mir sofort aufgefallen war, als ich sie das erste Mal gesehen hatte. Diese tiefe Traurigkeit, die sie sicher noch lange begleiten würde. Mit dem plötzlichen Tod meines Großvaters im letzten Jahr hatte ich zum ersten Mal von einem Menschen, der mir viel bedeutet hatte, den ich geliebt hatte, für immer Abschied nehmen müssen. Das tat unbeschreiblich weh. Sterben gehört zum Leben, hatte Oma nach der Beerdigung zu mir gesagt. Und dass das Leben meines Großvaters erfüllt gewesen sei. Annekes Eltern waren viel jünger, als sie starben, und sie hatte beide auf einmal verloren.

»Ich kann nur erahnen, wie du dich jetzt fühlst«, sagte ich. »Und hoffen, dass es jeden Tag ein bisschen leichter wird.«

»Das wird es.« Sie lächelte. »Es ist schön, dass du heute Abend bei mir bist.«

»Das finde ich auch.« Ich streckte mich. »Ich habe mich in letzter Zeit viel zu wenig um mich gekümmert. Deshalb diese kleine Auszeit hier in Fenjesiel.«

Anneke runzelte die Stirn. »Und jetzt kümmerst du dich ausgerechnet um mich. Das tut mir leid. Du hast sicher Besseres zu tun.«

»Wahrscheinlich würde ich mir jetzt Sorgen machen, ob mein Bruder im Restaurant ohne mich zurechtkommt, und ein schlechtes Gewissen haben, weil ich es mir gut gehen lasse.« Ich fuhr mit dem Zeigefinger über den Glasrand. »Aber ich glaube, das sind Luxussorgen im Vergleich zu deinen.«

»Erzähl mir davon«, sagte Anneke. »Das lenkt mich von meinen ab.«

»Gut.« Ich atmete tief durch. »Mein Bruder Nils ist zwei Jahre älter als ich. Er hat sich von meinem Vater überreden lassen, Betriebswirtschaft zu studieren, und das hat er auch ganz gut hinbekommen. Eigentlich wollte er Koch werden, und sein Traum war es immer, ein eigenes Restaurant zu führen. Das hat bei mir nicht geklappt, ich habe gesehen, wie unzufrieden Nils mit seinem Studium war, und mich für eine Ausbildung zur Konditorin entschieden.«

»Ein schöner Beruf«, sagte Anneke.

»Ja, das finde ich auch. Aber jetzt arbeite ich als Köchin. Ich habe mich überreden lassen, mit Nils zusammen das Restaurant zu übernehmen. Er hat mich damit geködert, dass wir auch Frühstück und Kaffee und Kuchen anbieten können, und ich fand die Idee sehr gut. Ich sollte für den Vormittag und den Nachmittag zuständig sein, er für den Abend. Das Problem ist, dass das Restaurant nur abends gut besucht ist. Das heißt, ich koche oder bediene, wenn ich eigentlich frei haben wollte. Nur bei den Desserts kann ich mich austoben. Im Grunde verwirkliche ich seinen Traum, nicht meinen. Außerdem gibt es Probleme mit dem Vermieter. Und seit einiger Zeit kriselt es auch zwischen Nils und mir ...«

Ich erzählte, Anneke hörte zu. Sie prostete mir zu. »Du hast dein Hobby und deine Leidenschaft zum Beruf gemacht. Das ist doch gut. Auch wenn du jetzt etwas anderes machst, kannst du immer wieder darauf zurückgreifen. Was hält dich davon ab?«

»Nils ist schließlich mein Bruder, den will ich nicht im Stich lassen.«

»Gehört das Restaurant euch beiden?«

»Er hat mich eingestellt.« Ich zögerte einen Moment, normalerweise sprach ich nicht mit Fremden über finanzielle Dinge. Aber Anneke kam mir bekannt vor, es war, als würden wir uns schon ewig kennen. »Als Konditorin habe ich viel mehr verdient. Mein jetziger Lohn ist eigentlich ein Witz. Nils meinte, es käme noch ein bisschen Trinkgeld dazu, aber das ist bei Weitem nicht das, was ich vorher verdient habe. Und das war schon nicht viel. Dabei hatte ich gerade meinen Meister gemacht. Das hätte mein Gehalt erhöht. Außerdem hätte ich einen eigenen Laden aufmachen können. Und du? Du hast gesagt, du hast bei dem Arzt hier gearbeitet, aber eigentlich bist du Krankenschwester. War das schon immer dein Berufswunsch?«

Anneke lächelte. »Als Kind wollte ich einen kleinen Tante-Emma-Laden, wie es ihn hier früher gab, bevor der Supermarkt kam. Ich dachte, da könnte ich den ganzen Tag an der Kasse sitzen, und alle Leute würden zu mir kommen und mit mir reden. Dann wollte ich Lehrerin werden und später Ärztin. Weil ich keinen Studienplatz bekam, habe ich eine Ausbildung zur Krankenschwester gemacht, aber dann bin ich wieder nach Fenjesiel gekommen, um hier in der Arztpraxis zu arbeiten«. Sie zuckte mit den Schultern. »Und dann kam alles auf einmal. Dr. Petersen hat die Praxis plötzlich aus Altersgründen aufgegeben, zwei Jahre früher als geplant. Kurz darauf starben meine Eltern. Seitdem hänge ich in den Seilen. Ich weiß nicht, was ich jetzt machen soll. Im Moment bin ich hin- und hergerissen. Einerseits würde ich gerne in Fenjesiel bleiben, was bedeuten würde, dass ich mir den neuen Arzt anschaue. Andererseits zieht es mich auch weg, weil ich dann nicht jeden Tag daran erinnert werde, dass meine Eltern nicht mehr hier sind. Und wenn ich das Haus behalte, muss ich investieren. Das Dach muss erneuert werden, die Heizung muss modernisiert werden.« Sie schluckte, dann zuckte sie mit den Schultern. »Ach, ich weiß auch nicht.«

»Irgendwann wirst du es wissen«, sagte ich mit fester Stimme. »Du brauchst nur noch ein bisschen Zeit.«

»Wahrscheinlich gehe ich nach Leer ins Krankenhaus.« Anneke trank einen Schluck Wein und sah aus dem Fenster. »Was soll ich denn noch hier? Heute habe ich erfahren, dass Tante Erna ihren Wollladen schließt. Der Haushaltswarenladen meiner Eltern lief in den letzten Jahren wohl auch nicht mehr so gut. Das Ausbleiben der Kunden während der Corona-Pandemie hat sicher seinen Teil dazu beigetragen, aber ich denke, es hat es schon viel früher angefangen. Meine Eltern hätten längst die Konsequenzen ziehen und umdenken müssen. Die Pizzeria wäre nicht schlecht gewesen. In Fenjesiel kann man nur Geld verdienen, wenn man für das leibliche Wohl der Gäste sorgt.«

»Das ganze Jahr? Auch im Winter? Ich war mit meinen Großeltern immer nur im Sommer hier.«

Anneke schüttelte den Kopf. »Nichts. Die meisten leben von der Saisonarbeit. Das heißt, in den Osterferien geht es meistens los, im Sommer wird es richtig anstrengend bis zu den Herbstferien. Im November wird dann meist renoviert, aufgeräumt, umgebaut. Und im

Dezember, spätestens Mitte Januar, geht es dann in den Süden, wenn man es sich leisten kann. Das Saisongeschäft ist nicht einfach.«

»Das glaube ich gern. In der Konditorei, in der ich gearbeitet habe, haben wir in den warmen Monaten Eis im Biergarten angeboten. Ich war immer froh, wenn der Spuk vorbei war.«

»Wir haben hier schon eine Eisdiele.« Anneke lächelte mich an. »Aber ein gutes Café, das fehlt hier. Wenn du dir überlegst, eines zu eröffnen, hätte ich da eine klasse Adresse.«

»Die Idee ist gut, aber das Saisongeschäft schreckt mich ab«, erklärte ich, und plötzlich schlich sich mein Großvater in meine Gedanken, der mich immer ermutigt hatte, mich selbstständig zu machen. »Meine Urgroßeltern hatten eine Bäckerei in Bremerhaven. Allerdings wurde die Backstube im Zweiten Weltkrieg bei einem Bombenangriff zerstört, mein Urgroßvater kam nicht mehr aus dem Krieg zurück, und meine Urgroßmutter ist mit meinem Opa zu ihrer Schwester nach Hannover gezogen.«

»Dann ist dir die Leidenschaft zum Backen in die Wiege gelegt worden. Wie schön!«

»Ja.« Ich deutete auf Annekes Füße. »Und dir das Stricken. Warum übernimmst du nicht das Wollgeschäft deiner Tante, wie hieß sie doch gleich?«

»Erna«, antwortete Anneke. »Aber sie ist gar nicht meine Tante. Wir nennen sie alle nur so.« Sie lächelte. »Auch Frerk, ihr Mann, hat sie so genannt. Aber der ist schon vor vier Jahren gestorben.« Sie seufzte. »Ich hätte Lust dazu. Aber ich glaube nicht, dass es sich lohnt. Erna geht es finanziell gut. Für sie war das Geschäft mehr oder weniger ein Hobby. Aber ich muss mit meiner Arbeit Geld verdienen.«

»Ein Schicksal, das wir beide teilen.« Ich trank einen Schluck Wein. »Kommt Zeit, kommt Rat, hat mein Opa immer gesagt.«

»Er ist im letzten Jahr gestorben?«

Ich nickte. »Er war eigentlich noch topfit, sehr aktiv, ist viel Rad gefahren, hat gesund gelebt. Und trotzdem hat sein Herz einfach aufgehört zu schlagen. Das kam für uns alle plötzlich, keiner hat damit gerechnet.« Noch während ich das sagte, wurde mir klar, dass der Tod von Annekes Eltern noch unerwarteter gekommen war. »Und deine Großeltern?«, fragte ich schnell. »Wohnen sie hier in der Nähe?«

Sie seufzte. »Ja und nein. Meine Familiengeschichte ist ein wenig kompliziert. Meine Großeltern väterlicherseits sind geschieden und haben wieder geheiratet. Sie leben in Emden und Frankfurt. Von meinen Großeltern mütter-licherseits lebt nur noch mein Opa. Oma ist vor ein paar Jahren gestorben. Opa wohnt in Ditzum, also nicht weit von hier. Aber wir haben keinen Kontakt mehr. Den hat er abgebrochen, als Oma gestorben ist. Er war nicht mal bei der Beerdigung meiner Eltern, also seiner Tochter.« Sie zuckte mit den Schultern. »Da ist etwas passiert. Ich weiß nicht, was meine Mutter getan hat. Sie hat immer gesagt, sie wüsste es auch nicht. Es gab mal einen Streit zwischen meinem Großvater und ihr, doch das war nicht der Grund. Er ist einfach ein Nörgler. Aber die anderen Omas und Opas sind alle nett, auch die angeheirateten.«

»Dabei könnte alles so einfach sein. Mit meinem Vater stehe ich auch ein bisschen auf Kriegsfuß ...«

Es war schon halb zwölf, als ich mich von Anneke verabschiedete.

»Es ist kühl draußen. Hier.« Sie reichte mir eine leichte Strickjacke in einem schönen Olivton. »Die Farbe passt gut zu deinen Augen. Ich schenke sie dir.«

»Wirklich?« Ich schlüpfte hinein und strich über die weiche Wolle. »Sie ist wunderschön. Ich nehme sie gerne, aber nur, wenn ich sie bezahlen darf. Allein die Arbeit, die du reingesteckt hast. Wie viele Stunden hast du daran gesessen?«

»Das weiß ich nicht«, antwortete Anneke. »Nur, dass es mir Spaß gemacht hat, sie zu stricken.«

»Und die Wolle? Die muss teuer gewesen sein.«

Sie strich sich mit dem Finger über den Nasenrücken. Ihre Augen glänzten. »Sie ist auf jeden Fall etwas Besonderes. Alpaka, Seide und Merino, so verarbeitet, dass es wie Mohair aussieht – nur flauschiger. Ich liebe sie. Wie lange bleibst du hier?«

»Leider nur das Wochenende.«

»Du hast eine Küche mit Backofen in deiner Wohnung ...«

»Ja. Kann ich dich zum Essen einladen?«

»Gerne. Aber ...« Sie lächelte. »Du bist doch Konditorin. Ich tausche die Jacke auch gegen einen Kuchen – ganz wie du willst.«

»Einverstanden!«, stimmte ich sofort zu. Und ich wusste auch schon, was ich für Anneke backen würde. Im

Laden ihrer Eltern hatte ich jede Menge Einmachgläser gesehen, die viel zu billig angeboten wurden. Ich würde sie kaufen und darin Kuchen backen, die länger haltbar waren. So hatte Anneke einige Monate Freude daran. »Morgen hole ich die Töpfe und Pfannen.« Ich lächelte. »Und vielleicht finde ich auch noch das eine oder andere Teil für das Café, das ich eines Tages eröffnen werde.«

»Das hoffentlich in Fenjesiel sein wird.«

»Wer weiß.«

»Findest du den Weg nach Hause? Oder soll ich dich begleiten?«

Ich musste lachen. »Den Hafen finde ich auch leicht betrunken – oder besser gesagt gut betrunken.«

In der Regel hielt ich mich mit Alkohol zurück. Heute hatte ich mich zu drei Gläsern Wein hinreißen lassen. Mindestens eines davon wurde durch die Pizza neutralisiert, die wir gegessen hatten, wie ich ihr erklärte.

Wir umarmten uns zum Abschied. »Bis morgen.«

Anneke hatte recht. Es war kühl geworden. Ich wickelte die Strickjacke fest um meinen Körper und ging hinter dem Haus den Deich hinauf. Oben angekommen blieb ich stehen, blickte nach oben und dachte an meinen Großvater, der mir in einem unserer Fenjesiel-Urlaube die Mondphasen erklärt hatte. Heute erhellte die zunehmende Mondsichel den nächtlichen Sternenhimmel. In sieben Tagen, wenn ich aufbrechen würde, wäre Vollmond.

Ich atmete tief durch, schloss für einen Moment die Augen und lauschte dem Rauschen des Meeres. Hinter den Salzwiesen rollten die Wellen in einem gleichmäßigen

Rhythmus auf das Ufer zu und zogen sich wieder zurück. Das Meer war ständig in Bewegung, es kannte keinen Stillstand. Und doch spürte ich in diesem Moment eine lange vermisste Ruhe und Klarheit in mir. Es war an der Zeit, endlich meinen Traum zu leben.

KAPITEL 9

Nora

Der Wein machte mir doch zu schaffen. Die frische Luft half auch nicht. Mir war etwas schwindelig, immer wieder musste ich anhalten und tief durchatmen. Aber ich war ja allein unterwegs und konnte mir so viel Zeit lassen, wie ich wollte. Ich genoss den nächtlichen Spaziergang auf dem Deich mit dem Sternenhimmel über mir.

Als ich schließlich am Hafen ankam, blieb ich überwältigt stehen und lauschte den Gitarrenklängen, die von einem Hausboot kamen, das von unzähligen flackernden Windlichtern erleuchtet war.

Oben an Deck saß der Mann, der mir bei meiner Ankunft ein Ständchen gesungen hatte. Er bemerkte mich gar nicht, so vertieft war er in sein Gitarrenspiel.

»La-Le-Lu«, summte ich leise mit. Es war das Lied, das unser Vater immer gesungen hatte, wenn er uns ins Bett gebracht hatte. Er hatte eine wunderschöne Stimme, tief und warm. Wann er damit aufgehört hatte, wusste ich nicht genau, wahrscheinlich, als wir älter wurden und alleine ins Bett gingen. Außerdem war uns sein Gesang irgendwann peinlich geworden, vor allem im Auto, wenn Freunde oder Freundinnen dabei waren. Jetzt fand ich die Erinnerung schön.

Ohne weiter darüber nachzudenken, zückte ich mein Handy und schickte meinem Vater eine Nachricht.

Im Hafen von Fenjesiel sitzt ein Mann auf einem Boot und spielt La-Le-Lu auf seiner Gitarre. Ich denke an dich, Papa.

Als ich wieder aufblickte, sah ich, dass der Mann aufgestanden war und mich ansah.

»Ein Gläschen Wein zu später Stunde?«, fragte er.

»Auf keinen Fall.« Ich lächelte ihn an. »Mir reicht das, was ich heute im Laufe des Abends getrunken habe.«

»Dann einen Tomatensaft? Der hilft immer gegen einen drohenden Kater.«

»Brrr.« Ich schüttelte mich. »Den gibt es bei mir nur heiß in einem tiefen Teller als Suppe aus frischen Tomaten.«

»Dann vielleicht einen Tee?« Er rieb sich über die graue Strickjacke, die er trug. »Es ist ziemlich kalt.«

»Pfefferminz?«

Er nickte. »Frisch aus dem Kräuterbeet.«

»Da sage ich nicht Nein.« Ich ging zum Steg.

Er reichte mir seine Hand und half mir auf das Boot. Es schaukelte leicht auf dem Wasser, ich verlor das Gleichgewicht und stolperte gegen ihn, er hielt mich fest.

»Hoppla.« Er wartete, bis ich wieder sicher stand und mich ein Stück von ihm entfernte. »Ich heiße Jonte.«

Seine hellen, strahlend blauen Augen erinnerten mich an das Schwimmbecken im Freibad, in dem ich in den Sommermonaten, wann immer es ging, ganz früh morgens meine Bahnen gezogen hatte. Das letzte Mal war allerdings schon zwei Jahre her. »Nora.« Ich sah mich um. »Gemütlich hast du es hier.«

»Marke Eigenbau. Setz dich doch.« Er deutete auf das kleine Sofa, das aus zwei übereinandergestapelten Paletten bestand. Knautschige dunkelgrüne Kissen lagen darauf. Auch einen Sessel aus einer *ähnlichen* Konstruktion hatte er gebaut. Dazwischen standen zwei Tische, für die er ein altes Holzfass in zwei unterschiedlich hohe Teile gesägt hatte. Neben dem Eingang zur Kajüte standen große Kübel, in denen verschiedene Kräuter wuchsen. Er zupfte einige Blätter ab. Sofort erfüllte der frische Duft von Minze die Luft.

»Ich bin gleich wieder da.«

Jonte verschwand in der Hütte. Ich hörte ihn dort hantieren, den Wasserkocher, Schritte …

Als er zurückkam, hatte er auch an eine Decke für mich gedacht und reichte sie mir. Ich legte sie mir um die Schultern. »Vielen Dank.«

»Dafür nicht.« Er gab Kluntje in die große bauchige Tasse. »Oder trinkst du ihn lieber ungesüßt?«

»Gerne mit. Ich mag das Knistern, wenn die heiße Flüssigkeit darauf trifft«, sagte ich.

»Die Kristalle im Zucker sind wie ein Gitter aufgebaut. Wenn das heiße Wasser darauf trifft, gerät die Struktur durcheinander, die Kristalle brechen, der Kluntje knackt.«

Ich blickte überrascht auf. »Genau so hat es mir mein Großvater erklärt.«

»Das weiß ich von Tante Erna. Ihr gehört das Wollgeschäft hier in Fenjesiel. Wenn du noch nicht da warst, solltest du unbedingt mal vorbeischauen. Sie macht den besten Friesentee weit und breit. Dazu gibt es Waffeln, wenn du Glück hast und sie gerade frische gebacken hat. Sie sind hauchdünn, knusprig, erinnern an Waffelhörnchen und schmecken herrlich nach Zimt.«

»Klingt nach Eiserwaffeln«, sagte ich. »Die werden nach dem Backen meist zu Rollen geformt.«

Er schüttelte den Kopf. »Tante Ernas sind flach, klein und quadratisch.«

»Dann backt sie sie sicher in einem Zimtwaffeleisen.«

»Auf jeden Fall sind sie ein Gedicht.« Er hob das Kännchen. »Sahne?«

»In Pfefferminztee?«

»Ja.« Er lächelte. »Möchtest du probieren?«

»Sehr gerne.«

Kurz darauf reichte er mir die Tasse.

Mit beiden Händen umschloss ich sie und nippte an der heißen Flüssigkeit. »Lecker!« Vorsichtig trank ich einen größeren Schluck. »Es wärmt von innen.«

»Eine Kindheitserinnerung. Diesen Tee gab es immer, wenn wir krank waren.« Er hüstelte. »Und wir hatten verdammt oft einen kratzenden Hals und Husten, mein Bruder und ich. Bis unsere Mutter eines Tages mit selbst gemachtem Zwiebelsirup um die Ecke kam.«

Ich musste lachen. »Ach ja, den kenne ich auch noch. Ich fand ihn eigentlich ganz lecker, bis ich gesehen habe, wie meine Oma ihn gemacht hat. Von da an schmeckte er für mich nach Zwiebeln und ich fand ihn schrecklich.«

Wir schwiegen einen Moment nachdenklich. Schließlich fragte Jonte: »Wie lange bleibst du? Du machst doch Urlaub hier? Sonst wärst du mir sicher schon aufgefallen.«

»Spontanurlaub. Leider nur bis Sonntag«, entschied ich, lehnte mich in das Kissen zurück und streckte die Beine lang aus. »Aber ich werde auf jeden Fall wiederkommen und Zeit mitbringen.« Das schien mir die beste Lösung zu sein. So konnte ich am Montag ausgeruht mit Nils die Gäste betreuen und wenn ich wieder hier sein würde, die Zeit ohne schlechtes Gewissen genießen.

»Gut, dann sehen wir uns hoffentlich wieder. Hast du schon konkretere Pläne?«

»Nein.« Ich trank einen Schluck Tee. »Ich war früher im Sommer oft mit meinen Großeltern hier. Wie ist Fenjesiel im Winter?«

»Ruhig, sehr ruhig! Es sei denn, man kommt in den Schulferien. Dann ist erfahrungsgemäß mehr los. Wenn du Ruhe suchst, musst du vorher oder nachher kommen.« Er blickte auf das Hafengelände. »Wir haben hier einen ganz schönen Adventsmarkt mit Kunsthandwerkern, gutem Essen und einem gut besuchten Glühweinstand. Aber immer nur am Wochenende.«

»Das wird wohl nichts.« Ich seufzte. »Im Dezember haben wir mit Weihnachtsfeiern alle Hände voll zu tun. Ich arbeite im Restaurant meines Bruders …« Ich erzählte kurz, was ich dort machte, aber dass ich eigentlich gelernte Konditorin war.

»Deshalb kennst du dich ja auch mit Eiserwaffeln und Zimtwaffeln aus. Ein schöner Beruf.«

»Ja, aber ich komme im Moment nicht so oft dazu, ihn auszuüben. Das mit den Waffeln habe ich aber schon als Kind von meiner Oma gelernt. Sie backt sie jedes Jahr. Am ersten Advent fängt sie damit an. Sie lädt zum Kaffeetrinken ein und schenkt jedem aus der Familie eine große Dose voll. Ihre Zimtwaffeln sind sehr begehrt. Letztes Jahr konnten mein Bruder und ich leider nicht zum Kaffeetrinken kommen, da hat sie uns kurzerhand ein Päckchen gepackt. Darin war auch ein kleiner Brief, in dem sie uns mitteilte, dass in jeder Dose genau gleich viele Waffeln sind, dass wir gar nicht erst zählen müssen.« Ich lächelte. »Mein Bruder hat sie dann gewogen. In einer waren zwanzig Gramm mehr.«

»Die er hoffentlich dir überlassen hat.«

Ich grinste. »Wir haben eine der Waffeln geteilt.«

Jonte zeigte auf das Hafengelände. »Wie gesagt, dort findet ein schöner Adventsmarkt statt. Ich bin mir sicher, dass die Waffeln deiner Oma dort ein kleiner Verkaufsschlager wären.«

»Dann wäre das doch was für Tante Erna«, schlug ich vor. Jonte schüttelte den Kopf. »Die lässt sich nicht überreden. Bisher hat sie jedes Jahr einen Stand mit Socken, Schals, Mützen und Pullovern gehabt.« Er zeigte auf meine Strickjacke. »Sie hat auch Wolle angeboten. Das wäre bestimmt was für dich gewesen. Aber dieses Jahr will sie wahrscheinlich nur noch als Besucherin teilnehmen.«

»In dieser Hinsicht bin ich leider völlig unbegabt. Die Jacke, die ich trage, habe ich vor einer halben Stunde geschenkt bekommen.« Ich zögerte kurz, schließlich hatte ich Anneke erst vor wenigen Stunden kennengelernt. Aber schließlich sagte ich: »Von einer Freundin aus dem Ort.«

»Anneke?« Er klang überrascht.

»Ja.«

»Wie geht es ihr?«, fragte er mit besorgter Stimme und schüttelte dann den Kopf. »Vergiss die Frage, wie es ihr geht, es ist erst zwei Monate her.« Ein trauriges Lächeln umspielte seine Lippen. »Es tut weh, sie so leiden zu sehen. Aber ich bin froh, dass du jetzt hier bist, dass sie eine Freundin hat, die für sie da ist. Seit wann kennt ihr euch? Von den Ferien mit deinen Großeltern?«

Die Frage hallte in mir nach. Was, wenn es tatsächlich so war? »Eigentlich haben wir uns heute zum ersten Mal getroffen«, erklärte ich. »Doch wir waren uns gleich so vertraut, als würden wir uns schon länger kennen. Aber ich kann mich nicht erinnern. Und Anneke auch nicht. Wir haben spontan den ganzen Abend zusammen verbracht. Ich mag sie.«

»Ich mag sie auch.«

»Dann frag du sie doch mal, wie es ihr geht«, schlug ich vor, einer Eingebung folgend. »Übermorgen ...« Ich sah auf die Uhr, Mitternacht war seit einer halben Stunde vorbei, der nächste Tag schon angebrochen. »... oder besser gesagt morgen bin ich wieder weg. Ein bisschen Abwechslung wird Anneke guttun, auch wenn sie jemanden zum Reden hat, jemanden, der sich um sie kümmert.«

»Sie hat die Fenjesieler, Tante Erna, Hinnerksen … Die kümmern sich«, erwiderte Jonte. »Ich bin der, der immer lächelt, gut gelaunt ist und schöne Lieder spielt.«

Sein melancholischer Ton stand im Widerspruch zu dem, was er über sich erzählt hatte. »Und wer bist du wirklich?«, fragte ich.

»Ein Weltenbummler«, antwortete er. »Jemand, der keine Verantwortung übernehmen will.«

»Was hast du vorher gemacht? Beruflich, privat? Oder bist du schon immer über die Meere gesegelt?«

»Dies und das.« Er fuhr sich durch die blonden Locken. »Bist du immer so direkt?«

»Interessiert«, antwortete ich. »Du bist der einzige Mann, den ich kenne, der auf einem Hausboot lebt. Bist du Musiker?«

»Nein.«

»Kapitän?«

»Nein.«

»Lehrer! Und du bist im Sabbatjahr.«

Er hob abwehrend die Hände. »Ich und Lehrer? Niemals!«

Ich lachte. »Okay, ich gebe auf. Verrätst du es mir?«

»Du fährst am Sonntagmorgen, vielleicht sehen wir uns nie wieder. Und du kannst für dich behalten, was man dir anvertraut?«

»Auf jeden Fall!«

»Es wird dich wahrscheinlich überraschen.« Er fuhr sich wieder durchs Haar. »Ich bin Zahnarzt. Vor drei Jahren habe ich alles verkauft, was ich besaß, um mir einen Traum zu erfüllen, den ich mit meiner Frau verwirklichen wollte: irgendwann alles stehen und liegen zu lassen und um die Welt zu segeln.« Er blickte aufs Wasser und holte tief Luft.

Eine leichte Gänsehaut lief mir über den Körper. Ich ahnte, was Jonte sagen würde, und kurz darauf bestätigte er meine Vermutung.

»Es war ein Verkehrsunfall. Rebecca war sofort tot.« Er sah mich ernst an. »Der Tod ordnet die Welt neu. Auch wenn mir oft nicht danach ist, schaffe ich es doch, anderen ein Lächeln ins Gesicht zu zaubern.«

»Ich kann wahrscheinlich nur ansatzweise nachempfinden, wie es dir geht. Aber es tut mir sehr leid, dass du deine Frau verloren hast«, sagte ich. »Danke für dein Vertrauen.«

»Vielleicht hast du recht, vielleicht sollte ich mit Anneke reden. Ich würde ihr sagen, dass die Zeit nicht alle Wunden heilt, aber dass man lernt, damit zu leben. Und dass irgendwann, auch wenn es abgedroschen klingt, die Sonne wieder scheint. Erst blitzt sie nur zaghaft zwischen den Wolken hervor, dann schafft sie es für ein paar Minuten, und irgendwann scheint sie den ganzen Tag, ohne dass du es merkst.« Er seufzte. »Auch wenn ab und zu der Himmel noch verhangen ist und kein Licht zu dir durchdringt. Manchmal muss man es einfach aushalten.«

»Schöne Worte«, sagte ich. »Du solltest ein Lied daraus machen. Und doch Musiker werden.«

Er lachte laut. »Davon kann ich auf Dauer nicht leben. Ab und zu werfen mir Touristen ein paar Münzen in den Hut. Ich brauche nicht viel, aber mein Segelboot muss repariert, das Hausboot instand gesetzt werden. Mein finanzielles Polster ist bald aufgebraucht. Und ehrlich gesagt habe ich im Moment keinen Plan, was ich in der nächsten Zeit machen will. Hierbleiben? Noch mal um die Welt segeln? Zurück nach Düsseldorf?«

»Drei gute Möglichkeiten«, antwortete ich. Und mir fiel ein, dass ich ab Montagmorgen wieder meine Zeit im Restaurant meines Bruders verbringen würde. »Wenigstens hast du eine Wahl.«

»Haben wir die nicht alle?«

War es so? Hatte er recht? Die Gedanken in meinem Kopf ratterten.Um ein Uhr nachts half Jonte mir, an Land zu gehen. »Überleg dir das mit dem Waffelstand im Advent noch mal«, sagte er. »Dann bin ich auf jeden Fall noch hier und genieße es auch.«

Ich lachte. »Oma backt dir auch welche, wenn ich sie nett frage, und dann schicke ich sie dir.«

»Das wäre natürlich das absolute Adventshighlight für mich.«

»Kommt es an, wenn ich es ›an Jonte auf dem Hausboot‹ adressiere?«

»Wenn du es so gut verpackst, dass man es nicht riechen kann, ja. Sonst weiß ich nicht, ob unser Briefträger Hinnerksen nicht zum Dieb wird.«

»Und dann bist du sicher noch hier?«

»Wahrscheinlich.« Er überlegte einen Moment. »Was hältst du davon, wenn wir unsere Telefonnummern austauschen? Dann sage ich dir, wohin du meine Waffelpost schicken kannst.«

Ich zückte mein Handy. »Nur zu, ich rufe dich an, dann hast du meine.«

Wir kamen nicht weit. Gerade als ich die ersten drei Ziffern eingegeben hatte, hörten wir die wütende Stimme einer Frau. Wir blickten auf den Weg, der am Deich entlangführte, und sahen zwei Personen, die auf den Hafen zugingen. Vorneweg ging Annekes Arzt, gefolgt von der dunkelhaarigen Schönheit, die nun stehen blieb, einen ihrer Schuhe auszog und ihn nach ihm warf. Sie verfehlte ihn nur knapp. Der smarte Arzt ging weiter, ohne sich umzudrehen.

»Paul!«, rief die Frau und warf Schuh Nummer zwei.

»In Fenjesiel braucht man keinen Fernseher«, sagte Jonte trocken. »Das ist ein großes Kino. Willst du Popcorn? Ich habe Mais und kann schnell welches machen.«

»Nein, danke.« Ich lachte leise. »Gut, dass sie ihn nicht getroffen hat. Der Schuh hat Mordsabsätze.«

»Und jetzt bestimmt ein paar Kratzer.«

Wir sahen den beiden nach, bis sie aus unserem Blickfeld verschwunden waren. Eine Brise wehte vom Wasser über das Boot. Ich wickelte die Decke ein wenig fester um mich.

»Der Spätsommer verabschiedet sich«, sagte Jonte. »In den nächsten Tagen wird es ungemütlich.« Er blickte aufs Meer und dann zum Himmel. »Morgen wird es noch einmal sonnig, aber gegen Nachmittag werden die Wolken dichter.«

Auch ich schaute nach oben. »Woher weißt du das?«

»Das hat mir die dreitägige Vorhersage der Wetter-App verraten.« Er sah mich mit einem verschmitzten Lächeln an. »Normalerweise kann man sich darauf nicht verlassen. Aber vorhin hörte ich einen der alten Fischer sagen, dass seine Knochen das kommende feuchte Wetter spüren. Also glaube ich der Vorhersage ausnahmsweise.«

»Dann habe ich mir genau das richtige Wochenende ausgesucht, um hierherzukommen«, sagte ich und legte die Hand auf die Wange. »Ich habe mir sogar einen kleinen Sonnenbrand geholt.« Ich sah mich auf dem Boot um. »Was machst du, wenn das Wetter schlecht ist?«

»Das, was alle machen. Zu Hause bleiben und Tee trinken. Und wenn ich raus muss, dann mit dem guten alten Friesennerz.«

»Das hört sich nett an«, sagte ich.

Er lächelte. »Das ist es!«

KAPITEL 10

Anneke

»Pfui, ist das ein Wetter«, schimpfte ich und schüttelte mich. Wind und Regen hatten mich fast in den Buchladen hineingeweht. Ich war gerannt, aber das hätte ich mir sparen können. Obwohl ich mich so beeilt hatte, war ich klatschnass geworden. Den Schirm hatte ich erst gar nicht versucht aufzuspannen. Bei den Böen hätte er keine fünf Minuten überstanden. Schirme hatten in Ostfriesland eine meist nur kurze Lebensdauer.

Bente stand auf einer Trittleiter und sortierte Bücher in das oberste Regal. Matta ging mit ihrem Staubwedel die Reihen entlang. Es war kurz nach zehn und ich, wie es schien, die erste Kundin des Tages.

»Moin«, grüßte ich die beiden Frauen.

»Moin, Anneke«, grüßte Bente. »Kalt geworden«, stellte sie fest.

»Es schüttet Flundern und Kabeljau«, brüllte Matta und hob ihren Staubwedel, als wäre er ein Zauberstab. »Wenn es so anfängt, kommt es dicke. Das wird ein schlimmer Winter. Macht euch gefasst!« Sie nickte vielsagend und mit Unheil verkündender Miene.

Als sie sich wieder dem Staub zuwandte, grinsten Bente und ich uns an. Wenn es nach Matta und ihren Prophezeiungen ginge, drohte der Welt alle paar Tage der Untergang.

»Na, was kann ich für dich tun?«, wollte Bente nun wissen, da Matta keine Anstalten machte, ihre Stauborgie zu unterbrechen, um mich zu bedienen. Mir war es ganz recht, Bente musste ich wenigstens nicht anschreien.

»Hast du noch einen Bildband von Fenjesiel da?«, fragte ich. Nora war gestern Abend abgereist. Ich wollte ihr eine kleine Freude bereiten und eine Erinnerung an das Wochenende schicken. Die Idee war mir letzte Nacht gekommen. Und gleichzeitig konnte sie in dem Buch blättern und sich dabei überlegen, was sie unternehmen würde, wenn sie das nächste Mal da war. Dass sie wiederkommen würde, hatte sie fest versprochen.

Bente nickte. Sie stieg von ihrer Trittleiter und drückte mir gleich darauf das gewünschte Buch in die Hand. Ich blätterte die ersten Seiten durch und nickte zufrieden. Genau so hatte ich es mir vorgestellt: Fenjesiel mit all seinem Zauber.

Normalerweise liebte ich es, Zeit im Buchladen zu verbringen. Heute aber verkniff ich mir das Stöbern und bezahlte direkt.

Ich blieb nur für einen kurzen Schnack, dann schob ich auch schon das gut verpackte Buch unter meine Öljacke, zog den Kragen enger und stürzte mich mit einem kurzen

Abschiedsgruß wieder hinaus in die Fluten. Ich wollte nach Hause – zurück zu meinen Stricknadeln. Nora würde nicht nur das Buch, sondern auch ein paar dicke Socken von mir bekommen.

Am späten Nachmittag hatte der Regen noch zugelegt, und der Wind war zu einem ersten Herbststurm angewachsen. Die Böen rüttelten am Haus. Es brauste und heulte. Ich saß auf meinem Sofa. Die erste Socke war fertig und die zweite bereits in Arbeit. Doch jetzt legte ich die Nadeln zur Seite, genoss ein Stück von dem köstlichen Nusskuchen und trank eine Tasse Kaffee dazu.

Kuchen im Glas. Ich hatte keine Ahnung gehabt, dass man so etwas selbst machen konnte. Bisher hatte ich nur die Gläser aus dem Supermarkt gekannt. Aber für Nora war es selbstverständlich ein Leichtes gewesen. Sie hatte mir die Einmachgläser aus dem Laden abgekauft und sie ihrer köstlichen Bestimmung zugeführt. Vermutlich war der Backofen in ihrer Ferienwohnung noch nie so oft zum Einsatz gekommen wie in der letzten Woche.

Nora hatte mir zehn Kuchen im Glas gebacken und geschenkt. »Nicht geschenkt«, hörte ich sie in Gedanken sofort protestieren. »Das war ein Tauschgeschäft und viel zu wenig, wenn ich daran denke, wie wundervoll meine Jacke ist.« Genau so hatte sie argumentiert, als ich die Kuchen zuerst gar nicht annehmen wollte. Und sie sagte es nicht nur so, sie meinte es auch wirklich. Die Jacke war zu ihrem neuen Lieblingsteil geworden, sie hatte sie das ganze Wochenende über getragen. Ich lächelte, als ich daran dachte. Es war schön, dass Nora meine Arbeit so sehr zu schätzen wusste. Und dann seufzte ich, weil mir bewusst wurde, dass ich jetzt wieder allein war.

Die vergangenen Tage waren wie im Flug vorbeigezogen. Seit Nora gestern Abend gefahren war, fühlte ich mich verlassen. Sie fehlte mir. Es war verrückt, wir kannten uns gerade mal drei Tage, aber die Verbindung zwischen uns war stark, als wären wir schon ein Leben lang miteinander vertraut. Und nun war sie wieder in ihrem Alltag zurück. Ich schickte ihr meine liebsten Wünsche hinterher und hoffte, sie würde die Kraft finden, ihr Leben zu regeln.

Es hatte Spaß gemacht, mit Nora zusammen von einem Café im früheren Laden meiner Eltern zu träumen. Hätte sie Ja gesagt, wäre ich sofort dabei gewesen. Mit Nora schien mir das möglich zu sein. Ich hätte mich darauf eingelassen. Aber letztlich hatte Nora sich doch nicht zu diesem enormen Schritt durchringen können. Was ich zwar sehr bedauerte, aber auch verstehen konnte. Es war ein ziemliches Risiko. Außerdem fühlte sie sich ihrem Bruder gegenüber verpflichtet und wollte ihn nicht hängen lassen. Nora war ein zuverlässiger Mensch. Sie war eine Frau, die ihr Wort nicht leichtfertig brach, nur weil es schwierig wurde.

Entschlossen schob ich mir das letzte Stück Kuchen in den Mund, wischte mir die Finger an der Jeans ab und klaubte mein Strickzeug aus dem Korb. Die Socken für Jonte warteten. Ich hatte die für Nora dazwischengeschoben. Ich wickelte mir den Faden um den Zeigefinger und begann, die zweite Ferse zu arbeiten. Dabei dachte ich über meine nächsten Schritte nach. Es war Zeit, dass ich zu einer Entscheidung kam.

Doktor Sievers hatte mich – oder besser Nora – zum Vorstellungsgespräch in seine Praxis eingeladen. Wenn ich hierbleiben wollte, wäre das vermutlich die beste Option. Aber wollte ich das überhaupt? Und wenn nicht, was dann? Ich war schon gespannt darauf, ihn kennenzulernen. Morgen würde ich ihm den Käsekuchen bringen, den Nora gebacken hatte, und die bestellte Ware. Nora und ich hatten alles in den Leiterwagen gepackt, so konnte ich es problemlos transportieren.

Nora hatte mir beim Aufräumen des Ladens geholfen. Wir hatten umgeräumt und alles so arrangiert, dass es die Kauflust der Kunden weckte. Noras Kauflust jedenfalls war angesprungen. Sie hatte noch etliche Sachen für sich entdeckt. Ihr Auto war voll bepackt gewesen.

Ich würde den Laden noch eine Weile geöffnet lassen – allerdings nur stundenweise und am Wochenende, wenn mehr Touristen in der Stadt waren. So konnte ich die letzten Wochen der Nachsaison noch nutzen. Den Rest der Waren würde ich in Kartons packen. Die Sachen konnte ich dann zu mir ins Haus räumen, falls ich den Laden verpachten wollte. Es reizte mich, aber die Verantwortung ängstigte mich auch. Was, wenn etwas mit dem Haus war und ich die Kosten nicht tragen konnte? Oder wenn die Pächter ihre Miete nicht zahlten oder sonst wie Ärger machten? Es war nicht einfach, ein Gewerbe neu zu eröffnen. Viele schafften es nicht einmal das erste Jahr. Als Verpächterin trug ich automatisch einen Teil des Risikos mit.

Und dann die Sache mit meinem Elternhaus. Die anstehende Renovierung ließ sich nicht ewig hinausschieben.

Ich müsste einen Kredit aufnehmen. Ach verflixt, das war alles so schwierig. Nora und ich hatten lange darüber diskutiert und alle möglichen Szenarien durchgespielt. Schlauer war ich deshalb kein bisschen.

Überall lauerten Fallstricke, über die ich stolpern konnte. Es hieß nicht umsonst: Eigentum verpflichtet. Hätte Nora angebissen, wäre vieles leichter gewesen. Zu zweit hätten wir es vielleicht geschafft. Sie mit ihrem Café und ich mit der Wolle. Mit einem Woll-Café hätten wir vielleicht sogar die Saison verlängern können – denn die Nordsee im Winter – einen besseren Ort für Wolle und Gemütlichkeit gab es nicht. Und sicher gab es auch einheimische Strickerinnen oder sogar Stricker, die so ein Angebot zu schätzen wüssten. Aber das waren alles nur Traumblasen. Nora wollte nicht, und ich musste mich endlich von der Idee lösen.

Bente hatte mir erzählt, dass das Krankenhaus in Leer eine Krankenschwester suchte. Vielleicht …

Ich legte das Strickzeug zur Seite und zog mein Notebook zu mir her. Ein paar Klicks später hatte ich die Stellenausschreibung gefunden. Man konnte sich sogar online bewerben. Wenn das kein Wink des Schicksals war, was dann? Schon wollte mein Kopf wieder anfangen, das Für und Wider abzuwägen, aber ich beschloss, die ewige Grübelei sein zu lassen.

Entschlossen tippte ich. Zehn Minuten später drückte ich Enter. Ich holte tief Luft und stieß den Atem aus. Ein inneres Zittern erfasste mich. Ich hatte es getan. Ich hatte mich wirklich beworben. Und was, wenn ich die Stelle bekam?

Leer bedeutete eine gute Stunde Fahrt. Um zu pendeln, wäre es mir auf Dauer zu weit. Während der Probezeit, okay. Aber danach müsste ich Nägel mit Köpfen machen. Arzthelferin oder Krankenschwester – das war die Frage.

Ich war aufgewühlt, aber auch erleichtert. Endlich hatte ich aufgehört, immer nur Ideen hin und her zu wälzen, und hatte einen ersten Schritt getan.

Ich nahm einen Schluck Kaffee und verzog angewidert das Gesicht. Er war kalt geworden. Ob ich mir einen neuen kochen sollte? Am liebsten hätte ich Nora angerufen und ihr von der Bewerbung erzählt. Aber ich wollte nicht aufdringlich sein. Und sie hatte sicher erst einmal genug damit zu tun, ihre Sachen auszupacken und im Restaurant nach dem Rechten zu sehen.

Um mich ein wenig abzulenken und zur Ruhe zu kommen, schnappte ich mir erneut die angefangene Socke. Doch schon nach zwei Reihen schnaubte ich ungeduldig und legte das Strickzeug in den Korb zurück. Die Socken wurden hübsch, aber Stinos stricken war ätzend. Es langweilte mich und sorgte nicht im Geringsten für Ablenkung. Da ich nicht aufpassen musste, was meine Hände taten, konnten meine Gedanken ungebremst in meinem Kopf Party feiern. Die Socken würde ich später zu Ende stricken. Jetzt brauchte ich etwas anderes – eine Herausforderung! Und etwas für meine Seele.

Mein Blick ging zum Fenster. Flundern und Kabeljau – immer noch. Vielleicht sogar schon Schollen und Heringe. Es schüttete. Aber was eine echte Ostfriesendeern ist, die lässt sich von ein bisschen Wasser nicht abhalten. Und wenn ich in der Wohnung bleiben würde, würde ich durchdrehen. Ich zog Gummistiefel und Ölzeug an, schob mir die Träger des Rucksacks über die Schultern und machte mich auf den Weg.

»Was ist denn in dich gefahren?«, begrüßte mich ein paar Minuten später Erna und sah mir kopfschüttelnd zu, wie ich mich aus der Regenjacke schälte, um nicht alles im Laden nass zu tropfen.

»Moin, Erna. Ich habe akute Woll-Lust«, sagte ich und grinste.

»Wenn mir das mal nicht bekannt vorkommt.« Erna lachte. »Wie gut, dass ich noch da bin, um deine Sehnsucht zu stillen. Aber Anneke, sag mir nicht, dass du alles schon verstrickt hast, was du letzte Woche gekauft hast. Ich weiß, dass du schnell bist. Aber so schnell?«

Jetzt war es an mir, den Kopf zu schütteln. »Nein, Erna, so schnell dann doch nicht. Ich weiß, es ist verrückt. Aber ich brauche ein Projekt für die Seele. Vielleicht einen Poncho. Etwas mit Zöpfen und Mustern. Eine Herausforderung und die Vorfreude darauf, mich von dem neuen Lieblingsteil wärmen zu lassen.«

»Ich verstehe. Schau dir mal die Landlust Winterwolle an«, sagte Erna nach kurzer Überlegung und zeigte auf eine Reihe von Fächern, in denen die genannte Wolle lag. »Hattest du die nicht sogar schon mal?«

»Wir hatten schon mal darüber gesprochen, aber mitgenommen hatte ich damals die Retreat von den West Yorkshire Spinners. Erinnerst du dich? Vielleicht ist heute die Zeit für die Landlust gekommen.« Ich nahm mir ein Knäuel heraus und strich andächtig darüber. Sie war dick und weich und trotzdem erstaunlich leicht. Richtig fluffig.

»Ein Schlauchgarn«, erklärte Erna. »Siebzig Meter auf fünfzig Gramm. Merino, Baumwolle und Yak. Ganz was Feines.«

Erna brauchte gar nicht weiterzusprechen, ich hatte mein Herz längst verloren. Und noch während mein Blick die Farben entlangstrich, formte sich in meiner Vorstellung das Strickstück, das ich daraus zaubern wollte.

»Und bitte eine hunderter Rundstricknadel und eine Häkelnadel – beides Stärke acht – dazu«, bat ich, als ich meine Karte zückte, um zu bezahlen. Ich hatte mich für Terracotta als Hauptfarbe und Camel als Zweitfarbe entschieden.

Während Erna die Wolle in eine Papiertüte packte, zuckten meine Finger bereits vor Ungeduld. Ich konnte es kaum erwarten, die ersten Maschen anzuschlagen. Auch wenn ich es nicht weit hatte, packte ich die Papiertüte sicher in den Rucksack. Bei dem Wetter waren selbst hundert Meter genug, um alles durchzuweichen.

»Tschüs Anneke«, verabschiedete sich Erna. »Und komm vorbei, und zeig mir, was es geworden ist«, bat sie.

»Na klar«, versicherte ich. Ich schlüpfte wieder in meinen Mantel und zog den Kragen fest zu. Mit einem freundlichen Winken und einem: »Tschüs Erna!«, stürmte ich aus dem Laden und direkt auf den *Alten Fährmann* zu.

Lachen und Geschirrklappern begrüßten mich, als ich die Tür zum Gastraum öffnete. Es war zwar erst früher Abend, aber bei dem Wetter gab es draußen nicht viel zu arbeiten und die Krabbenkutter und Ausflugsschiffe lagen alle im Hafen.

Es gab ein lautes Hallo, als die Runde mich erkannte.

Hinnerksen schob den freien Stuhl neben sich ein Stück vom Tisch weg und machte eine einladende Geste. Doch ich lehnte dankend ab. »Nicht böse gemeint, Hinnerksen, aber ich brauche ein bisschen Platz für mich, ich setze mich an den Nebentisch.«

»Bier?«, fragte Friedericke und hatte schon die Hand am Zapfhahn. Doch ich schüttelte den Kopf. Mir war kalt.

»Mach mir doch bitte eine Tote Tante«, bat ich. Das würde mich wärmen, und Zucker war gut für die Nerven. »Mit Baileys«, schob ich hinterher.

»Aye«, kam es von Friedericke.

Ich setzte mich, holte die Nadeln und zwei Knäuel Wolle aus dem Rucksack. Ohne lange zu überlegen, schlug ich die ersten Maschen für eine Strickprobe an.

»Friedericke, hättest du bitte noch was zu schreiben für mich? Block und Stift?«

Am Nebentisch waren sie wieder zu ihrem Gespräch zurückgekehrt. Hinnerksen erzählte gerade wortgewaltig von seinem weltrekordverdächtigen Sprung über die Hecke, als der bissige Köter bei Struwes hinter ihm her gewesen war. »Ich schwöre euch, das Vieh wollte mich fressen. Aber da ist ihm das Maul sauber geblieben. Einen Hinnerksen kriegt man nicht so schnell zu fassen.«

»War das nicht letztes Jahr, als du wegen einer Tetanusspritze in der Praxis warst?«, fragte ich und grinste, als Hinnerksen nach Luft schnappte.

Die Männer am Tisch höhnten, aber ich setzte noch einen drauf. »Nein, sorry, ich habe das verwechselt. Da hatte dich der Wellensittich von Frau Lüders in die Nase gebissen.«

123

Natürlich erzählte ich ebensolches Anglerlatein wie Hinnerksen, denn wäre er tatsächlich in der Praxis gewesen, hätte ich keinesfalls so offen darüber gesprochen.

»Du freches Hühnchen«, schimpfte Hinnerksen und wedelte mit dem Zeigefinger. Ich stimmte in das allgemeine Lachen ein, während meine Hände weiter die Nadeln in Bewegung hielten. Das Probestück sah schon sehr hübsch aus, ich war glücklich mit meiner Wollauswahl.

Gerade als ich Block und Stift von Friedericke entgegennahm, öffnete sich die Tür des Wirtshauses, und Jonte trat ein.

KAPITEL 11

Nora

Erschöpft ließ ich mich auf den Stuhl sinken und schloss für einen Moment die Augen. Durch das offene Fenster drang das Rauschen der Autobahn zu mir und von unten das Gelächter und die lauten Stimmen der Gäste im Restaurant. Es war elf Uhr, und das Fest war noch in vollem Gange. Luisa machte ihre Sache gut. Sie war aufmerksam, brachte ein Getränk nach dem anderen an die Tische. Nils würde sich am Ende des Abends freuen, der Ausschank der Spirituosen brachte zusätzliche Einnahmen, da sie nicht im Festpreis für Essen und alkoholfreie Getränke enthalten waren.

»Nora?«, rief Nils.

Ich hörte seine Schritte, und da stand er auch schon in meinem Zimmer. »Was machst du denn? Wir brauchen dich unten.«

»Und ich brauche fünf Minuten Pause.«

Er schaute auf seine Armbanduhr. »Du bist schon eine Viertelstunde weg.«

Sein Tonfall klang genervt und meiner jetzt auch. »Seit wann haben wir eine Pausenuhr?«

»Seit wann bist du so überempfindlich?« Er drehte sich um und ging.

Ich stand auf und machte das Fenster zu. Es stürmte in Fenjesiel. Anneke hatte mir am Nachmittag ein Video geschickt, auf dem die Kutter im Hafen ordentlich auf dem Wasser schaukelten. Zum Glück war das schlechte Wetter hier noch nicht angekommen. Aber schon in der Nacht sollte sich das ändern, wie der Wetterbericht angekündigt hatte. Für einen Moment hielt ich inne, schaute auf die Straße und dachte an Jonte. Wie es sich wohl anfühlte, bei starkem Wind auf dem Boot zu schlafen? Bei dem Gedanken an ihn und Anneke schlich sich ein Lächeln auf mein Gesicht, und ich versuchte, alles wieder positiv zu sehen. Heute Abend würden wir einen guten Umsatz machen. Und morgen würde ich gleich meinen nächsten Aufenthalt in Fenjesiel planen, am besten nach den Herbstferien und noch vor Dezember, also irgendwann im November. Ich straffte die Schultern und ging nach unten. Bevor ich das Restaurant betrat, blieb ich noch einmal kurz stehen und atmete tief durch. Lächeln, Nora – für die Gäste!

Um halb zwei fiel ich ins Bett. Morgen früh würde ich die Erste sein, die mit der Arbeit begann. Zum Glück hatte Luisa schon in der Nacht den Abwasch erledigt. Ich hatte bemerkt, dass Nils ihr dabei liebevoll den Rücken gestreichelt und ihr etwas ins Ohr geflüstert hatte, und auch die Blicke der beiden, wenn sie sich unbeobachtet fühlten. Sie waren sich nähergekommen, das war offensichtlich. Ich hoffte, dass sich das nicht negativ auf die Arbeitsatmosphäre auswirken würde, falls es zu Meinungsverschiedenheiten zwischen den beiden kommen sollte.

Bevor ich die Augen schloss, sah ich mir noch einmal Annekes Video an. Vorhin hatte ich nur kurz geantwortet und ihr gesagt, dass ich mich in Ruhe wieder melden würde. Ich zögerte, unsicher, ob ich mitten in der Nacht eine Nachricht schicken sollte, weil ich Anneke nicht wecken wollte, falls sie das Telefon nicht auf lautlos gestellt hatte. Aber dann juckte es mich in den Fingern.

Hey, ich hoffe, ich wecke dich nicht, aber ich möchte dich gern wissen lassen, dass ich an dich denke in deinem stürmischen Fenjesiel. Schön, dass dir die Kuchen schmecken. Sag Bescheid, wenn sie alle sind, dann schicke ich Nachschub. Heb die Gläser auf, dann kann ich sie wieder mitnehmen, wenn ich nach Fenjesiel komme – wahrscheinlich im November, so wie es jetzt aussieht. Liebe Grüße Nora.

Ich drückte auf Senden und bemerkte erstaunt, wie sich fast im gleichen Moment die beiden Häkchen blau verfärbten und die Anzeige *Anneke schreibt* erschien.

Ich bin noch wach und schicke stürmische Grüße von der Nordsee.

Vor einer guten Stunde hatte es bereits begonnen ...

*Sind angekommen, Regen prasselt gegen mein
Fenster.*

Anneke schickte ein Video als Antwort. Es zeigte, wie die
Wellen der Nordsee tosend auf den Strand zurollten und
sich wieder zurückzogen.

Wunderschön! Aufwühlend …

> *Ja … Im doppelten Sinne. Für die Seele, aber auch
> für den Meeresgrund. Nicht weit von hier gibt es
> eine versunkene Stadt. Hin und wieder fördert
> der Sturm seltene Fundstücke zutage, die dann
> an den Strand gespült werden. Morgen in aller
> Frühe ziehe ich los, auf der Suche nach kleinen
> Schätzen.*

Wie elektrisiert setzte ich mich im Bett auf.

Warte kurz!!!

Ich holte den kleinen Löffel, den ich in einer Kiste mit
Erinnerungsstücken aufbewahrte, knipste ein Foto und
schickte es an Anneke. Ihre Antwort kam postwendend:

> *Telefonieren?*

Ich rief sie an.

»Sag bloß, das ist ein Löffel aus Torum!«, sagte Anneke.
Sie klang aufgeregt. »Wenn das so ist, wo hast du ihn her?
Ich habe schon als Kind nach Beweisen für die versun-

kene Stadt gesucht, von der hier erzählt wird. Aber ich habe nie etwas gefunden.«

»Mein Großvater hat ihn mir geschenkt. Wenn wir in Fenjesiel Urlaub gemacht haben, sind wir mindestens einmal zum Dollart gefahren und haben eine Rudertour gemacht. Einmal habe ich sogar die Glocken läuten gehört.« Ich lachte. »Und dann stellte sich heraus, dass es die von der Angel war, die ein Mann ein Stück von uns entfernt ausgeworfen hatte. Am Strand habe ich dann immer die Augen offen gehalten und stundenlang mit einem Stock die Algen abgesucht. Einmal habe ich sogar einen Ring gefunden, aber der war nicht alt genug, um von damals zu sein. Innen war das Hochzeitsdatum eingraviert, 1988. Ab und zu kamen kleine Bernsteinstücke dazu, hübsche Hühnergötter, geschliffenes Glas. Aber das war alles.«

»Wie bei mir! Ich habe eine ganze Sammlung. Darunter viele Legosteine und Figuren, die ein Sturm an Land gespült hat, nachdem fünf Container eines Frachtschiffes über Bord gegangen waren. Aber da war ich schon erwachsen, das ist fünf, sechs Jahre her. Trotzdem habe ich alles aufgehoben. Auf dem Dachboden steht eine große Kiste.«

Jetzt lachte ich. »Bei mir steht sie im Keller.«

»Wo hat dein Großvater den Löffel gefunden?«, fragte Anneke.

»Er hat gesagt, es war ein Zufall. Der Löffel habe einfach in der Sonne geglitzert, als er mit meiner Oma am Strand spazieren war. Die beiden hatten sich dort kennengelernt, als mein Opa auf der Werft in Ditzum gearbeitet und meine Oma dort Urlaub gemacht hat.«

»Ach was.« Anneke schwieg einen Moment. »Jetzt sag nicht, dass er bei Bültjer war. Da hat mein Opa nämlich auch gearbeitet.«

»Das weiß ich leider nicht. Aber ich könnte morgen meine Oma anrufen und fragen.«

»Auf jeden Fall, mach das! Und wenn, dann frag sie auch, wie lange er dort gearbeitet hat.« Ich hörte, wie sie irgendwo mit den Fingern tippte. Dann sagte sie: »Wer weiß, vielleicht kennen wir uns von früher.«

» Ich rufe sie gleich morgen an.«

»Gut. Strickt deine Oma?«

»Was, nein, wie kommst du denn darauf?«

»Ach, nur weil meine Oma und sie ungefähr im gleichen Alter sind und es früher in Ditzum einen ganz kleinen Laden gab, in dem sich die Frauen immer zum Stricken und Kaffeetrinken getroffen haben.«

»Kann ich mir eigentlich nicht vorstellen. Oma hat gerne gelesen. Wenn, dann hätte sie sich irgendwo gemütlich hingesetzt, gelesen und dabei ein gutes Stück Kuchen gegessen.«

»Buch und Kuchen, auch nicht schlecht. Ach, übrigens … Mein zukünftiger Arbeitsplatz wird das Krankenhaus. Ich musste mich einfach entscheiden. Die Planlosigkeit hat mich sehr belastet.«

»Und was ist mit dem Doktor? Willst du ihn dir nicht wenigstens ansehen?«

»Der war heute nicht da. Ich schaue morgen vorbei. Der Käsekuchen ist im Kühlschrank, der hält sich doch bestimmt, oder?«

»Den habe ich erst am Sonntagmorgen ganz früh gebacken, das ist kein Problem. Aber länger würde ich nicht warten.«

»Gut. Dann bekommt er ihn morgen. Ich werde berichten, wie es war.«

»Und dann denkst du noch mal in Ruhe darüber nach, ob es tatsächlich das Krankenhaus werden soll«, schlug ich vor. »Du hast die Wahl ...«

»Das hat Jonte gestern auch zu mir gesagt. Wir haben uns zufällig am *Alten Fährmann* getroffen. Er ist nett, ich mag ihn.«

»Das Gleiche hat er auch über dich gesagt«, entfuhr es mir.

»Ihr habt über mich geredet?«, fragte Anneke.

»Nur kurz, als ich ihm erzählt habe, dass ich bei dir war. Da hat er gesagt, dass er dich mag.«

»Mehr nicht?«, hakte sie nach. »Worüber habt ihr denn noch geredet, als du nach dem Abend bei mir auf seinem Boot warst? Du hast kaum was erzählt. Hast du auch was über ihn erfahren? Ich glaube ihm das mit dem Weltenbummler nicht. Recherchiert habe ich schon. Im Internet findet man nichts über ihn. Gar nichts.«

»Das heißt nichts. Über mich findest du auch nichts. Ich bin nicht in den sozialen Netzwerken aktiv, und auch sonst gibt es nicht viel über mich zu berichten.«

»Doch. Ich habe einen Artikel über eine Tortenausstellung auf einer Messe gefunden. Da war sogar ein Foto von dir und dem Ausstellungsstück, einer sündhaft lecker aussehenden Schokoladentorte.«

»Wirklich? Das wusste ich gar nicht.«

»Ich schicke dir gleich einen Link.«

»Okay.« Ich gähnte. »Aber sei mir nicht böse, ich muss jetzt ein bisschen schlafen. Morgen wird wieder ein langer Tag, und um acht Uhr klingelt schon mein Wecker.«

»So früh? Warum denn, du hast doch gesagt, dass du hauptsächlich nachmittags und abends arbeitest.«

»Ich muss aufräumen«, erklärte ich. »Wir hatten doch heute das Fest.«

»Und das kannst du nicht um zehn Uhr machen? Oder um elf?«

Ich seufzte. »Eigentlich hast du recht.« Um diese Zeit würde Nils auch hier sein. Dann könnten wir zusammen aufräumen. »Ich mache den Wecker aus.«

»Gut.«

Ich hörte auch Anneke gähnen. »Du hast mich angesteckt. Schlaf gut.«

»Du auch. Gute Nacht.«

Ich stellte das Telefon auf lautlos, schaltete den Wecker aus und schlief sofort ein.

Am nächsten Morgen wurde ich von Nils' lauter Stimme geweckt.

»Nora?«

Ich brauchte einen Moment, um mich zu sammeln.

»Ja?«

»Geht es dir gut?« Er stand vor meiner Zimmertür, wie mir jetzt klar wurde. Ich hätte ihm den Zweitschlüssel nicht geben sollen. Nils ging einfach in meiner Wohnung ein und aus, wie es ihm gerade passte.

»Ich bin wach, komm rein.«

Die Tür ging auf. Mein Bruder schaute mich vorwurfs- voll an. »Es ist halb zwölf.«

»Ach wirklich, schon so spät? Ich habe gestern lange mit Anneke telefoniert und beschlossen, heute auszu- schlafen.«

»Die Frau aus Fenjesiel?« Ich nickte.

Er setzte sich auf den Sessel neben meinem Bett und schlug die Beine übereinander. »Wir müssen reden.«

»Jetzt? Ich hatte noch keinen Kaffee.«

»Ich mache dir einen.« Mein Bruder stand wieder auf. »In fünf Minuten in der Küche?«

Er hatte mir sogar die Milch aufgeschäumt. Ein Zei- chen dafür, dass es ein heikles Thema war, Luisa vielleicht. Oder dass er etwas von mir wollte.

»Red nicht um den heißen Brei herum, sag einfach, was los ist«, sagte ich.

»Na gut. Ich glaube, es wäre doch eine gute Idee, Luisa einzustellen. Vollzeit.«

Ich rührte den Schaum in den Kaffee. Das musste ich erst einmal sacken lassen.

»Sie ist fleißig«, erklärte er. »Sie kommt bei den Gästen gut an und ist ein echtes Verkaufstalent, was Spirituosen angeht. Mit ihrer Hilfe können wir noch mehr Feste und Feiern veranstalten. Und vielleicht sogar das eine oder an- dere Catering übernehmen. Am Ende wird es sich rech- nen. Gestern haben zwei Gäste gefragt, ob wir in diesem Jahr noch Termine für Firmen-Weihnachtsessen frei ha- ben.«

»Okay. Gib mir bitte einen Moment.« Ich trank einen Schluck Kaffee. Dann sagte ich: »Mir ist aufgefallen, dass

sie gut ist. Und die Idee, sich mehr um Feiern und Catering zu kümmern, finde ich im Prinzip nicht schlecht.
Aber nimm's mir nicht übel, ich bin Konditorin, wir hatten uns ursprünglich anders geeinigt.«

»Ja, ich weiß. Deshalb habe ich ein schlechtes Gewissen.
Aber ich denke, es ist das Beste so.«

Ich schüttelte den Kopf. »Nils …«

»Denk darüber nach, Schwester.«

KAPITEL 12

Anneke

Die Wolle fühlte sich weich und warm an. Ich sah genauer hin, es war die Exquisite der West Yorkshire Spinners. Nein, falsch. Es war die Setasuri Big, oder, Moment, es war die Seven Brothers. Bei jedem Versuch, das Strickzeug zu fokussieren, veränderte es sich. Ich versuchte herauszufinden, was ich eigentlich sah, und erkannte, dass ich gerade fünf Stricksachen gleichzeitig bearbeitete.

Wie bitte? Das war doch gar nicht möglich. Oder doch? Mein Verstand regte sich. Wie konnte ich so viele Stricknadeln gleichzeitig in Bewegung halten, ohne dass mir zusätzliche Hände gewachsen waren?

Es war surreal. Da waren nur zwei Hände, meine zwei Hände, um genau zu sein. Aber sie waren an allen Stricksachen gleichzeitig.

Was strickte ich da überhaupt? Ich erkannte Socken, ein Tuch, einen Pullover, einen Schal und noch einen Pullover.

Und an jedem Stück bewegten sich die Nadeln, kam Masche um Masche hinzu.

»Once I saw a falling star …«

Das war ein Lied von Mrs. Greenbird. Die Klänge des Songs mischten sich in meine Vorstellung, und fast unmittelbar wurde mir klar, dass es sich um einen Traum handeln musste. Und was für ein Traum! Absolut genial. Wer würde nicht so stricken können wollen? Wenn so etwas wirklich möglich wäre, das wäre der Strickhimmel.

Ich versuchte in der Fantasiewelt zu verharren, sah meinen Händen fasziniert bei der Arbeit zu und summte zu der Melodie.

»It lightend up …«, sang Sarah weiter.

Das Bild der Stricksachen verschwamm und löste sich auf. Nur die Musik blieb.

Jetzt wurde mir klar, dass es mein Handywecker war, der mich aus meinem Traum gerissen hatte. *Shooting Stars & Fairy Tales* hatte ich als Weckton eingestellt. Eigentlich liebte ich es, mich von Sarahs zarter Stimme wach singen zu lassen.

Aber musste es so früh sein? Ich war doch gerade erst eingeschlafen. Was konnte so wichtig sein, dass ich mich dafür mit den Hühnern aus dem Bett quälte? Und wieso musste es mir diesen vergnüglichen Traum zerstören? Ich hatte noch gar nicht genau gesehen, was für ein Tuch ich da auf der Nadel hatte.

Die Versuchung, den Wecker auszuschalten und mich noch einmal umzudrehen, war groß. Vielleicht könnte ich noch einmal ins Traumland zurück und dort anknüpfen, wo ich aufgewacht war.

Doch dann erinnerte ich mich. Der Sturm! Sicher hatten die Wellen spannende Sachen an Land getragen. Ich hatte den Wecker gestellt, weil ich heute extra früh aufstehen wollte, um an den Strand zu gehen.

Schon war ich wach. Ich drehte mich auf den Rücken und atmete tief durch, um meine Lebensgeister zu wecken.

Strandräubertag hatte mein Vater die Tage nach einem Sturm immer genannt. Bei solchen Gelegenheiten waren wir oft zusammen in der einsetzenden Dämmerung draußen gewesen. Ich hatte diese Ausflüge geliebt. Wenn wir durchgefroren und glücklich wieder nach Hause gekommen waren, hatte Mama uns mit heißer Schokolade gewärmt und unsere Schätze bewundert, die wir auf dem Küchentisch ausbreiteten. Einmal hatte ich versehentlich eine lebende Krabbe eingepackt, die zu Mamas großem Schrecken über den Tisch auf sie zugelaufen war. Wir hatten die Krabbe Oskar getauft, in einen Eimer gesetzt und zum Meer zurückgebracht.

Etwas kitzelte mich an der Schläfe. Ich wischte drüber und merkte, dass es Tränen waren. Die Erinnerung an die Strandräubertage war wunderschön, aber sie tat auch weh. Ach Mama, ach Papa, ich vermisse euch.

Aber ich wollte mich nicht schon wieder vom Schmerz überrollen lassen. Entschlossen blinzelte ich in den beginnenden Tag. Der Regen hatte aufgehört, und der Wind war zumindest kein Sturm mehr. Es war noch dämmrig, die Sonne gerade erst dabei aufzugehen. So wie es schien, würde es ein wundervoller Morgen werden. Perfekt, um auf Schatzsuche zu gehen.

Dieser Gedanke fegte die letzte Müdigkeit von mir weg.

Um der Trägheit keine Chance zu geben, schlug ich die Bettdecke zurück, hob meine Beine über die Bettkante und stand auf. Barfuß tappte ich zuerst in die Küche. Ich gab Espresso und Wasser in meine Kanne und stellte sie auf den Herd. Erst dann ging ich ins Bad. Ich wollte keine Zeit verlieren, der Strand wartete.

Möwen und andere Seevögel zogen auf der Suche nach einem Frühstück kreischend ihre Bahnen über die auslaufenden Wellen. Hatten sie etwas gesichtet, stießen sie zielgenau hinab und schnappten sich ihre Beute. Andere stelzten durch das angespülte Seegras und die Algen und pickten sich die Leckerbissen zum Frühstück dort heraus. Um mich herum herrschte ein dröhnendes Konzert aus Kreischen, Pfeifen, Brausen und Rauschen. Die geballte Kraft der Natur tobte hier am Strand, und ich genoss diese Energie. Hier fühlte ich mich lebendig und frei. Hier konnte ich viel besser atmen als an jedem anderen Ort.

Genau wie die Vögel stelzte auch ich den Spülsaum entlang. Der Unterschied war nur, dass ich nicht auf der Suche nach einem Frühstück war.

Meine Füße steckten in blau-weiß gestreiften Gummistiefeln, die von den auslaufenden Wellen überspült wurden. Bei jedem Schritt blieb eine Vertiefung zurück, die langsam vom Wasser gefüllt und dann wieder eingeebnet wurde. Ich liebte dieses gleichmäßige Rollen. Es war, als würde es nicht nur über meine Spuren im Sand, sondern auch über meine vernarbte Seele hinwegspülen und die aufgerauten Stellen glätten.

Mein Blick war konzentriert nach unten gerichtet. In

der Hand hielt ich einen langen Stock, den ich mir als Erstes gesucht hatte. Damit stocherte ich in den angehäuften Algen, hob sie an und wendete sie. Zwei Hühnergötter und drei blaue Nixentränen hatte ich bereits gefunden.

Als Kind hatte ich immer gedacht, es seien wirklich versteinerte Tränen von Nixen. Heute wusste ich zwar, dass es vom Meer geschliffene Glasperlen waren, aber für mich hatten sie noch immer einen besonderen Zauber. Daran änderte auch dieses Wissen nichts.

Ob der goldene Löffel, den Nora mir letzte Nacht gezeigt hatte, wirklich von Torum stammte? Ob unsere Opas wohl tatsächlich Arbeitskollegen gewesen waren? Ich war gespannt, was Nora herausfinden würde. Sie hatte traurig geklungen, als wir telefonierten. Traurig und müde. Hoffentlich ging es ihr heute besser. Sie tat mir leid, denn dass sie nicht glücklich war mit ihrer Situation, würde eine blinde Krabbe erkennen. Trotzdem verstand ich auch, dass sie sich mit einer Änderung schwertat. Es gehörte Mut dazu, das Leben umzukrempeln. Ihre Socken hatte ich letzte Nacht noch fertig gestrickt und sogar bereits die Fäden vernäht. Ich hatte das Licht erst ausgemacht, nachdem ich das Päckchen für Nora gepackt und adressiert hatte. Das würde ich nachher auf dem Weg zur Arztpraxis zur Post bringen.

Eine Böe blies mir in den Kragen. Ich fröstelte und zog mein Tuch enger, um mich vor der frischen Brise zu schützen. Im gleichen Moment sah ich ein kurzes Aufblitzen. Schnell bückte ich mich, stocherte in den Tang und stellte fest, dass es nur eine der Blasen davon gewesen war. Kein Bernstein.

Mit gesenktem Kopf ging ich langsam weiter.

»Moin, schöne Frau, und Achtung. Einfach so friedliche Strandjogger umzurennen, ist nicht sehr nett.«

Ich hob den Kopf und stand ganz dicht vor Jonte und sah in dessen ozeanblaue Augen. Er hatte seine Hände an meine Oberarme gelegt und mich gestoppt, sonst hätte ich ihn wirklich angerempelt. Von Umrennen konnte allerdings keine Rede sein, ich hatte Wattschneckentempo drauf, da ich den Boden nach Schätzen absuchte. Für das Rennen war ganz offensichtlich Jonte zuständig.

»Bist du nur aufgestanden, um am Strand weiterzuträumen?«, neckte er mich, als ich nur dastand und nichts sagte.

Seine Frage erinnerte mich an meinen tollen Traum mit den vielen Stricksachen. Bevor ich mich weiter in Gedanken verlieren konnte, riss ich mich zusammen. Ich schenkte Jonte ein Lächeln.

»Moin. Was für eine Überraschung, mit dir habe ich so früh nicht gerechnet.«

»Mit mir musst du immer rechnen«, kam es prompt von Jonte. War ja klar, bei der Vorlage.

»Soso«, gab ich zurück und grinste.

Wir standen uns immer noch frontal und sehr nah gegenüber. Ich wartete darauf, dass er mich freigab. Doch Jonte dachte offensichtlich nicht daran.

»Und?«

Ich wusste nicht, was er meinte.

»Und?«, fragte ich zurück und legte meinen Kopf schief.

»Na, ich gehe davon aus, dass du das wiedergutmachen möchtest. Ich hätte hinfallen und mich verletzen können. Stell dir das vor.«

»Quatschkopf.« Ich beobachtete fasziniert, wie seine Augen vor Vergnügen blitzten, und beschloss, auf sein Spiel einzugehen. »Also gut«, sagte ich deshalb. »Wie wäre es mit einem Kaffee am Hafen? Ich lade dich ein. Aber erst etwas später. Ich möchte noch ein bisschen hierbleiben und muss nachher noch schnell etwas erledigen.«

Wenn Jonte grinste, zeigte sich ein Grübchen in der Mitte seines Kinns. Und seine Zähne waren umwerfend gerade und weiß. Ich atmete tief ein und stellte fest, wie gut er roch. Nicht nach Aftershave, eher nach Wiese oder Heu. Es musste eine Kräuterseife sein.

»Dem Doktor mit einem Käsekuchen aufwarten?«

Seine Frage katapultierte mich aus dem Reich der Düfte zurück an den Strand. »Woher …« Ich sparte mir die Frage. Es war eben Fenjesiel. Hier schlugen die Deichtrommeln manchmal schneller als die eigenen Gedanken. Also nickte ich. »Ganz genau. Meine Aufwartung machen und mal sehen, ob es mit uns beiden etwas werden könnte. Ganz unverbindlich.«

Ich rechnete natürlich damit, dass Jonte auch diese Vorlage für ein Späßchen nutzen würde. Doch er überraschte mich schon wieder.

»Ich wünsche dir viel Erfolg und hoffe, dass deine Träume sich erfüllen – wie auch immer sie aussehen.« Jonte nickte, und jetzt ließ er mich los. »Dann treffen wir uns später am Hafen.«

Jonte machte einen Schritt zur Seite und begann wieder zu joggen. Ich sah ihm hinterher und bewunderte die Leichtigkeit, mit der er lief.

»Bis später«, rief ich noch, dann wandte ich mich wieder dem Strand zu. Ich hob das rechte Bein, um den ersten Schritt zu machen, und sah das honigfarbene Funkeln. Eine Welle rollte heran, ich bückte mich schnell, um meinen Schatz zu sichern, bevor die Nordsee ihn sich zurückholte.

Dieses Mal hatte ich einen Bernstein erwischt. Etwa so groß wie mein halber Daumen und mit einer Kruste. Nur an einer Stelle konnte ich die Farbe erkennen. Es funkelte wie dunkler Tannenhonig im Sonnenlicht.

Mein Handy klingelte. Die Nummer kannte ich nicht. Ich schob den Bernstein in meine Tasche und nahm den Anruf an.

»Moin«, meldete ich mich. »Anneke hier.«

»Frau Sperling?«, meldete sich eine dunkle Frauenstimme. »Hier spricht Sarah Feldkamp vom Krankenhaus Leer. Wir haben Ihre Bewerbung erhalten und wollten Sie zu einem Gespräch einladen. Hätten Sie kurzfristig heute Nachmittag Zeit?«

✳✳✳

»Herein«, meldete sich nach dem ersten Klopfen eine melodische Männerstimme.

Ich wischte mir die Hände an der Jeans ab und versuchte, meine Atmung zu kontrollieren. Wieso war ich nur so schrecklich aufgeregt? Ein letztes kräftiges Ausatmen, dann drückte ich die Klinke hinunter und trat ein.

Ich war mir nicht ganz sicher, was ich erwartet hatte. Das Bild, das sich mir bot, aber sicherlich nicht.

Ein Mann kniete auf dem Boden und hing halb unter der Behandlungsliege. Ich konnte nur einen ziemlich gut geformten Hintern und rote Laufschuhe erkennen. Davon hatte Nora mir erzählt, das musste der Arzt sein.

»Kommen Sie, nur keine Scheu. Können Sie mal das Kabel nehmen, bitte?« Sein Ton war freundlich, aber auch forsch. Es war klar, dass er gewohnt war, Anweisungen zu geben.

»Äh, ja, selbstverständlich. Moment.«

Ich stellte den Käsekuchen auf seinen Schreibtisch und ging zu der Behandlungsliege, unter der er noch immer steckte. Den Leiterwagen mit den Sachen für die Praxis hatte ich im Gang stehen lassen.

»In Ordnung, ich bin da«, sagte ich und nahm hinter der Liege das Kabel an, das Doktor Sievers nach oben streckte.

»Sehr gut«, kam es dumpf von unten. Nachdem ich auch das zweite Kabel angenommen hatte, kroch er unter der Liege hervor. Er kam sehr sportlich wieder auf die Beine und klopfte sich den Staub von der schwarzen Jeans. Erst dann sah er mich an und nickte mir zu.

»Vielen Dank, Sie kamen gerade im richtigen Moment. Ich bin gleich für Sie da, einen Augenblick nur.«

Der Arzt ging zu dem kleinen Waschbecken und wusch sich die Hände. Die Situation war mir sehr vertraut und gleichzeitig vollkommen neu. Es war ein eigenartiges Gefühl. Wie ein Déjà-vu, das aber doch keines war.

Doktor Sievers hatte sich die Hände abgetrocknet und kam wieder zu mir.

»Es tut mir leid, ich habe mich noch gar nicht vorgestellt. Sievers. Doktor Sievers. Ich werde die Praxis wieder eröffnen. Im Moment kämpfe ich allerdings noch etwas mit der Technik. Was kann ich für Sie tun?«

»Anneke Sperling.«

»Anneke Sperling«, kam mein Name wie ein Echo über seine Lippen. Er musterte mich und schüttelte den Kopf. »Aber ...«

»Oh, Entschuldigung. Das im Geschäft war meine Freundin Nora. Sie haben uns verwechselt, und Nora hat es nicht aufgeklärt. Ich soll Sie übrigens grüßen. Sie hat Ihnen den versprochenen Käsekuchen gebacken.« Damit zeigte ich auf den Schreibtisch.

»Na so was.« Doktor Sievers brauchte nicht lange, um sich von der Überraschung zu erholen. »Also dann, ich freue mich, Sie kennenzulernen, Anneke Sperling. Setzen Sie sich. Möchten Sie eine Tasse Kaffee? Ich kann Ihnen sogar ein Stück Kuchen anbieten.« Er lachte und hob den Deckel vom Kuchen und gab gleich darauf ein wohliges Brummen von sich. »Wenn er so schmeckt, wie er duftet, sollten Sie sich das auf keinen Fall entgehen lassen.«

KAPITEL 13

Anneke

Einmal Apfelkuchen mit Sahne und einmal Walnuss-torte. Bitte sehr. Ich wünsche guten Appetit.«

»Danke«, kam es gleichzeitig von Jonte und mir.

Die junge Kellnerin schenkte mir ein kurzes Lächeln und strahlte dann Jonte an. Das sanfte Rot ihrer Wangen vertiefte sich. »Gerne. Wenn ihr noch etwas braucht, ruft mich. Ich bin direkt dort drüben.«

Sie gab wirklich alles, um sein Interesse zu wecken. Doch Jonte bemerkte gar nicht, dass er die Sahnetorte am Tisch zu sein schien. Er lächelte nur flüchtig und konzentrierte sich auf seinen Kuchen.

Die Kellnerin rauschte davon. Allerdings nicht, ohne meiner gut aussehenden Begleitung noch einen schmachtenden Blick zuzuwerfen. Doch auch das blieb von Jonte unbemerkt. Er machte sich über den Kuchen her.

Gierig drückte er die Gabel in den Apfelstreuselkuchen und schob sich das erste Stück in den Mund. »Hmm.«

Den ersten Bissen genoss Jonte voller Hingabe. Er schloss sogar die Augen, um sich ganz dem Geschmack hinzugeben.

Ich hielt meine große Schale Milchkaffee mit beiden Händen, nippte am heißen Schaum und beobachtete Jonte amüsiert. Natürlich wusste ich längst, dass Apfelkuchen sein schwacher Punkt war. Lydia von der Bäckerei hatte im Wartezimmer davon erzählt. Jonte war oft Gesprächsthema im Wartezimmer gewesen.

Jonte schluckte, schlug die Augen auf und sah mich an. Er lachte ein wenig verlegen.

»Jetzt weißt du es«, bekannte er und zuckte mit den Schultern. »Ich bin ein Apfelkuchenjunkie.«

»Erzähl mir etwas Neues!«, forderte ich ihn auf und kostete meine Walnusstorte.

»Was?« Vor lauter Staunen vergaß Jonte sogar, die in der Luft schwebende Kuchengabel weiter zum Mund zu führen. »Wieso weißt du das?«

»Ach Jonte, meinst du die Frage ernst? Wir leben in Fenjesiel. Da gibt es keine Geheimnisse.« Fast keine, ging mir gleichzeitig durch den Kopf. »Er mag dich«, hatte Nora gesagt. »Und ich mag ihn«, hatte ich geantwortet.

Aber was bedeutete das schon?

Jonte war ein lieber Kerl. Seit er nach Fenjesiel gekommen war, verband uns eine freundschaftliche Bekanntschaft. Er war immer lustig und bereit, mich ein wenig aufzuheitern. Ich mochte seine Art, Gitarre zu spielen, und seine Stimme.

Jonte war sogar, wie die meisten Fenjesieler, zur Beerdigung meiner Eltern gekommen, und ich war froh gewesen, ihn dabeizuhaben.

Richtig tief gehende Gespräche hatten wir in dem Jahr, seit wir uns kannten, nie geführt. Jonte hatte eine unsichtbare Mauer um sich herum, schien nichts und niemanden näher an sich heranzulassen.

Aber konnte ich ihm das vorwerfen? Schließlich war ich doch ebenso oberflächlich.

Die scheinbare Leichtigkeit, mit der er das Leben nahm, bewunderte ich. Aber ich sah auch den dunklen Schleier in seinen Augen. Vielleicht war das der Grund. Vielleicht hatte ich Angst davor, zu erfahren, dass auch sein Leben nicht rosarot und zuckerwattesüß war. Sicher war es das nicht. Aber solange ich nichts wusste, konnte ich ihn so sehen, wie er sich gab: fröhlich und unbeschwert.

Ich alberte mit ihm herum, flirtete manchmal sogar ein bisschen. Doch richtig für ihn interessiert hatte ich mich nie.

Ich mochte ihn zwar genug, um ihm warme Socken zu stricken, aber nicht genug, um ihn wirklich zu ergründen. Es war immer alles locker und unverbindlich geblieben, und das war mir nur recht gewesen. Vielleicht war es Zeit, einen Schritt auf ihn zuzugehen.

»Ich freue mich, dass du hier bist«, sagte ich und vollzog damit einen Themenwechsel.

»Wie hätte ich so eine Einladung ablehnen können?«, kam es von Jonte zurück. »Ich war schon lange nicht mehr in Leer. Es hat mir Spaß gemacht, durch die Stadt zu bummeln, während du bei deinem Gespräch warst. Und das hier …« Er zeigte mit der Kuchengabel auf den kleinen Rest Kuchen, der noch auf seinem Teller lag. »Das hier ist Grund genug, dir überallhin zu folgen.«

Er legte die Gabel auf den Teller und sah mich an. »Und jetzt erzähl bitte endlich, wie es war.«

»Gut«, antwortete ich und merkte selbst, dass meine Stimme eigenartig kieksig klang. Ich räusperte mich und setzte neu an. »Es war sehr informativ. Ein gutes, freundliches und offenes Gespräch«, fügte ich meinem ersten »Gut« ein paar nichtssagende Worte hinzu, um die fehlende Information zu vertuschen.

Es funktionierte nicht. Das wurde mir sofort klar, als mein Blick Jontes kreuzte.

»Anneke, setz dich nicht unter Druck«, sagte Jonte nun eindringlich. »Ich verstehe, dass du wieder nach vorne sehen möchtest und dein Leben in die Hand nehmen. Aber lass dich nicht drängen. Nimm dir die Zeit, die du brauchst. Du kannst den Schmerz nicht einfach abstreifen wie ein Hummer seine Haut.«

»Der Bankmensch sagt, ich muss mich langsam mal entscheiden. Willst du dich mit ihm anlegen?«, versuchte ich einen Scherz, der allerdings so misslungen rüberkam, wie er sich in mir anfühlte.

Plötzlich wurde mir das Café zu eng. Die vielen Menschen, die Geräusche … »Jonte, könnten wir bitte gehen? Lass uns ans Meer fahren. Dann erzähle ich dir von dem Gespräch.«

Es brauchte meine ganze Konzentration, um die aufkommende Panikattacke niederzukämpfen. Eigentlich war es mir in letzter Zeit besser gegangen, ich hatte gedacht, ich hätte es überwunden.

Wie im Nebel nahm ich wahr, dass Jonte sprach. Ich konnte seine Worte nicht verstehen.

Das Nächste, was ich mitbekam, waren Jonte und ich auf der Straße. Wir gingen zu meinem Auto.

Jonte hatte sich bei mir untergehakt und hielt mich.

***

Wir schlenderten nebeneinander den Sandstrand entlang.

»Hast du das oft?«, fragte er nach einer Weile.

»Was?«, fragte ich, obwohl ich ganz genau wusste, was er meinte.

»Panikattacken«, antwortete er vorsichtig.

Ich drehte mich überrascht zu ihm.

»Woher weißt du, dass es das war?«, wollte ich von ihm wissen.

Jetzt hatte Jonte seine lockerfröhliche Form wiedergefunden. »Lass uns nicht über mich sprechen. Du wolltest mir von dem Gespräch erzählen. Also, wie war es?«

Ich holte tief Luft und berichtete Jonte von dem Vorstellungsgespräch.

»Na ja, sie waren ziemlich begeistert. Wenn ich möchte, kann ich ab Oktober auf der Intensivstation arbeiten.«

Jonte sah nach unten. Er kickte einen Stein weg, hatte die Hände tief in den Jackentaschen vergraben. Er sagte lange nichts, schien meine Worte nachklingen zu lassen.

»Und?«, fragte er schließlich. »Möchtest du?«

»Ja. Und Nein. Vielleicht. Ach Jonte, kannst du mir nicht eine einfachere Frage stellen?«, platzte es aus mir heraus. Bis vor ein paar Tagen hatte ich überhaupt keine

Kraft, auch nur über meine Zukunft nachzudenken. Aber seit ich mich dazu entschlossen hatte, den Laden meiner Eltern aufzulösen, war plötzlich mein ganzes Leben in Bewegung gekommen. Doktor Sievers hat mir heute Morgen erst die Stelle als Arzthelferin angeboten, und das Krankenhaus möchte mich auch. Woher soll ich denn wissen, was für mich das Richtige ist?«

»Wenn du im Krankenhaus arbeitest, wirst du vermutlich auch wegziehen, oder?«, wollte Jonte wissen.

Ich zuckte mit den Schultern. »Das Pendeln wäre heftig. Stell dir vor, ich muss übermüdet und erschöpft die Strecke bis nach Fenjesiel fahren. Für den Anfang würde es gehen, aber auf Dauer schaffe ich das sicher nicht.«

»Dann käme zum beruflichen Neustart auch noch ein privater dazu. So ein Umzug ist ziemlich kräftezehrend.«

»Vielleicht ist ein Neustart genau das, was ich brauche«, überlegte ich laut. »Weg von allem, was mich an den Verlust erinnert.«

Jonte blieb stehen. Er fasste nach meiner Hand, zwang mich, ihm in die Augen zu sehen. »Und weg von allem, was dir guttut. Von Menschen, die dir viel bedeuten. Die für dich da sind, wenn du sie brauchst. Du würdest uns fehlen, Anneke.« Jonte drückte meine Hand. »Du würdest mir fehlen, Anneke.«

»Das ist lieb von dir.« Ich machte eine kurze Pause. »Oder auch ganz, ganz gemein«, ergänzte ich und lachte. »Es macht mir die Entscheidung jedenfalls nicht einfacher.«

Wir gingen weiter. Jonte behielt meine Hand in seiner.

»Alles in Fenjesiel erinnert mich an meine Eltern«, erklärte ich leise.

»Ich weiß.« Jonte zögerte, ich spürte, dass er mit sich kämpfte, nicht sicher war, ob er weitersprechen sollte. Schließlich gab er sich einen Ruck. »Ich weiß, wie das ist, weil ich es selbst erlebt habe, Anneke. Ich habe Menschen verloren, die mir mein Leben bedeuteten. Und ich bin aus dem Haus geflohen. Aber ...« Jonte stockte. Schüttelte den Kopf und wischte sich mit der freien Hand über das Gesicht. »Es hilft nicht. Das kannst du mir glauben. Du wirst den Schmerz mitnehmen, egal wohin du ziehst. Es kann nur heilen, wenn du die Erinnerungen nicht als Bedrohung nimmst, sondern als wertvolles Geschenk. Wenn du die Dankbarkeit für die wunderbare Zeit, die ihr erleben durftet, stärker werden lässt, wird der Schmerz schwächer werden.«

Jetzt war ich diejenige, die stehen blieb. Die Wellen rauschten, in der Ferne ertönte eine Schiffshupe. Ich merkte, dass ich weinte, aber das war mir egal.

Die Angst vor dem, was ich entdecken würde, wenn ich Jonte näherkommen ließ, war weg. Ich sah ihn an, versuchte, ihm zu sagen, wie leid mir das tat, aber ich brachte kein Wort heraus. Alles, was ich tun konnte, war, ihn in meine Arme zu ziehen und fest an mich zu drücken.

Als wir uns schließlich voneinander lösten, suchten wir beide in unseren Jackentaschen nach Taschentüchern. Wir putzten uns die Nase, sahen uns an und lachten.

Eine Möwe kam kreischend im Sturzflug auf uns herunter. Bevor Jonte reagieren konnte, hatte sie ihm das Taschentuch aus der Hand gerissen und war mit ihrer Beute auf und davon.

»Hey«, rief Jonte protestierend hinter dem Vogel her. Doch dann meinte er: »Na ja, vielleicht hat sie einen Schnupfen.«

»Wirst du es mir erzählen?«, fragte ich, ohne auf seine Scherze einzugehen.

Jonte nickte. »Ja«, sagte er. »Das werde ich. Irgendwann. Aber jetzt bist erst einmal du wichtig. Kann ich dir helfen, die für dich richtige Entscheidung zu treffen?«

Er schenkte mir einen innigen Blick, hob die Hand und strich mir sanft über die Wange. »Du bist wunderschön, Anneke«, sagte er leise. Eindringlich. »Habe ich dir das eigentlich schon mal gesagt?«

Sein intensiver Blick machte mich verlegen. »Du hast es mir schon ein paar Mal vorgesungen«, sagte ich. »Aber ich war mir nicht sicher, wie viel davon von dir war und was einfach zum Song gehörte.«

Das Klingeln meines Telefons unterbrach unser Gespräch. Ich warf einen Blick aufs Handy. »Es ist Nora«, sagte ich. »Sie möchte wahrscheinlich hören, wie das Gespräch gelaufen ist.«

Ich hatte ihr mittags eine Nachricht geschrieben, vom Angebot von Doktor Sievers und dem Vorstellungsgespräch in Leer berichtet. Und natürlich Doktor Sievers' Dank für den Käsekuchen weitergegeben.

Jonte nickte. »Grüß sie von mir.«

»Moin, Nora«, meldete ich mich. »Du hast ein gutes Timing, das Gespräch ist vorbei. Und ich habe jetzt die Qual der Wahl«, erzählte ich, noch bevor sie etwas sagen konnte.

Am anderen Ende blieb es still.

»Nora?«, rief ich. »Hörst du mich?«

Ich presste das Handy an mein Ohr und konnte sie atmen hören.

»Ja«, kam es endlich. »Ich höre dich.«

Nora schien nicht sehr gesprächig. Dafür war ich durch die Aufregung in Plapperstimmung.

»Und, hast du einen Tipp für mich? Ich kann ja schlecht würfeln, welche Stelle ich annehmen soll. Mich reizt die Herausforderung im Krankenhaus. Aber wenn ich an die Konsequenzen denke, die Fahrerei und irgendwann den Umzug, dann bin ich doch nicht so sicher. Ich würde so viel Schönes hinter mir lassen.«

»Und was würdest du sagen, wenn noch eine dritte Option dazukommt?«, fragte Nora.

»Eine dritte Option?«, wiederholte ich und warf Jonte einen fragenden Blick zu. Der zuckte mit den Schultern und kam näher, um auch etwas hören zu können.

»Nora, ich schalte mal auf Lautsprecher. Jonte ist neugierig und möchte auch hören, worum es geht. Also, schieß los. Sucht der Arzt in eurer Straße eine Arzthelferin? Das wäre natürlich interessant, aber ich muss gestehen – ein Umzug weg von der Nordsee kommt für mich nicht in Betracht.«

Jonte zeigte mit dem Daumen nach oben und strahlte mich an.

»Vielleicht solltest nicht du umziehen, sondern ich. Anneke, was hältst du davon, wenn wir die Idee mit dem Wollcafé umsetzen?«

Ich starrte das Handy an. Mein Mund ging auf und wieder zu, aber ich brachte keinen Ton hervor.

Jonte übernahm. »Moin, Nora, ich bin es, Jonte. Du, ich glaube, Anneke ist gerade etwas überfordert. Gib ihr ein paar Minuten. Wir rufen gleich zurück. Okay?«

»In Ordnung«, kam es von Nora. »Ich warte.«

KAPITEL 14

Nora

Im Spätsommer hatte die Sonne vom blauen Himmel geschienen, als ich nach Fenjesiel gefahren war. Doch jetzt, im November, hatte die kalte Jahreszeit Einzug gehalten, der Himmel war undurchdringlich grau. Die Bäume am Wegesrand waren kahl, der Wind blies eisig durch die Straßen.

Trotz des grauen Wetters spürte ich eine unbeschreibliche Vorfreude in mir aufsteigen. Ich war unterwegs nach Fenjesiel, um mit Anneke das Wollcafé zu planen. Die Aussicht auf unsere eigene kleine Oase ließ mein Herz höherschlagen. Anneke erwartete mich erst in zwei Tagen. Aber ich hatte gut aufgepasst. In einem unserer Telefongespräche in den letzten Wochen waren wir über unsere Sternzeichen auf unsere Geburtstage gekommen. Ihrer war heute. Punkt Mitternacht hatte ich sie angerufen, ihr gratuliert und gefragt, was sie an ihrem Ehrentag vorhabe.

»Stricken«, hatte sie geantwortet. »Dabei einen deiner leckeren Kuchen aus dem Glas löffeln und mir vorstellen, wie unser Café aussehen wird. Es ist nicht mehr viel in den Räumen. Die meisten Sachen habe ich verkauft, außer natürlich die, die wir für uns selbst brauchen. Übrigens, was hältst du von dem Namen ›Café Strickglück‹?«

»Klingt gut«, hatte ich geantwortet, aber dann waren wir doch wieder bei ›Fenjesieler Wollcafé‹ gelandet.

Ich war früh losgefahren, neben mir auf dem Beifahrersitz die süße Überraschung für Anneke. Inzwischen wusste ich, dass sie Nüsse mochte, und hatte nach dem Rezept von Opas Lieblingskuchen eine Geburtstagstorte gebacken, die ich mit mehreren Schichten Puddingcreme und Haselnussmus gefüllt hatte.

Kurz vor zwei parkte ich mein Auto vor Annekes Haus, stieg gut gelaunt aus und klingelte. Aber das Geburtstagskind öffnete nicht.

Unschlüssig blieb ich einen Moment stehen, dann zog ich mein Handy aus der Tasche und rief sie an. Aber es ging nur die Mailbox ran.

»Hey«, sagte ich. »Ich wollte nur mal hören, was du so machst, ob du noch fleißig strickst oder dir vielleicht gerade den Wind am Meer um die Nase wehen lässt.« Genau in diesem Moment fuhr der Briefträger an mir vorbei. »Moin!«, rief er laut. »Anneke ist nicht da. Ich habe sie gerade am Hafen gesehen.«

»Danke!«, rief ich und sprach wieder ins Telefon: »Wenn du die Nachricht abhörst, Anneke, dann weißt du, dass ich hier bin. Ich werde dich finden!«

Da ich den Kuchen nicht bis zum Hafen tragen wollte und außerdem eine große Kiste mit knusprigen Zimtwaffeln für Jonte dabeihatte, fuhr ich mit dem Auto.

Am Hafen angekommen fielen mir sofort die bunten Lichterketten auf, die sein Hausboot schmückten. Trotz des trüben Wetters versuchte er, etwas Farbe und Licht in den grauen November zu bringen. Ich lächelte bei diesem Anblick, parkte und stieg aus. Jonte und ich hatten in den letzten Wochen losen Kontakt gehalten, uns hin und wieder eine Nachricht geschickt, mal ein Foto. Er freute sich auf das Café, wie er mir mehrmals versichert hatte, auf mich und darauf, dass Anneke nicht nach Leer fahren würde.

Auch ihm hatte ich nichts von meiner spontanen Frühanreise erzählt. Und auch nicht, dass Anneke heute Geburtstag hatte. Ich hatte ihr versprochen, es ihm nicht zu sagen, nachdem ich ihr gratuliert hatte. Ihr war nicht nach Feiern zumute, das konnte ich verstehen. Trotzdem wollte ich bei ihr sein.

Der Wind blies mir scharf ins Gesicht, und ich zog meine Jacke enger um mich, während ich meinen Blick über das Gelände schweifen ließ. Anneke konnte ich nicht sehen. War sie vielleicht mit Jonte auf dem Hausboot? Zwischen den beiden hatte sich eine Freundschaft entwickelt – nicht mehr und nicht weniger, wie Anneke schon mehrfach betont hatte. Ich war mir jedoch sicher, dass sich da mehr zwischen den beiden anbahnte. Anneke hatte immer diesen weichen Klang in der Stimme, wenn sie über Jonte sprach.

»Jonte?«, rief ich. Aber auf dem Boot rührte sich nichts.

»Er ist nicht da«, ertönte es undeutlich hinter mir, und ich drehte mich um. Es war einer der Fischer. Unter seiner Mütze blitzten weiße Haare hervor. Sein Gesicht war von vielen tiefen Falten durchzogen. In seinem Mund steckte eine Pfeife, auf der er herumkaute.

»Oh. Danke.«

Neugierig musterte er mich mit seinen hellen grauen Augen. »Du bist Annekes Freundin, die Bäckerin, die mit ihr zusammen das Café betreiben will.«

»Ja, das bin ich, Nora.« Ich lächelte ihn an. »Hallo!«

Er nickte und sah auf seine Armbanduhr. »Jonte ist mit dem Auto weggefahren, ich weiß nicht, wohin. Vor ziemlich genau fünfundsiebzig Minuten.«

»Ah, okay, danke, und wissen Sie zufällig, wo ich Anneke finden kann?«

»Ich bin Ocke, wir sagen hier Du. Es sei denn, wir mögen dich nicht.« Er deutete mit dem Kopf in Richtung der kleinen Einkaufsstraße. »Anneke ist vor ein paar Minuten in den Laden ihrer Eltern gegangen.« Wieder nickte er. »Schön, dass ihr beide etwas Sinnvolles daraus macht. Kuchen geht immer.«

»Dann kommst du hoffentlich mal auf ein Stück vorbei«, sagte ich, froh über das Du.

»Oder auch zwei.« Er tippte mit dem Finger gegen den Schirm seiner Mütze. »Ich gehe dann mal zur Rentnerbank.«

»Rentnerbank?«, hakte ich nach.

Er nickte. »Steht drauf. Hat mal irgendein Witzbold reingekratzt, weil wir häufiger dort sitzen.«

Ich sah ihm nach. Mit langen Schritten und aufrechtem

Gang ging der Mann auf das Hafengebäude zu, in dem sich im oberen Stockwerk ein Fischrestaurant und unten die Touristeninformation befand.

Während ich mich wieder ins Auto setzte, machte er es sich auf der Bank vor dem Gebäude bequem und zündete seine Pfeife an. Als ich losfuhr, sah ich, dass ein zweiter Mann neben ihm saß und ein dritter kam. Der Kleinste, mit O-Beinen und einem etwas wackeligen Gang, blieb vor den beiden anderen stehen und drehte sich zu mir um. Alle drei schauten mich an. Ich hob die Hand, winkte und fuhr los. Im Rückspiegel sah ich, dass die drei Männer eines gemeinsam hatten: Sie trugen Schiffermützen auf ihren ergrauten Haaren und rauchten Pfeife.

Anneke hatte meine Nachricht anscheinend noch nicht gehört. Sie sprang überrascht auf und öffnete mir die Tür, als sie mich davor stehen sah.

»Nora! Was machst du denn hier?«

»Das fragst du noch?« Ich lachte und hielt ihr meine süße Überraschung hin. »Zum Geburtstag alles Liebe und Gute!«

»Oh, wie schön! Danke!« Sie nahm die Torte. »Die ist aber schwer.«

»Das kommt von der Vanillecreme und dem Haselnussmus drin«, verriet ich.

»Klingt verdammt lecker.« Sie trat zurück in den Laden, und ich folgte ihr. Mitten im Raum blieb sie stehen, drehte sich zu mir um und lächelte. Anneke sah zufrieden aus, glücklich. Ihre Augen funkelten vor Freude. Nichts erinnerte mehr an die Frau, die ich vor zwei Monaten kennengelernt hatte. »Ich kann nicht glauben, dass wir jetzt wirklich loslegen!«

Überrascht blieb ich stehen. Anneke hatte ganze Arbeit geleistet. Die meisten Regale mit Haushaltswaren waren leer. Eine Wand hatte sie komplett freigeräumt. Dort standen jetzt zwei alte Holztische und drum herum einige sehr unterschiedliche Stühle, mal aus Metall, mal mit Polster, mal aus nacktem Holz. Überall lagen Stricknadeln, Wolle und bunte Handarbeitsprojekte herum. Auf dem Verkaufstresen befand sich eine Porzellankanne, darunter ein Stövchen. Ein Teelicht spendete flackerndes Licht. Daneben stand ein noch verschlossener Kuchen im Glas und in einer Vase hübsche Trockenblumen. Obwohl wir mit der Renovierung noch gar nicht begonnen hatten und es sicher noch viel zu tun gab, strahlte der Raum schon eine gewisse Wärme und Geborgenheit aus.

»Tee oder Kaffee?«, fragte Anneke.

»Zuerst Kaffee«, entschied ich mich. »Warte, ich bin gleich wieder da.«

Ich holte die Kiste mit dem Porzellanfilter, der Mühle und den Kaffeebohnen aus dem Wagen.

In der Zwischenzeit hatte Anneke die Stricksachen zusammengepackt und auf einem der Tische ausgebreitet. Auf den anderen hatte sie schnell ein hübsches blau-weißes Friesengeschirr gestellt.

»Das Wasser kocht gleich«, sagte sie, als ich die Kiste in unsere zukünftige Küche trug, die vorher als Büro gedient hatte.

»Ich bin immer noch dafür, dass wir auch den Kaffee für unsere Gäste auf die alte Art zubereiten.« Ich gab

Bohnen in die Mühle, mahlte sie, füllte den Porzellanfilter und goss etwas heißes Wasser darüber. Sofort erfüllte der würzige Duft von Kaffee den Raum. »Das dauert zwar etwas länger, aber ich bin sicher, er schmeckt.«

Anneke nickte. »Eine Kanne Kaffee oder eine Kanne Tee. Mit Sahne oder aufgeschäumter Milch. Von der Kuh oder eine Alternative. Was hältst du von Hafer? Oder sollten wir mehr Auswahl haben?«

»Kuh oder Hafer, das reicht«, entschied ich. »Und Kännchen oder Tasse.«

»Was ist mit Espresso?«

Ich schüttelte den Kopf und seufzte. »Oder doch?«

Anneke lachte. »Das ist deine Sache. Ich suche die Wolle aus und alles, was dazugehört.«

»Ich bin so gespannt!« Ich goss das Wasser in einem dünnen Strahl in kreisenden Bewegungen über das Pulver. »Hier im Dorf hat sich das wohl schon herumgesprochen. Einer der Fischer hat mich darauf angesprochen. Ocke.«

»Ocke ist kein Fischer, er war Fährmann«, erklärte Anneke. »Wahrscheinlich hat Erna getratscht. Oder Hinnerksen, den beiden habe ich es erzählt. Und natürlich Jonte.«

»Der vor fünfundsiebzig Minuten mit dem Auto weggefahren ist, wie Ocke mir erzählt hat. Das sind jetzt aber schon fünfundneunzig Minuten, wenn man das Gerede mitrechnet.«

»Wenn man bedenkt, dass Ockes Uhr nicht funktioniert, sind seine Zeitberechnungen erstaunlich genau.« Anneke lächelte, als sie mein überraschtes Gesicht sah. »Er trägt sie, weil er sie angeblich von irgendeinem Politiker geschenkt bekommen hat, den er vor ewigen Zeiten mit der Fähre von Ditzum nach Pektum gebracht hat. Als er erkannte, wen er da beförderte, hielt Ocke mitten auf dem Emskanal an, um dem prominenten Passagier zu sagen, wie sehr er ihn früher bewundert habe und wie wenig er jetzt von dessen Arbeit halte. Und dann weigerte sich Ocke, weiterzufahren. So erzählt man es sich hier. Erst nachdem die beiden ihren Streit beigelegt hatten, fuhr Ocke weiter. Ein paar Wochen später bekam er die Uhr als Dankeschön für das inspirierende Gespräch.«

Ich musste lachen. »Mit wem war das?«

Sie zuckte mit den Schultern. »Mal war es Kohl, mal Schmidt, von Schily habe ich auch schon gehört. Wenn du Ocke fragst, sagt er, der Name sei völlig egal, weil die Herren alle nichts taugen und außerdem Geschenke machen, die nicht funktionieren. Trotzdem trägt er die Uhr seitdem.«

»Eine schöne Geschichte.«

»Nicht die einzige. Wenn du mal Lust hast, lass uns zum *Alten Fährmann* gehen, da werden dir im Laufe des Abends die Ohren glühen.«

»Darauf freue ich mich!«

»Ich mich auch.« Anneke griff nach dem Messer. »Aber lass uns erst mal den Kuchen anschneiden. Muss ich dabei etwas beachten?«

»Nur, dass die Stücke groß genug sind.« Ich goss Kaffee in zwei der hübschen großen, bauchigen blau-weiß gemusterten Henkeltassen. »Milch, Zucker?«, fragte ich.

»Beides«, antwortete Anneke. »Und du?«

»Schwarz«, sagte ich und zuckte dann überrascht zusammen, als es an der Tür klopfte. Draußen stand eine grauhaarige Frau. In ihren Händen hielt sie ein großes, in blaues Papier eingewickeltes Paket.

»Tante Erna«, sagte Anneke mit einem Leuchten in den Augen. Sie sah mich an. »Hast du …?«

»Nein.«

Anneke öffnete die Tür und lag kurz darauf in den Armen der alten Dame.

»Lass am besten gleich die Tür auf«, sagte Tante Erna. »Die anderen kommen gleich.«

»Was? Wer denn?« Anneke spähte nach draußen. »Und woher weißt du …?«

Tante Erna schnalzte mit der Zunge. »Wie lange kennen wir uns schon?« Sie wartete Annekes Antwort gar nicht erst ab. »Genau, schon dein ganzes Leben lang. Natürlich weiß ich, wann du das Licht der Welt erblickt hast. Und auch, dass es an dem Tag geschneit hat – im November! Und dass ich dir Babysöckchen gestrickt habe.«

»Ach, Tante Erna …« Anneke ließ ihren Kopf kurz auf die Schulter der Frau sinken.

Erna streichelte Annekes Rücken. »Matta, Friedericke, Bente und Gitta werden gleich hier sein.« Sie sah mich an. »Du musst Nora sein. Ich habe gehört, dass du mir beim Waffelbacken Konkurrenz machen willst?«

»Nein, natürlich nicht«, antwortete ich schnell. Die Waffelschachtel für Jonte, die sich in meinem Auto befand, verschwieg ich.

Tante Erna lachte laut auf. »Das war doch nur ein Scherz, Schatz. Ich bin froh, wenn ich nicht selbst hinter dem Herd stehen muss, ich lasse mich gern verwöhnen.«

»Nora hat Nusstorte mitgebracht.« Anneke ging zur Theke. »Willst du auch was, Tante Erna?«

In diesem Moment betrat die nächste Frau den Laden. Auch sie hatte ein großes Paket in der Hand. »Wo ist denn das Geburtstagskind?«, rief sie laut.

»Hier bin ich, Matta!« Anneke winkte. »Hier!«

Keine zehn Minuten später waren auch die restlichen Gäste eingetrudelt. Überall im Laden standen große, in buntes Papier eingewickelte Pakete.

»Alles für mich?« Anneke wischte sich die Tränen aus den Augen.

Die Frauen hatten nicht nur Geschenke dabei, sondern auch ein Blech Apfelkuchen, eine Schüssel Schlagsahne und eine große Thermoskanne mit Kaffee.

»Willst du nicht auspacken, Anneke?«, fragte Tante Erna.

»Die Farbkleckse sehen hier so schön aus«, antwortete Anneke.

Ich stupste sie sanft in die Seite. »Komm, mach schon. Ich platze gleich vor Neugier.« Mein Geschenk würde ich ihr später geben, wenn wir allein waren. Ich freute mich schon auf ihr erstauntes Gesicht, wenn sie es auspackte.

KAPITEL 15

Anneke

J hr seid unglaublich! Vielen Dank«, sagte ich und merkte selbst, dass ich wie eine Schallplatte mit Sprung klang. Aber ich war so überwältigt, dass ich nicht anders konnte. Ich musste mich immer und immer wieder bedanken.

Meine Überraschungsgeburtstagsgäste strahlten glücklich und mit sich selbst zufrieden um die Wette.

Es war aber auch naiv von mir gewesen, anzunehmen, dass die Menschen, die mich seit meiner Geburt kannten, meinen Geburtstag vergessen und mich an diesem Tag allein lassen würden.

Wir hatten uns zu Kaffee und Kuchen an den Tisch gesetzt. Bentes Mann Bente hatte den Laden übernommen und versprochen, nur um Hilfe zu rufen, wenn es unbedingt nötig war. In der Buchhandlung war es Anfang November wie überall in Fenjesiel ohnehin ziemlich ruhig. Das würde sich erst in ein oder zwei Wochen ändern, wenn das Weihnachtsgeschäft losging.

Während ich dem Gespräch lauschte – natürlich wollten alle Nora ein bisschen kennenlernen und löcherten sie mit Fragen –, bestaunte ich die Geschenke, die ich auf einem kleinen Tisch abgestellt hatte.

Ehe ich es verhindern konnte, löste sich eine Träne aus meinem Augenwinkel. Es war die Mischung der Gefühle, die mich zu überwältigen drohte. Glück und Traurigkeit tanzten Rock 'n' Roll in mir.

»Alles gut?«, fragte Nora leise, als die Frauen ihr eine kurze Atempause gönnten und ein bisschen Dorftratsch austauschten.

Nora hatte mich beobachtet, während sie geduldig die Fragen der Frauen beantwortete.

Schnell wischte ich die Träne weg, lächelte sie an und nickte. Ich atmete energisch gegen das aufsteigende Weinen an. Das fehlte noch, dass ich jetzt anfangen musste zu heulen.

»Alles gut«, bestätigte ich. Meine Stimme klang etwas zittrig, aber ich behielt die Kontrolle. »Ich bin nur vollkommen *überwältigt*. Ihr seid alle unglaublich und wunderbar. Und dass du heute schon da bist, ist das beste Geschenk.«

Nur gut, dass die kleine Wohnung über dem Laden bereits für sie vorbereitet war. Meine Eltern hatten die Räume als Lager genutzt. Wir hatten Kartons mit Schaufensterdekoration, jahrzehntealte Buchhaltungsordner und viel Kram gefunden.

Jonte hatte mir geholfen. Er hatte mir in den letzten Wochen zur Seite gestanden und war ein wirklich guter Freund geworden. Inzwischen hatte er mir auch seine

Geschichte anvertraut, und so schlimm es auch war, diese Erfahrung schaffte eine zusätzliche Verbindung zwischen uns.

Wir wussten, dass der andere etwas Ähnliches durchgemacht hatte, und konnten den Schmerz und die Trauer nachvollziehen, ohne ungeduldig zu werden. Auch dann noch, wenn andere längst fanden, dass es an der Zeit war, wieder nach vorn zu sehen und die Traurigkeit endlich loszulassen.

Trauer verlief in Wellen und war unberechenbar. Es wurde seltener, aber immer mal wieder wurden wir doch davon überrollt. Wir wussten das beide und konnten den anderen, ohne lange zu hinterfragen, in schlimmen Momenten stützen.

Aber wir hatten auch viele schöne gemeinsame Momente. Es tat gut, mit Jonte zusammen zu sein und Zeit zu verbringen. Er konnte nicht nur wunderbar Gitarre spielen und singen, er war auch ein lustiger Gesprächspartner. Im Seemannsgarnspinnen konnte er Ocke durchaus das Wasser reichen.

Jonte und ich hatten die Wohnung über dem Laden zuerst leer geräumt und gründlich geputzt und dann mit einem Tisch, einem Stuhl, einem Regal und einer Matratze eingerichtet.

Es war etwas spartanisch, aber als Übergangslösung würde es reichen. So konnte Nora schon hier wohnen, auch wenn ihre Möbel erst Ende November kommen würden.

Es hatte sich nicht anders regeln lassen. Nora hatte ein Umzugsunternehmen beauftragt, und die hatten keinen früheren Termin frei gehabt. Nora hatte aber nicht so lange warten wollen. Sie hatte sich über dem Restaurant ihres Bruders nicht mehr wohlgefühlt. Und wir mussten bald mit der Renovierung und dem Umbau starten, so etwas brauchte schließlich auch Zeit.

Bevor Nora etwas erwidern konnte, wurde sie von Tante Erna wieder in ein Gespräch verwickelt. Sie wollte wissen, ob Nora Geschwister hatte.

Nora warf mir einen bedauernden Blick zu, aber ich nickte ihr lächelnd zu. Das war schon in Ordnung so. Sie war jetzt hier zu Hause, und es war gut, dass die Menschen sie direkt in ihrer Mitte aufnahmen. Sie und ich hatten später noch Gelegenheit, uns zu unterhalten. Ab jetzt so oft wir wollten.

Ich ließ das Gespräch plätschern und betrachtete wieder meinen Geburtstagstisch.

Bente hatte mir zwei Strickbücher geschenkt. Eines mit verschiedenen Pullovern, die alle am Stück und ohne Naht gestrickt waren. Raglan und Rundpassen von oben und unten. Ich hatte mir schon direkt beim ersten Durchblättern zwei Modelle ausgesucht, die ich nachstricken wollte. In dem anderen Buch gab es jede Menge Tücher mit Lacemustern. Auch da war ich auf Anhieb fündig geworden und hatte mich in die ersten Muster verliebt. Bente wusste wirklich genau, was mir gefiel und welche Bücher ich schon hatte.

Von Matta hatte ich Schietwetter-Tee, eine kleine Flasche Rum und braune Kluntjes bekommen. Tante Erna hatte mir ein Glas ihrer berühmt-berüchtigten beschwipsten Früchte abgefüllt und einen personalisierten Wollabwickler für mich anfertigen lassen. Er war blau mit fröhlichen weißen Schäfchen, und auf dem Fuß stand zwischen den springenden Schäfchen *Anneke*.

Natürlich war der Abwickler nicht nackt dahergekommen. Tante Erna hatte ein Knäuel Flauschwolle in einem wunderschönen Rostrot darauf gesteckt und weitere 9 Knäuel in einer Papiertüte dazugegeben. »Für ein Tuch oder ein Oberteil«, hatte sie erklärt.

»Und ich dachte, ich hätte dir alle Restbestände abgekauft«, hatte ich gestaunt.

»Hast du ja auch«, hatte Tante Erna gesagt und mir zugezwinkert. »Also fast. Du glaubst doch nicht, dass ich es ganz ohne Wolle aushalte?«

Ich hatte gar nicht anders gekonnt. Ich hatte Tante Erna drücken müssen. »Und sollte dir je die Wolle ausgehen, für dich habe ich immer ein Knäuel hier«, hatte ich ihr versprochen. Und ich hatte mir fest vorgenommen, extra für Tante Erna eine Strickecke einzurichten mit einem Schaukelstuhl. In Gedanken sah ich uns schon zusammen dort sitzen und stricken.

Ich bewunderte die Wolle, die auf dem Abwickler steckte. Meine Finger kribbelten bereits voller Vorfreude. Ich würde nachher direkt ein Probestück anschlagen.

Während ich die Geschenke bestaunte, schob ich mir den letzten Happen meines zweiten Stücks Torte in den Mund.

Noras Torte war himmlisch lecker. Es tat mir fast leid, dass ich nach zwei großen Stücken nicht mehr konnte.

Ihre Kuchen im Glas waren schon genial gewesen, aber diese Geburtstagstorte setzte ihrem Können die Krone auf. Mit den Nüssen, der Vanillecreme und dem karamellisierten Crunch, der mich bei jedem Bissen von Neuem entzückte, hatte sie mein Genusszentrum voll getroffen.

»Ich mische gern Krokant unter die Füllung. Unterschiedliche Texturen sorgen für ein angenehmes Mundgefühl, und der Überraschungseffekt macht das Genießen spannender«, hatte sie erklärt.

»Wenn das Café erst mal läuft, werde ich neue Hosen brauchen«, scherzte ich und klopfte mir auf den Bauch.

»Du sollst den Kuchen ja nicht essen, sondern verkaufen«, konterte Bente und grinste.

»Ja«, donnerte Matta dazwischen. »Rosen auf den Tischen sind hübsch.«

»Hosen, Matta, nicht …« Ich lachte und gab den Versuch auf, Matta zu erklären, worüber wir sprachen.

Stattdessen nickte ich ihr zu. Sie hatte recht. Rosen auf den Tischen wären bestimmt hübsch. Die passenden kleinen Blumenvasen lagerten in einer der Kisten.

»Wie sieht denn euer Plan aus?«, fragte Bente. »Wisst ihr schon, wie ihr alles einrichten wollt? Wann wollt ihr eröffnen?«

Nora und ich sahen uns an.

»Der Plan ist, jetzt erst einmal einen Plan zu erarbeiten und den dann Schritt für Schritt umzusetzen.«

»Ganz genau«, stimmte Nora mir zu. »Nachdem ich jetzt endlich hier bin, können wir richtig loslegen und unsere vielen Ideen in eine Bahn lenken. Wenn alles klappt, werden wir im März oder April Eröffnung feiern.«

Das Öffnen der Ladentür ließ uns aufschauen. Alle Blicke wandten sich dorthin.

Mein Herz machte einen freudigen Satz, als ich Jonte erkannte. Er trat hastig ein und drückte die Tür hinter sich zu, um den eiskalten Herbstwind draußen zu halten.

»Moin«, rief er in die Runde. »Eine Möwe hat mir gezwitschert, dass hier heute Geburtstag gefeiert wird.«

Ich sah zu Nora. Doch sie zuckte mit den Schultern und schüttelte den Kopf.

»Ich habe nichts verraten«, versicherte sie.

Tante Erna aber, die neben Nora saß, grinste zufrieden. Sie also! Na, es wäre auch ein Wunder gewesen …

Jonte hatte etwas Großes dabei. Ich konnte nicht erkennen, was es war. Er hatte es in Stoff gehüllt. Er stellte sein Mitbringsel ab und kam mit offenen Armen auf mich zu.

»Wie konnte ich nur glauben, in Fenjesiel ein Geheimnis hüten zu können.« Ich stand auf und ließ mich von Jonte drücken.

»Alles Liebe zum Geburtstag, Anneke«, sagte er und gab mir einen Kuss auf die Wange. Er sah mir in die Augen und lächelte mich mit einem Blick an, der mich verlegen machte. Die Haut kribbelte, wo seine Lippen meine Wange berührt hatten.

»Danke«, sagte ich und merkte, dass meine Stimme kratzig klang. »Setz dich. Es gibt Kaffee und köstliche Torte.«

»Sehr gut!« Jonte leckte sich über die Lippen. »Aber zuerst bist du an der Reihe. Bereit für ein Geschenk?« Zu der Wärme in seinen Augen gesellte sich ein freudiges Funkeln.

»Immer her damit«, forderte ich. »So langsam gewöhne ich mich daran, verwöhnt zu werden.« Ich zeigte auf den Tisch, wo meine Geburtstagsschätze lagen.

Jonte holte das unförmige Etwas und stellte es vor mich. »Nur meinen Bettbezug hätte ich gern wieder«, meinte er und grinste. »Ich wusste nicht, womit ich das Ungetüm sonst hätte einpacken sollen.«

Jetzt erkannte ich, dass der Stoff tatsächlich Bettwäsche war. Hübsch. Blau-grau-weiß kariert.

»Hoffentlich musstest du letzte Nacht nicht frieren«, alberte ich.

»Kein Problem.« Jonte ging locker auf meine Neckerei ein. »Ich habe es erst heute morgen abgezogen und um das Teil gewickelt.«

Das war natürlich geflunkert. Die Bettwäsche war frisch gewaschen, das konnte ich sehen und auch erschnuppern. Der Stoff roch nach Waschmittel mit Frühlingsduft.

»Jetzt mach hinne«, polterte Matta. »Wir sind neugierig.«

Unter dem allgemeinen Lachen zog ich endlich die Schleife auf und nahm den Stoff weg.

»Wow!«

Jonte hatte einen Holzständer für Wolle in der Hand. Es war ein langer Stab auf einem runden gedrechselten Fuß. Obendrauf saß eine Möwe.

»Wenn es dir gefällt, es hat noch zwei Geschwister, ich konnte nur nicht alle gleichzeitig tragen.«

»Wo hast du das denn gefunden? Das ist fantastisch!«

»Das steckte in einem Stück Holz, ich habe es nur daraus befreit.«

Daraus befreit? Ich überlegte, was er damit meinte, dann wurde es mir klar. Ich konnte es kaum fassen.

»Das hast du selbst gemacht?«, fragte ich.

Für mich?

Ich hatte gewusst, dass er handwerklich sehr geschickt war und gut mit Holz umgehen konnte. Aber dass er so ein Künstler war, hatte ich nicht geahnt.

Ich konnte es kaum fassen. Jonte musste tagelang daran gearbeitet haben. Mein Herz klopfte aufgeregt. Es musste ihm wirklich viel an unserer Freundschaft liegen, wenn er bereit war, den Bootsausbau zu vernachlässigen, nur um mir eine Freude zu machen. Ich dachte an seinen Blick gerade eben. An meine Reaktion. Nur Freundschaft, wiederholte ich in Gedanken. Ich sollte nicht anfangen, mir mehr einzubilden, als es tatsächlich war. Das würde am Ende nur Enttäuschung bringen. Ich war nach allem, was in den letzten Monaten geschehen war, viel zu verletzlich, um mich auf ein Risiko einzulassen.

»Entworfen und hergestellt«, antwortete er. »Ich durfte bei meinem Freund Holger in Kooksiel die Werkstatt nutzen. Er hat eine Drechselbank.«

»Danke!« Ich umarmte Jonte stürmisch, und bevor ich wusste, was ich tat, hatte ich ihn mitten auf den Mund geküsst.

KAPITEL 16

Anneke

lso. Nur Freundschaft also, richtig?«, zog Nora mich auf, und ich konnte ihr inneres Lachen zwischen jedem der Worte hören.

Die Geburtstagsgäste hatten sich verabschiedet. Auch Jonte war gegangen. Er hatte Nora und mich zum Geburtstagsdinner auf sein Hausboot eingeladen. Er wollte noch einkaufen gehen und für uns kochen.

»Ganz genau. Nur Freunde«, bestätigte ich. »Das mit dem Kuss war ein Reflex«, behauptete ich und spürte, wie mein Gesicht heiß wurde. Vermutlich könnte ich als Leuchtfeuer durchgehen. »Es hatte nichts zu bedeuten.«

Innerlich stöhnte ich, denn natürlich wusste ich, dass Jonte und ich jetzt Dorfgespräch waren. Tante Erna und Matta hatten sehr zufrieden gegrinst, und auch Bente hatte ihre Freude nicht verstecken können, auch wenn sie es zumindest versucht hatte.

Es hatte auch nicht viel geholfen, dass ich direkt nach

dem versehentlichen Kuss in dem hilflosen Versuch, das wieder ungeschehen zu machen, Jonte kumpelhaft auf die Schulter geklopft hatte. »Gut gemacht, Kumpel«, hatte ich gesagt und versucht, dabei lächerlich burschikos zu wirken. »Du hast es voll drauf.«

Genau daran dachte Nora wohl auch gerade, denn jetzt lachte sie nicht mehr nur innerlich, sondern sie prustete laut.

»Dann hoffe ich mal, Jonte kann mit deinen Reflexen umgehen. Er sah jedenfalls aus, als hätte er den Schatz von Torum entdeckt. Anneke, Anneke, du spielst da mit einem ziemlich wertvollen Herzen. Vielleicht solltest du dir über deine Gefühle klar werden.« Kurz sah sie mich ernst an, und ich schluckte. Jonte wehzutun, war sicher das Letzte, was ich wollte. Zum Glück wechselte Nora das Thema. »Aber apropos Schatz«, rief sie. »Ich habe noch ein Geschenk für dich.«

Sie nahm ihre Handtasche auf den Schoß und zog ein kleines Päckchen hervor, das sie mir reichte.

»Aber du hast mir doch die fantastische Torte gebacken und mich heute mit deiner früheren Ankunft überrascht. Du musst mir nicht noch mehr schenken.«

»Ich weiß, dass ich das nicht muss. Aber ich möchte es gern. Los. Mach auf.«

Sie musste es nicht noch mal sagen. Schon hatte ich das Papier zerrissen und die schmale Schatulle geöffnet. Ein zierlicher goldener Löffel lag auf blauem Samt und funkelte im Licht der Deckenlampe.

»Der sieht ja aus wie …«

»Bevor du Schnappatmung bekommst«, unterbrach

mich Nora schnell. »Er ist nur vergoldet, und es ist nicht der Löffel, den mein Opa mir geschenkt hat. Aber auch wenn es nicht der Schatz aus dem Watt ist, ich finde, er sieht dem Fund sehr ähnlich.«

»Er ist wunderschön«, sagte ich und strich mit der Fingerspitze über die Verzierungen. »Und er steht für unsere Verbindung. Ist es nicht unglaublich, dass wir uns tatsächlich fast schon ein Leben lang kennen?«

Nora nickte. »Oma ist auch immer noch ganz aus dem Häuschen und sehr neugierig auf dich. Ich denke, sie wird uns bald besuchen.«

Ich freute mich darauf, Noras Oma kennenzulernen. Nachdem Nora ihr von mir erzählt und dass mein Opa auch in der Werft in Ditzum gearbeitet hatte, hatte sie sich zuerst nicht erinnert.

Wir waren enttäuscht gewesen, weil wir so sicher gewesen waren, dass es da etwas geben musste.

Erst ein paar Tage später, als Nora ihrer Oma in einem weiteren Telefonat von dem Haushaltswarenladen meiner Eltern erzählt hatte, hatte sich die Sache gedreht. Nora hatte mir später berichtet, dass ihre Oma wie elektrisiert gewesen war.

Plötzlich war alles wieder da gewesen. Sie hatte sich an das Haushaltswarengeschäft meiner Eltern erinnert. Auch an meine Eltern und an mich. Es war nur eine lose Ferienbekanntschaft gewesen, aber sie mussten sich gemocht haben.

So hatten wir erfahren, dass Nora und ich uns tatsächlich als Kinder gekannt hatten. Wir hatten uns ein paarmal gesehen und miteinander gespielt.

Auch wenn wir uns nicht selbst und konkret erinnerten, war es diese Verbindung gewesen, die Nora dazu gebracht hatte, den Sprung zu wagen und nach Fenjesiel zu ziehen. Wir waren in gewisser Weise all die Jahre Freundinnen gewesen, ohne voneinander zu wissen. Ein Teil von uns hatte sich erinnert. Davon waren wir beide überzeugt. So erklärte sich auch die Vertrautheit, die wir beide von Anfang an empfunden hatten.

»Dieser Löffel ist ein Symbol für Freundschaft, für unsere gemeinsame Leidenschaft für die Schatzsuche und für das Abenteuer, in das wir uns gerade gemeinsam stürzen. Er ist wunderbar, er wird einen Ehrenplatz bekommen. Danke, Nora. Das bedeutet mir wirklich viel.«

***

»Deine Spaghetti sind ein Gedicht«, lobte ich Jonte. »Und dieses Schnitzel, hm!«

»Du weißt schon, dass wir jetzt, nachdem wir wissen, was für ein hervorragender Koch du bist, auf weitere Einladungen spekulieren«, bestätigte Nora mein Lob.

Jonte legte das Besteck weg, tupfte sich mit der Serviette die Lippen und griff nach seinem Glas. Er hatte passend zu dem italienischen Piccata milanese einen Chianti gewählt.

»Auf die Einladungen«, sagte er und prostete uns zu. »Ich spekuliere auf Torte und selbst gestrickte Socken und werde euch im Gegenzug mit Piccata milanese, Spaghetti bolognese und Linseneintopf verwöhnen. Mehr kann ich leider nicht. Ich bin kein …«

»Du flunkerst«, grätschte ich sofort hinein, bevor Jonte sein Märchen vertiefen konnte. »Wer so eine Piccata zaubern kann, der kann auch andere Sachen kochen.«

Jonte erwiderte nichts. Er lächelte mich an und trank einen Schluck Wein.

»Und selbst wenn es nur die drei Gerichte wären«, sagte Nora. »Ich bin dabei. Kuchen satt für dich, wann immer du möchtest, Jonte.«

»Und wenn ihr Hilfe braucht bei der Einrichtung. Ich bin dabei.« Aus Jontes Mund klang das wie eine Selbstverständlichkeit, aber das war es nicht. Und ein kurzes Abchecken mit Nora bestätigte mein Gefühl – wir dachten das Gleiche.

»Hör mal, Jonte«, sagte Nora deshalb. »Anneke und ich können ganz sicher jede Hilfe brauchen, die wir bekommen können. Über das Streichen hinaus sind wir beide nicht sehr erfahren in handwerklichen Dingen. Aber das, was wir brauchen, geht über einen Freundschaftsdienst hinaus. Und du hast ja selbst noch jede Menge zu tun. Andererseits wissen wir ja, dass du auch an einem Punkt bist, an dem du dir über deine Einnahmen Gedanken machen musst, zumal jetzt die Saison vorbei ist. Bei dem Wetter kannst du auch nicht mal eben auf die Straße gehen und eine halbe Stunde Musik machen.«

»Wir können das abkürzen«, sagte Jonte. »Ich nehme kein Geld von euch. Punkt.«

»Dann nehmen wir keine Hilfe von dir. Auch Punkt«, antwortete ich an Noras Stelle. »Und jetzt hör auf, dich anzustellen, und sieh ein, dass wir recht haben. Du würdest uns einen riesigen Gefallen tun. Du weißt doch, wie schwierig es ist, einen Handwerker zu finden. Hilf uns als Freund und nimm unser finanzielles Dankeschön aus Freundschaft an. Bitte.«

Jonte nippte an seinem Wein und grübelte. Es war offensichtlich, dass ihm unser Vorschlag von Herzen widerstrebte. Doch dann hellte sich seine Miene auf.

»Ich weiß, was wir machen«, verkündete er. »Ihr engagiert meinen Freund Holger als baulichen Helfer. Holger ist super, er kann fantastisch mit Holz umgehen und hat generell jede Menge Ahnung, wenn es um alles Handwerkliche geht. Ich werde gern in eurem Auftrag mit ihm sprechen. Und wenn Holger meine Hilfe braucht, kann er mich engagieren. Ansonsten helfe ich euch zwischendurch auch als Freund. Und das dann ohne Bezahlung.« Er hielt inne, schien seine Worte noch einmal in Gedanken durchzugehen und nickte dann zufrieden. »Ich finde, das ist eine prima Lösung. Was meint ihr?«

»Einverstanden.« Das kam von Nora und mir gleichzeitig.

»Auf das Abenteuer«, sagte ich und hob mein Glas. Bisher hatte sich das alles noch weit weg angefühlt, aber so langsam nahm es doch Fahrt auf.

»Wisst ihr denn schon, was ihr brauchen werdet?«, wollte Jonte wissen. »Wie sieht es mit der Küche aus?«

»Ich brauche einen Edelstahltisch, zwei Backöfen, einen Herd, Spülmaschine, zwei Kühlschränke. Und im Café brauchen wir eine Kuchentheke, Tische, Stühle und alles, was Anneke für die Wolle benötigt.«

»Tische und Stühle sollen bunt gemischt sein. Ich stelle mir auch Sessel und kleine Sofas vor. Und eine Strickecke mit einem Schaukelstuhl für Tante Erna – und natürlich für alle, wenn sie nicht da ist. Die Regale aus Tante Ernas Wollgeschäft müssen angepasst und aufgebaut werden. Ich habe zugesagt, sie auf jeden Fall bis Anfang Dezember abzuholen.« Ich hielt inne, überlegte, aber mehr fiel mir auf Anhieb nicht ein. »Weiter weiß ich gerade nicht.«

»Die Farbgestaltung wäre noch wichtig. Wollt ihr nur streichen oder auch richtig umbauen? Der Boden bleibt?«

»Die Küche braucht Fliesen, der Rest kann für den Anfang bleiben. Die Wände würden wir in einem hellen Cremeton streichen.«

Das hatten Nora und ich zum Glück alles schon in langen Telefonaten vorbesprochen.

»Dann komme ich morgen. Weiter ausräumen und schon mal abkleben, damit das Streichen schneller geht. Wisst ihr, was, ich freue mich richtig, dabei zu sein«, verkündete Jonte.

Nora gähnte. »Tut mir leid«, entschuldigte sie sich. »Jonte, du bist klasse! Aber ich falle hier fast vom Stuhl vor lauter Müdigkeit. So ein neuer Lebensabschnittstag ist ganz schön anstrengend. Ich weiß, so direkt nach dem Essen zu gehen, ist nicht sehr höflich, aber wärt ihr mir böse, wenn ich mich schon verabschiede?«

»Du willst das Konzert verpassen?«, fragte ich. »Ernsthaft?«

Jonte hatte uns ein kleines Wohnzimmerkonzert versprochen. Doch Nora hob entschuldigend die Hände und nickte. »So leid es mir tut, aber eine schnarchende Zuhörerin wäre ja nun auch kein Kompliment. Jonte, ich schwöre dir, ich würde dich wirklich gern spielen und singen hören, wenn ich es nur könnte. Aber ich muss ins Bett.«

»Alles gut, kein Problem. Ich werde sicher noch Gelegenheit haben, dir ein Ständchen zu bringen. Was ist, sollen wir dich nach Hause bringen?«

»Das ist lieb, aber ich geh gern allein. Ich bin sicher, es wird mir gut gehen in meiner kleinen Wohnung, meinem neuen Zuhause.«

Nora stand auf und umarmte erst mich, dann Jonte. »Gute Nacht, ihr beiden. Und macht euch noch einen schönen Abend.«

»Gute Nacht, Nora«, sagte ich. »Wenn du etwas brauchst, melde dich bitte. Ich lass das Handy an.«

Für einen Moment legte sich ein verlegenes Schweigen über uns. Um die Situation aufzulockern, stand ich auf und begann das Geschirr in die Kombüse zu räumen. Als ich Wasser in das Spülbecken lassen wollte, legte Jonte seine Hand auf meine und zog mich mit sich in seine Wohnkajüte.

»So weit kommt es noch, dass meine Gäste abwaschen müssen«, erklärte er. »Zumal, wenn sie Geburtstag haben.«

Er ließ mich erst los, als ich mich wieder auf sein selbst gebautes Sofa gesetzt hatte. Er selbst setzte sich auf einen gepolsterten Hocker und nahm die Gitarre. Schon tanzten die ersten Akkorde durch die Luft.

Ich lauschte Jontes warmer Stimme und ließ mich von der Melodie tragen. Jonte sang alte Lieder, Cat Stevens, als er noch Cat Stevens war. Simon and Garfunkel. Leonard Cohen.

Ich vergaß alles um mich herum. Es war so wunderschön. So warm und so geborgen, dass ich nicht genug davon bekommen konnte. Ich wünschte mir, dieses Gefühl würde nie enden.

»Dein Kuss hat mich überrascht«, hörte ich plötzlich Jontes Stimme ganz nah bei mir. Ich riss die Augen auf – wann hatte ich sie denn geschlossen? Ich konnte mich nicht erinnern. Jonte hatte die Gitarre zur Seite gestellt und sich neben mich gesetzt.

Er strich meine Haare über die Schulter zurück, hielt meinen Blick mit seinem gefangen.

Ich suchte nach Erklärungen, wusste nicht, was ich sagen, was ich tun sollte. Doch Jonte schien genau zu wissen, was er wollte.

»Er hat mich überrascht und tief berührt. Anneke, weißt du eigentlich, wie bezaubernd du bist?«, fragte er.

Ich antwortete mit einem unsicheren Lachen, doch Jonte ließ sich nicht beirren.

»Bremse mich, wenn ich zu aufdringlich bin, aber sei bitte ehrlich, Anneke. Das ist alles, was ich von dir erwarte. Ich mag dich sehr und bin dabei, mich in dich zu verlieben. Das ist mir durch deinen Kuss sehr deutlich klar geworden. Du bist wunderschön. Du duftest nach Glück und nach Wildkräutern. Dein Lachen haut mich um.«

Jonte streichelte mein Gesicht, mein Ohr. Er beugte sich zu mir und hauchte einen Kuss auf meinen Hals, der mir am ganzen Körper eine Gänsehaut bescherte.

Es war an der Zeit, Farbe zu bekennen.

»Ich mag dich auch sehr, Jonte. Sehr, sehr sogar«, betonte ich.

In diesem Moment war mir meine Angst vor Verletzungen egal. Ich schob all meine Vorsätze weit nach hinten. Konnte etwas, was sich so richtig anfühlte, wirklich falsch sein? Wollte ich wirklich mein Leben von meiner Angst bestimmen lassen?

Jetzt war es an mir, meine Hand zu heben und Jontes Wange zu streicheln. Sie fühlte sich herrlich an, ein bisschen rau und warm und genau so, wie ich es erwartet hatte.

Und dann hörte ich auf zu denken und konzentrierte mich nur noch auf Jontes Lippen, die sich auf meine legten.

KAPITEL 17

Nora

ie eisige Novemberluft schlug mir ins Gesicht, als ich den Hafen in Richtung meines neuen Zuhauses verließ. Die Straßen waren leer und still. Meine Schritte hallten auf dem Pflaster wider, begleitet von den entfernten Geräuschen des Meeres. Der Gedanke, dass Fenjesiel nun mein Zuhause sein und das Rauschen der Wellen mich in Zukunft jeden Tag begleiten würde, wärmte mein Herz. Ich fühlte mich wohl in dem kleinen Ort, in dem jeder jeden kannte und aufeinander aufgepasst wurde. Wie sehr sich Anneke über die unerwarteten Geburtstagsgäste gefreut hatte! Sie gehörte nach Fenjesiel. Ich war mir sicher, dass sie die richtige Entscheidung getroffen hatte, als sie sich für das Café und gegen die Stelle im Leerer Krankenhaus und auch gegen die Stelle bei Dr. Sievers entschieden hatte. Und ich hoffte, dass das auch für mich galt. Im Moment fühlte es sich danach an. Aber es gab noch einige Stolpersteine, die vor uns lagen – vor mir lagen. Die Renovierung würde nicht nur Zeit und Nerven kosten. Ich würde mein Erspartes und den Großteil des Geldes, das Opa mir vermacht hatte, in das Café stecken. Den Rest würde ich für die Umzugskosten und die Einrichtung meiner Wohnung brauchen. Zwar konnte ich einen Teil meiner Möbel aus der alten Wohnung mitnehmen, aber ich wollte mir ein neues Bett mit einer guten Matratze leisten, und auch eine kleine Küchenzeile würde ich mir anschaffen müssen. Auf Dauer wollte ich mir eine größere Wohnung suchen, aber fürs Erste würden die beiden Zimmer reichen. Dass ich auch hier direkt über meinem Arbeitsplatz wohnte, störte mich nicht. Immerhin würde ich nicht bis spät am Abend arbeiten müssen.

Wir wollten uns auf Frühstücksgäste sowie Kaffee und Kuchen konzentrieren und dazu nur ein paar kleinere herzhafte Gerichte anbieten, die wir gut vorbereiten konnten. Die Aufgaben hatten wir recht schnell verteilt. Ich würde backen und dafür sehr früh am Morgen aufstehen, Anneke würde sich um die Gäste kümmern – und natürlich um die Wolle, die sie verkaufen wollte, und am Abend das Café schließen. Natürlich würden wir uns gegenseitig unterstützen, wo wir konnten. Eröffnen wollten wir spätestens Anfang März. So konnten wir uns auf die Saison vorbereiten, die kurz vor Ostern beginnen und uns hoffentlich viele Touristen bescheren würde.

Vor dem Haus blieb ich einen Moment stehen. Der Wind pfiff um die Ecken, und die Fensterläden in der oberen Etage klapperten. Meine beiden Zimmer konnte ich nur durch das Café erreichen, ein Umstand, der mir nicht gefiel, mit dem ich mich aber arrangieren konnte.

Ich schloss die Tür des Ladenlokals auf, schaltete das Licht ein und lächelte bei dem Anblick des aufgeräumten Raumes. Bevor Annekes Besucherinnen sich verabschiedet hatten, hatten sie Klarschiff gemacht. Friedericke hatte das Geschirr mitgenommen, um es zu spülen. Bente war kurz verschwunden und mit einem Staubsauger wieder zurückgekommen. Matta und Gitta hatten Tücher und Spiritus aus ihren Taschen gezaubert und sich an den Schaufenstern zu schaffen gemacht. Zudem hatten sich alle angeboten, auch bei der Renovierung und der anschließenden Einrichtung zu helfen.

Ich stellte mich an die Theke, stützte meine Ellbogen darauf ab und betrachtete den Raum. Am Tag fiel genügend Licht durch die großen Schaufenster. Aber für die Wintermonate, in denen es früh dunkel werden würde, müssten wir gute Lampen anschaffen.

Ich war gespannt, wie unser Café aussehen würde. Anneke wünschte sich bunt gemischte Tische und Stühle, Sessel und kleine Sofas. Und auch eine Strickecke mit einem Schaukelstuhl wollte sie integrieren. Das würde eng werden, zumal die Regale, die wir aus Tante Ernas Wollgeschäft übernehmen würden, auch ihren Platz brauchten. Ich mochte es grundsätzlich eher luftig, schlicht, dachte an Bänke mit bequemen Sitzkissen in Naturfarben. Annekes Wolle würde meines Erachtens für genügend Farbe sorgen. Aber ich war auch bereit, Kompromisse einzugehen, und hoffte, dass die Mischung aus unseren Ideen am Ende zu einem schönen Ergebnis führen würde.

Gerade als ich nach oben gehen wollte, kündigte mein Telefon eine Nachricht von Anneke an.

*Schlaf gut. Und merke dir, was du träumst in der
ersten Nacht im neuen Zuhause. Schön, dass du
da bist! Liebe Grüße Anneke*

Spontan rief ich sie an. Doch Anneke nahm das Gespräch
nicht an. Ob sie noch bei Jonte war?

Lächelnd ging ich die knarrende Holztreppe hinauf. Als
ich die Tür zu meiner Wohnung öffnete, nahm ich wieder
den angenehmen Duft nach Bienenwachs wahr, den ich
vorhin nicht hatte einordnen können, als ich mit Anneke
mein Gepäck aus dem Auto geholt und nach oben getragen hatte. Ich ging durch den kleinen Flur ins Wohnzimmer. Der Raum war nur spärlich eingerichtet, aber er
gefiel mir in seiner Schlichtheit. Ich strich über die frisch
gewachste quadratische Platte des Tisches. Das Holz
hatte eine schöne satte, leicht schimmernde Farbe. Darauf stand eine dicke cremefarbene Kerze in einem großen Windlicht auf einer Schicht Sand. Die beiden Stühle
waren cremefarben lackiert und mit hübschen hellblauen
Sitzkissen bestückt.

Die Farbkombination hatte mir vorhin schon gefallen.

Ich zündete die Kerze an, knipste ein Foto und schickte
es an Anneke.

*So auch in unserem Café bitte. Und dazu dann
deine Sofas, Sessel und der Schaukelstuhl – gern
etwas farbiger.*

Im anderen Zimmer lag in der Ecke eine mit einem tau-
benblauen Spannbettlaken bezogene Matratze. Auf dem

187

Fußboden stand mitten im Raum ein großes Windlicht aus milchigem Glas, das batteriebetrieben war. Ich schaltete es ein. Es verbreitete warmes Licht in meinem einfachen kleinen Reich. Als ich mich inmitten der Stille in der kargen Wohnung umsah, überkam mich ein Gefühl der Zufriedenheit. Mir ging es gut. Es lag noch viel Arbeit vor uns, aber ich freute mich darauf. Es war mein Traum, den ich jetzt verwirklichen wollte. Ich brachte meine Kosmetiktasche in das sehr kleine Badezimmer. Dusche, Waschbecken und Toilette waren blitzblank geputzt. Ein Stück Seife verströmte den frischen Duft nach Orange. Anneke hatte alles dafür getan, dass ich mich wohlfühlte.

Mit dem Gefühl, angekommen zu sein, ging ich noch einmal runter, um Bettdecke und Kopfkissen zu holen, die ich aus Essen mitgebracht und im Café deponiert hatte. Meinen Wagen hatte ich auf dem kleinen Parkplatz abgestellt, der zu Fuß in drei Minuten zu erreichen war. Von dort aus war ich mit Anneke zu Jonte gegangen.

Lautes Bellen durchbrach das Knarren der letzten Holzstufen. Ich blieb stehen und spähte hinaus. Auf dem Gehweg stand ein großer Hund. In der Dunkelheit konnte ich ihn nicht richtig erkennen, das Licht des Ladenlokals fiel nur schwach nach draußen. Aber ich vermutete, dass es sich um eine Dogge handelte. Eine schwarze Dogge, die zu mir sah und mich mit Argusaugen beobachtete, wie ich feststellte, als ich näher kam.

»Ist ja gut, ich darf hier sein«, sagte ich laut.

Da verschwand der Kopf der Dogge für einen kurzen Moment nach unten, und als er wieder auftauchte, sah ich, dass das Tier einen hellgrauen Pantoffel im Maul hatte.

»Wo hast du den denn her?«, fragte ich. »Und was machst du allein hier um diese Uhrzeit, Freundchen?«

Aber der Hund ignorierte mich schwanzwedelnd und sah nun die Straße entlang. Ich folgte seinem Blick. Ein Mann joggte in der Dunkelheit auf ihn zu. Den Weg beleuchtete eine kleine Lampe, die er um die Stirn gebunden trug. Als er näher kam, erkannte ich ihn sofort. Die sportliche Statur, das dunkle Haar. Es war Dr. Paul Sievers, der örtliche Arzt, für den ich den Käsekuchen gebacken hatte.

Wir hatten kurz vor Mitternacht, es war windig, und der Mann rannte mit seinem Hund durch Fenjesiel. Die Praxis und die dazugehörige Wohnung lagen in entgegengesetzter Richtung. Ich ging davon aus, dass sie auf dem Weg zum Deich oder zum Strand waren.

Vor dem Schaufenster blieb er stehen und sah zu mir. Das helle Licht seiner Stirnlampe blendete mich, und ich hielt schützend meinen Unterarm vor die Augen. Er bemerkte es, schaltete die Lampe aus, und als ich wieder zu ihm sah, hob er grüßend die Hand.

Doch da stupste ihn plötzlich die Dogge an und preschte davon. Der Doktor zuckte entschuldigend mit den Schultern und lief los.

Ich musste lachen. Als ich den Mann das letzte Mal gesehen hatte, war ihm ein Schuh hinterhergeflogen. Nun war es ein Schuh, den er verfolgte – im Maul eines riesigen Hundes. Ein schönes Tier, muskulös mit glänzendem Fell. Gut gelaunt ging ich nach oben in mein Schlafzimmer.

Am nächsten Morgen erwachte ich mit einem aufgeregten Kribbeln im Bauch. Ich öffnete das Fenster und klappte die Holzläden auf. Der November machte seinem Ruf alle Ehre. Noch immer war es grau draußen. Kalte Luft strömte in das Zimmer. Die Straße war menschenleer. Wahrscheinlich war es noch zu früh. Ich streckte mich ausgiebig, schloss das Fenster wieder, holte mein Telefon vom Tisch und setzte mich im Schneidersitz damit auf die Matratze, um nachzuschauen, wie spät es war.

»Wow!«, entfuhr es mir. Es war schon halb zehn, so lange hatte ich schon Ewigkeiten nicht mehr geschlafen. Und so fest auch nicht. Mein Bruder hatte mir in der Nacht geschrieben, wie ich feststellte. Obwohl ich das Telefon nicht auf lautlos gestellt hatte, hatte ich den Eingang der Nachricht nicht mitbekommen.

> *Viel Glück, viel Erfolg und einen gut gebauten Friesen wünsche ich dir. Hab dich lieb, Schwesterherz. Und ich vermisse dich jetzt schon!*

Die Worte berührten mich, ich freute mich sehr darüber. Es war die richtige Entscheidung gewesen, nach Fenjesiel zu gehen. Die Zusammenarbeit hatte Nils und mir nicht gutgetan. Er war überrascht gewesen, als ich von meinem Plan berichtet hatte, und hatte nicht wirklich daran geglaubt, dass ich ihn so schnell in die Tat umsetzen würde. Aber als er gemerkt hatte, dass ich es ernst meinte, hatte er sich für mich gefreut und mich in der Entscheidung bestärkt.

> *Hab dich auch lieb. Du weißt, wo du mich findest, wenn du Sehnsucht bekommst oder Lust auf ein*

verdammt gutes Stück Kuchen hast. Setz dich
ins Auto, fahr los! In zweieinhalb Stunden bist du
da. Und was den gut gebauten Friesen angeht:
Die sitzen alle auf der Rentnerbank und rauchen
Pfeife.

Ich schickte die Nachricht ab und beantwortete auch die, die heute Morgen von meinen Eltern bei mir eingetroffen waren. Beide wollten unabhängig voneinander wissen, wie meine erste Nacht in meinem neuen Zuhause gewesen war, und wünschten mir eine gute Zeit.

Ich bedankte mich, sendete ihnen das Foto, das ich gestern auch an Anneke geschickt hatte, und knipste ein Selfie von mir auf der Matratze, das ich ebenfalls auf die Reise schickte, auch an Nils und meine Oma. Dazu schrieb ich:

Klein, aber fein! Meine erste Nacht habe ich tief
schlafend verbracht! Hab euch alle lieb, melde
mich später noch mal.

Dann schrieb ich eine Nachricht an Anneke.

Guten Morgen. Wie geht es dir?

Bisher hatte sie auf meine Nachricht von gestern nicht geantwortet. Ich hoffte, dass sie noch tief und fest schlief – allein oder vielleicht doch in Jontes Armen?

Dass die beiden mehr als Freundschaft füreinander empfanden, war offensichtlich. Annekes Blicke, wenn sie sich unbeobachtet fühlte, sprachen Bände, genau wie der Kuss, den sie ihm »aus Versehen« gegeben hatte. Dass Jonte Anneke sehr mochte, hatte er mir schon bei unserem ersten Abend auf dem Hausboot verraten. Die Frage war nur, ob die beiden den Mut fanden, sich aufeinander einzulassen. Ich wünschte es ihnen und war gespannt, was Anneke berichten würde.

Aber erst einmal brauchte ich einen Kaffee, und da ich hier oben noch keine Küche hatte, musste ich ihn unten zubereiten.

Jetzt, am Tag, kam es mir plötzlich unwirklich vor, dass ich tatsächlich hier war. Ich umschloss mit beiden Händen die Tasse und genoss den heißen Kaffee in kleinen Schlucken. Er belebte meine Geister.

Während ich meine Gedanken sammelte, ging ich die Einrichtungsideen für das Wollcafé noch einmal durch. Gemeinsam mit Anneke hatte ich schon viele Stunden am Telefon damit verbracht, Pläne zu schmieden und Inspirationen zu sammeln. Wir hatten eine klare Vision: ein Café, in dem man nicht nur köstlichen Kaffee und leckere Kuchen genießen konnte, sondern auch Wolle kaufen und gemütlich beisammensitzen und stricken konnte.

Jetzt musste ich Anneke nur noch von der Einrichtungsweise überzeugen, die ich mir vorstellte. Das Mobiliar sollte den friesisch-nordischen Stil verkörpern, schlicht und doch mit einem gewissen Charme. Wir wollten den Besuchern ein Gefühl von Geborgenheit und Entspannung vermitteln, als wären sie bei einer guten Freundin zu Hause, das war auch Anneke wichtig. Holz, Weiß und sanfte Blautöne könnten die Hauptfarben sein, die den

Raum beherrschten. Das würde passen! Bänke, aber auch gemütliche Sitzgelegenheiten mit weichen Kissen und Decken, die zum Verweilen einluden, würden den Gästen Komfort bieten.

Ich griff nach meinem Notizbuch, das auf der Theke lag, und begann, all die Ideen und Skizzen festzuhalten, die mir gerade in den Kopf schossen. Von der Gestaltung der Theke bis hin zur Anordnung der Tische und Stühle – jedes Detail spielte eine wichtige Rolle.

Während ich die Seite füllte, konnte ich förmlich spüren, wie das Café zum Leben erwachte. Die Vorstellung von lachenden Gesichtern, die in Strickprojekte vertieft waren, und vom Klappern der Stricknadeln bereiteten mir gute Laune. Genau wie Anneke wollte ich einen Ort schaffen, an dem Menschen ihre Leidenschaft für Handarbeiten teilen konnten, während sie sich in einer behaglichen Atmosphäre wohlfühlten – und besten Kuchen genossen.

Als es plötzlich an der Tür klopfte, schrak ich auf. Natürlich hatte Anneke auch einen Schlüssel, aber da ich meinen von innen hatte stecken lassen, konnte sie nicht aufschließen, und ich musste sie reinlassen.

Ihr Gesicht war ein einziges Lächeln.

Ich umarmte meine Freundin. »Guten Morgen.«

»Guten Morgen.« Sie schnupperte. »Kaffee! Hast du auch einen für mich?«

Ihre Wangen waren gerötet, das Haar zerzaust. Ich musterte sie lächelnd. »Aber klar doch. In der kleinen Thermoskanne. Es ist auch noch Kuchen im Kühlschrank. Ich habe bisher nicht gefrühstückt, weil ich keine Lust auf Süßes hatte.«

Mir wäre jetzt auch eher nach was Herzhaftem zumute. Sie grinste und hielt mir den Rucksack hin, den sie in der Hand hielt. »Frische Brötchen, Croissants, Eier, Käse, Tomaten, Schokocreme, Konfitüre. Ich dachte, wir weihen das Café heute mit unserem ersten gemeinsamen Frühstück hier ein. Was meinst du?« Sie zeigte auf die aufgeschlagene Seite meines Notizbuches. »Oh, das ist aber eine hübsche Idee, eins der Regale als Trennwand mitten in den Raum zu stellen. Vielleicht können wir heute konkret planen und uns festlegen?«

»Unbedingt.« Ich grinste sie an. »Aber vorher erzählst du mir, wie es gestern noch mit Jonte war. Ich platze gleich vor Neugierde.«

Eine zarte Röte breitete sich auf ihrem Gesicht aus. »Beim Frühstück!«, sagte sie und lächelte schelmisch. »Erst einmal muss ich wieder ein wenig zu Kräften kommen.«

KAPITEL 18

Nora

Wir haben die Nacht zusammen verbracht«, sagte Anneke leise, fast schon verträumt. »Ich hätte es mir nicht schöner vorstellen können. Alles hat gepasst, jede Berührung …« Sie schwieg einen Moment mit einem verträumten Lächeln auf den Lippen. »Und dann haben uns die Wellen in den Schlaf gewiegt.«

»Das klingt romantisch. Ich freue mich für dich, für euch!«

»Ja, es war wirklich schön.« Sie drückte die Schultern durch und seufzte.

»Was ist denn?«

»Jonte weiß noch nicht, ob er für immer in Fenjesiel bleiben wird. Eigentlich wäre es besser, wenn ich mich gar nicht erst auf ihn einlassen würde. Am Ende sitze ich wieder allein da. Das Verlassenwerden zieht sich durch mein Leben wie ein Riss in der Wand, der immer größer wird.«

»Du bist nicht allein«, sagte ich. »Du hast hier Freunde.«
Ich lächelte sie an. »Und mich.«

»Ja, ich weiß …«

»He!« Ich warf ihr einen strengen Blick zu. »Du hast
eine tolle Nacht mit einem verdammt netten Kerl verbracht. Aber du denkst jetzt schon, dass er dich ver-
lässt, bevor es richtig losgeht. Lass dir Zeit. Genieße es!
Wenn er der Richtige ist, wird sich ein Weg finden.« Ich
grinste sie an. »Und wenn nicht, dann betrinken wir uns
zusammen, essen jede Menge Eis, Kuchen, schimpfen
über Männer und schwören uns, uns nie wieder zu verlieben.«

»Oder ins Kloster zu gehen.«

»Genau!« Ich häufte eine große Portion Rührei auf ihren Teller. »Und jetzt iss erst mal. Hast du nicht vorhin
gesagt, du musst wieder zu Kräften kommen?«

»Ja.« Sie schmierte Butter auf eine Brötchenhälfte und
häufte Rührei darauf. »Das ist ganz nach meinem Geschmack. Ich mag es fest und nicht glibberig.«

»Und beim gekochten Ei?«

»Auf keinen Fall flüssig. Das Gelbe fest mit einem weichen Kern.«

»In Ordnung. Gibt es sonst noch was, was ich über
deine Essgewohnheiten wissen muss?«

»Ich mag keinen Fisch, aber das weißt du ja bereits. Mit
Pilzen stehe ich auch auf Kriegsfuß. Vom Geschmack
her finde ich sie gut, aber die Konsistenz liegt mir nicht.
Genauso wenig wie Sülze und Co, auch nicht süß. Beim
Gedanken an Wackelpudding sträuben sich mir die Na-
ckenhaare.«

»Also kein Glibber.«

»Und kein Gelee. Konfitüre ja, sehr gern in allen Variationen. Am liebsten mit großen Fruchtstückchen drin. Aber Gelee kommt mir nicht aufs Brötchen. Und du?«

»Ich mag keine Leber. Und generell habe ich ein Problem damit, wenn Speisen nicht richtig abgedeckt in den Kühlschrank gestellt werden und den Geruch von anderen Lebensmitteln annehmen.«

»Meine Mutter hat immer eine flache Schüssel mit Natron zum Neutralisieren unten reingestellt«, sagte Anneke und blickte durch den Raum. »Sie fehlt mir, die beiden fehlen mir. Aber weißt du was?« Ein sanftes Lächeln erhellte ihr Gesicht. »Ich glaube nicht daran, dass im Leben alles seinen Sinn hat. Aber daran, dass es möglich ist, in allem etwas Gutes zu finden. Wenn ich nicht im Laden geheult hätte, hättest du mich nicht getröstet, wir hätten uns nicht kennengelernt, und es würde kein Café geben.«

»Oh doch!«, erwiderte ich. »Wir hätten uns so oder so gefunden, oder besser gesagt wiedergefunden, kennengelernt haben wir uns doch schon vor einer kleinen Ewigkeit. Das alles, das ist kein Zufall. Unser Wollcafé soll eröffnet werden.« Ich tippte auf das Notizbuch. »Und damit das auch wirklich passiert, müssen wir jetzt ganz konkret werden.«

»Ich bin einverstanden«, sagte Anneke.

»Womit denn? Mit der Raumaufteilung?«

»Ja, und die Mischung aus dunklen, gewachsten Holztischen und cremefarbenen Stühlen.« Sie deutete auf eine Stuhllehne hinter sich. »Die müssen wir nur noch lackieren. Das ist zwar ein bisschen Arbeit, aber wir könnten ein paar Euro sparen, wenn wir einfach mal die Fenjesieler fragen, ob sie einen Stuhl für uns übrighaben. Bestimmt gibt es auf den Dachböden noch ein paar alte Schätzchen. Wir schleifen sie ab, streichen sie neu, legen ein hübsches Kissen drauf, am liebsten in Hellblau oder verschiedenen Blautönen. Für die Dekoration müssen wir nicht viel Geld ausgeben. Das meiste finden wir am Meer: Muscheln, Sand, Hühnergötter. Damit können wir Windlichter füllen oder Traumfänger basteln. Aus schönen Treibholzstücken kann man auch alles Mögliche machen, wir können einfache Lampenschirme daran schrauben oder Haken, und sie als Garderobe benutzen. Auf Schnittblumen würde ich gerne verzichten. Stattdessen würde ich lieber kleine Zimmerpflanzen in hübschen Töpfen auf die Tische stellen.«

Die Freesien, die ich im September für Nils' Restaurant gekauft hatte, fielen mir ein. An dem Tag hatte ich entschieden, nach Fenjesiel zu fahren. »Finde ich alles gut.« Ich goss uns noch etwas Kaffee in die Tassen. »Übrigens scheint es doch etwas Ernstes zu sein zwischen Luisa und Nils. Mein Bruder überlegt, ob sie zusammenziehen.«

»In deine Wohnung?«

Ich schüttelte den Kopf. »Die ist zu klein. Außerdem will der Vermieter das Haus verkaufen, und es ist nicht sicher, ob es dann mit dem Restaurant weitergeht. Wir hätten von Anfang an die Finger davon lassen sollen.«

»Kocht er gut? Die Fenjesieler würden sich über ein weiteres Restaurant freuen.«

»Bloß nicht!«, entfuhr es mir. »Das würde am Ende so

ausgehen, dass ich tagsüber hier und am Abend bei ihm arbeiten würde. Aber ja, er kocht gut, sehr gut. Für Fenjesiel wäre er auf jeden Fall eine Bereicherung.«

»Erst mal gibt es ein Wollcafé. Und wir wollen ja auch ein paar herzhafte Speisen anbieten.«

»Flammkuchen«, schlug ich vor. »Klassisch oder mit Kartoffelscheiben und Bacon, vielleicht auch mit Räucherfisch?«

»Lecker! Bis auf den Fisch.« Anneke nahm ein Croissant aus dem Korb und griff nach der Schokocreme.

»Die gibt es bei uns dann nur noch hausgemacht«, sagte ich. »Auch Konfitüre und andere Aufstriche.«

Sie seufzte. »Wahrscheinlich werde ich jeden Monat mindestens ein Kilo zunehmen.«

»Wir gehen jeden Tag gemeinsam spazieren. Oder joggen?«

»Walken«, entschied Anneke. »Am Wasser entlang.«

Ich lachte. »Dann bleiben wir alle paar Meter stehen, um eine besonders hübsche Muschel oder andere Fundstücke aufzusammeln.«

»Eben!« Sie biss genüsslich in das Croissant.

Ich machte es wie sie. Meine selbst gemachte Schokocreme schmeckte besser und war gesünder. Aber die gekaufte tat es an diesem Tag auch.

Gerade als ich mir mit der Serviette den Mund abwischte, sah ich den Doktor an unserem Schaufenster vorbeigehen. An der Leine lief die Dogge.

Anneke folgte meinem Blick. »Charlotte«, sagte sie.

Ich verstand nicht. »Aus der Buchhandlung?«

»Die Dogge, sie heißt Charlotte.«

»Ernsthaft?« Ich grinste. »Interessanter Name.«

»Hat sie nicht von ihm. Seine Frau hat sie ausgesucht.«

»Die dunkelhaarige Schönheit, die den Stöckelschuh nach ihm geworfen hat.«

»Das war seine Freundin. Seine Frau ist blond. Und sehr sympathisch.« Anneke tunkte den Löffel in die Schokocreme. »Pur schmeckt sie mir am besten.«

»Du kennst sie?«

»Die beiden leben getrennt, verstehen sich aber noch sehr gut. Sie hat einige Haushaltsartikel bei mir gekauft, als sie ihren Sohn über das Wochenende zu Doktor Sievers nach Fenjesiel gebracht hat. Er heißt Henry. Es ist ihr wichtig, dass er Kontakt zu ihm hält, weil Doktor Sievers wie ein Vater zu ihm ist. Henry war drei, als die beiden ein Paar wurden.«

»Das hat sie dir alles erzählt?«

»Ich weiß es von Hinnerksen, von wem er es erfahren hat, weiß ich nicht. Er verteilt nicht nur die Briefpost, er spielt auch ganz gern das Fenjesieler Wochenblatt.« Sie grinste. »Wenn du mal irgendetwas verbreitet haben willst, musst du es ihm erzählen. Dann macht es sehr schnell die Runde in Fenjesiel. Überhaupt verbreiten sich Neuigkeiten sehr schnell.«

»Gut zu wissen.«

Anneke betrachtete den Brötchenkorb. »Isst du noch eins?«

Ich schüttelte den Kopf. »Ich bin pappensatt.«

»Ein halbes? Ich brauch jetzt noch was Herzhaftes.«

Sie schnitt das Brötchen in zwei Hälften und blickte zur Tür. »Wir bekommen Besuch.«

Ich saß mit dem Rücken zur Tür und drehte mich um. Es war Dr. Sievers.

»Guten Morgen«, sagte er. »Störe ich oder darf ich kurz reinkommen?«

»Moin«, erwiderten Anneke und ich gleichzeitig.

»Sie stören nicht«, sagte Anneke. »Wir haben gerade gefrühstückt. Möchten Sie vielleicht einen Kaffee oder ein Brötchen?«

»Einen Kaffee nehme ich gern.«

Er kam zu uns an den Tisch.

»Dann brüh ich schnell einen auf.« Ich ging nach nebenan in die provisorische Küche. »Milch, Zucker?«, rief ich.

»Schwarz, danke!«

Als ich zurückkam, biss der Doktor gerade in sein Käsebrötchen. Anneke war die zweite Hälfte also doch losgeworden.

Ich stellte ihm den Kaffee hin. »Eine schöne Hündin haben Sie«, sagte ich. »Wie alt ist Charlotte?«

Er schluckte und räusperte sich. »Harriet ist drei.«

»Oh.« Ich sah zu Anneke.

»Auch ein schöner Name«, stellte sie fest. »Wie kommt Hinnerksen nur auf Charlotte?«

»So heißt meine ehemalige Lebensgefährtin.« Viele kleine Lachfältchen bildeten sich um seine Augen. »Ich frage mich nur, woher er ihren Namen kennt. Sie hat mich nur ein einziges Mal hier besucht.«

»Im September«, rutschte es mir gedankenverloren heraus. Er schüttelte den Kopf. »An den dörflichen Charakter muss ich mich erst noch gewöhnen. Hier bleibt wirklich nichts geheim.«

»Fenjesiel hat keinen dörflichen Charakter, es ist ein Dorf«, sagt Anneke. »Insbesondere Sie als Hausarzt müssten das doch mittlerweile hautnah mitbekommen haben. Es wird nirgends so viel getratscht wie im Wartezimmer.«

»Das stimmt allerdings.« Er rieb sich über das Kinn. »Apropos Wartezimmer. Ich weiß ja, dass Sie beide vorhaben, hier ein nettes Strickcafé zu eröffnen. Aber die Arzthelferin, die ich eingestellt habe, hat letzte Woche gekündigt. Sie ist noch in der Probezeit. Ich hatte befürchtet, dass das passiert, ihr ist die Fahrtzeit von Leer doch zu lang. Deswegen wollte ich mal vorsichtig anfragen, ob Sie mir vielleicht übergangsweise ein paar Stunden aushelfen könnten, Frau Sperling. Nur so lang, bis ich Ersatz gefunden habe.«

Anneke sah mich an. »Was meinst du?«

»Dass du mich nicht fragen würdest, wenn du nicht wolltest. Sonst hättest du direkt Nein gesagt.«

Doktor Sievers lächelte. »Eine kluge Freundin haben Sie da.«

»Na gut, aber wirklich nur ein paar Stunden, morgens, von acht bis um elf, passt das?«

»Ja, danke, das hilft mir sehr.« Er sah zu mir. »Ihr Käsekuchen war übrigens ein Gedicht. Wenn alle Kuchen so gut schmecken, werden Sie mich hier öfter zu Gesicht bekommen.«

»Wir liefern auch«, sagte Anneke, und ich sah sie überrascht an. »Ab einer Summe von fünfzehn Euro.«

»Auf das Angebot werde ich sicher zurückkommen.« Er trank einen Schluck Kaffee. »Auch sehr gut. Verraten Sie mir die Sorte?«

»Der kommt aus einer kleiner Rösterei von Norderney«, antwortete ich. Meine Oma hatte mir von ihrem letzten Aufenthalt dort eine Packung mitgebracht, und ich hatte mich sofort in das kräftige Aroma verliebt.

Er trank noch einen Schluck, schloss kurz die Augen, öffnete sie wieder. »Schokolade, Haselnuss.«

»Ja, genau!«, sagte ich.

»Das schmeckt ihr?« Anneke hielt mir ihre Tasse hin. Ich schenkte ein, sie trank, schüttelte den Kopf. »Kaffee!«, stellte sie fest.

Ich musste lachen, verschwieg aber, dass ich die Aromen nur rausschmeckte, weil sie auf der Packung angepriesen wurden. Unser Doktor aber schien feine Geschmacksnerven zu haben. »Wie kommen Sie übrigens mit dem Vollautomaten klar, Herr Doktor Sievers?«, fragte ich.

»Er tut seine Dienste«, antwortete er. »Wann können Sie anfangen, Frau Sperling?«

»Wann hört Ihre Arzthelferin denn auf?«

»Die Kündigungsfrist in der Probezeit beträgt zwei Wochen, eine Woche ist rum.« Er rümpfte die Nase. »Und nun ist sie krank. Ich hatte gehofft, sie würde die neue Kraft noch einarbeiten, aber dem ist nicht so. Und da Sie sich mit allem auskennen, dachte ich an Sie, Frau Sperling.«

»Es brennt also«, stellte Anneke fest. »Na gut, ich kann morgen kommen. Und eine Neue ist schon da? Das ist gut!«

»Ja, aber sie hat gerade erst die Ausbildung beendet und ist noch sehr jung.« Er seufzte. »Ich hoffe trotzdem, dass ich diesmal mehr Glück habe.«

»Auf Dauer brauchen Sie aber auf jeden Fall zwei Kräfte«, sagte Anneke. »Spätestens im Sommer, wenn die Touristen kommen. Soll ich mich mal umhören?«

»Das wäre nett, vielen Dank.« Er stellte seine Tasse ab. »Dann will ich mal wieder, die Mittagspause ist gleich rum. Danke für den Kaffee.«

»Sehr gern. Bis zum nächsten Mal«, sagte ich.

Anneke brachte ihn bis zur Tür.

»Bevor ich es vergesse, Frau Sperling«, sagte Doktor Sievers. »Wie geht es eigentlich Ihrem Großvater?«

»Gut, denke ich«, antwortete Anneke.

»Dann richten Sie ihm bitte beste Grüße von mir aus. Und er soll sich meinen Vorschlag noch mal durch den Kopf gehen lassen.«

»Ich verstehe nicht …« Anneke schüttelte den Kopf. »Er hat mir gar nichts davon erzählt. War er denn bei Ihnen?«

Er zögerte. »Sie wissen doch, die Schweigepflicht. Ich hätte es auch gar nicht erwähnt, wenn er nicht so liebevoll über Sie gesprochen hätte. Vielleicht sprechen Sie ihn selbst darauf an?«

»Oder ich schaue morgen einfach in seiner Akte nach«, erwiderte Anneke mit einem trotzigen Unterton in der Stimme. »Also können Sie es mir auch gleich sagen.«

»Das darf ich nicht, das wissen Sie.« Er lächelte und zuckte mit den Schultern. »Tut mir leid. Aber ich denke, dass ein Gespräch mit Ihrem Großvater da ganz schnell für Klärung sorgt und Sie nicht erst bis morgen warten müssen.«

»Na gut.« Anneke nickte. »Das verstehe ich. Bis morgen also.«

Er blieb unschlüssig im Türrahmen stehen. »Haben Sie nicht im Klinikum in Leer gearbeitet?«

»Ja, wieso fragen Sie?«

»Ach, nur weil mir gerade eingefallen ist, dass sie dort eine hervorragende kardiologische Abteilung haben, in der Eingriffe wie das Einsetzen von Herzschrittmachern Routineeingriffe sind, die die Lebensqualität des Patienten beträchtlich steigern können. Wenn mein Herz zu unregelmäßig schlagen würde, würde ich nicht zögern und den Eingriff dort vornehmen lassen. In der Regel darf man nach vierundzwanzig Stunden schon wieder nach Hause, wie Sie ja sicher wissen.«

»Verstehe«, sagte Anneke. »Danke.«

»Bis morgen.«

Er ging, und Anneke kam zu mir. »Das fehlt mir auch noch«, sagte sie. »Sei nicht böse, ich ruf sofort mal bei meinem Opa an.«

»Mach nur, dann räume ich solange ab. Oder stört dich das Geklimper?«

»Ich gehe eben raus vor die Tür.«

Das Geschirr hatte ich schnell in die Küche gebracht. Ich wischte gerade über den Tisch, da kam meine Freundin wieder rein.

»Ich dachte, er spricht über meinen Opa in Emden. Aber bei dem ist alles in Ordnung, wie er mir versichert hat. Er meint, dass der Doktor wohl meinen Opa väterlicherseits gemeint hat, den aus Ditzum.« Sie schüttelte den Kopf. »Aber was Doktor Sievers gesagt hat, passt irgendwie nicht. Ich kann mir beim besten Willen nicht vorstellen, dass mein Opa liebevoll über mich gesprochen hat. Ich habe versucht, ihn anzurufen, aber er geht nicht ran.«

Sie sah beunruhigt aus. »Willst du vorbeifahren?«, fragte ich.

»Ja.« Sie nickte. »Ich möchte mich schon gern vergewissern, dass alles in Ordnung ist.«

»Ich komme mit«, sagte ich. »Oder willst du lieber allein los?«

»Lieber mit dir.« Sie seufzte.»Das fehlt mir noch.«

»Jetzt warte erst mal ab. Vielleicht ist es gar nicht so schlimm. Immerhin hat Doktor Sievers das Krankenhaus nur als Vorschlag genannt. Ich kenne mich damit nicht wirklich aus, aber Doktor Sievers hat ja außerdem angedeutet, dass ein Herzschrittmacher ein kleiner Eingriff ist, der ihm helfen könnte.«

»Das schon. Aber ich hatte bisher keinen guten Draht zu meinem Opa. Ich habe ihn immer nur gesehen, wenn ich meine Oma besucht habe. Und nachdem Oma nicht mehr da war, wurde es noch schwieriger. Ganz ehrlich? Ich hätte mich gefreut, wenn er sich wenigstens bei der Beisetzung blicken lassen hätte. Aber das hat er nicht. Und eigentlich sehe ich deswegen doch keinen Grund, dort jetzt hinzufahren.« Sie schnalzte mit der Zunge. »Aber weißt du, was das Problem ist? Wenn ich nicht hinfahre und dann was passiert, gebe ich mir die Schuld. Dann habe ich erstens ein schlechtes Gewissen, und zweitens will ich nicht, dass ihm was passiert, immerhin ist er mein Opa.«

»Sollen wir direkt los?«

Sie nickte, dann drückte sie die Schultern durch.

»Ich fahre«, entschied ich.

»Danke.«

Zehn Minuten später startete ich meinen Wagen.

KAPITEL 19

Anneke

Danke, dass du bei mir bist«, sagte ich und merkte, dass mein Lächeln ziemlich schief saß. Meine Hände waren feucht und mein Mund war staubtrocken.

»Aber klar doch. Keine Angst, er wird dir den Kopf nicht abreißen«, versuchte Nora mich aufzumuntern.

Es half leider nicht viel, die Nervosität und die Zweifel blieben. Was machte ich hier nur?

Vielleicht sollten wir umkehren und wieder nach Fenjesiel fahren. Es war ein verlockender Gedanke, doch ich unterdrückte den Impuls. Jetzt war ich schon mal hier, dann würde ich es auch zu Ende bringen. Der Vater meiner Mutter war schließlich Familie – meine Familie. Und es war Zeit, diese alte Fehde, von der ich nicht einmal den Ursprung kannte, aus der Welt zu schaffen.

Ich atmete tief durch, nickte und drückte endlich auf den Klingelknopf. Eine melodische Tonfolge erklang. Dann wurde es wieder still. Im Haus rührte sich nichts.

Nora und ich warteten. Wir hatten die Schals eng um den Hals gewickelt und die Mützen tief in die Stirn gezogen, um der Kälte zu entkommen. Meine Zähne klapperten trotzdem.

Ich sah an dem Friesenhaus hoch, versuchte auszumachen, ob sich irgendwo etwas bewegte. Als ich gerade die Hand hob, um erneut den Klingelknopf zu drücken, wurde die Tür geöffnet.

Ein alter, sehr blasser Mann mit weißen Haaren, buschigen weißen Augenbrauen und Lippen mit einem eindeutigen Blaustich stand vor mir. Er musterte uns.

»Ja?«, fragte er und ließ keinen Zweifel aufkommen, dass er bereit war, die Tür sofort wieder zu schließen.

Mir wurde bewusst, dass er mich vermutlich gar nicht erkannte. Als er mich das letzte Mal gesehen hatte, war ich ein kleines Kind gewesen. Ich hatte beim Durchsehen der Sachen meiner Eltern alte Bilder gefunden und Stunden damit verbracht, in Erinnerungen zu schwelgen. Opa hatte sich nicht sehr verändert. Man sah die Jahre, die Zeit hatte Spuren hinterlassen. Aber seine Gesichtszüge waren unverkennbar.

»Hallo, ich bin Anneke«, grüßte ich ihn und streckte meine Hand aus.

»Wieso hattet ihr keinen Kontakt?«, fragte ich meinen Großvater eine ganze Weile später.

Wir saßen bei einer Tasse Tee in seinem Wohnzimmer. Nachdem klar gewesen war, dass er mich nicht sofort davonjagen würde, war Nora spazieren gegangen. Sie wollte uns etwas Zeit geben, um zu reden.

»Spielt das wirklich noch eine Rolle?«, wollte er wissen. Doch so leicht würde ich ihn nicht davonkommen lassen.

»Für mich ja«, antwortete ich deshalb sehr bestimmt. »Ich möchte wissen, wieso ich ohne dich aufwachsen musste. Wieso Mama ohne ihren Vater leben musste.«

Ich hörte selbst, dass es wie eine Anklage klang. Aber das war mir egal. Ich war wütend und verletzt. Und ich wollte jetzt endlich die Wahrheit wissen.

Mein Großvater wischte sich mit einer müden Geste über die Augen.

»Deine Mutter war ein wunderbarer Mensch«, sagte er. »Sie hatte schon als Kind einen ausgeprägten eigenen Kopf, und wenn sie etwas wollte, war sie immer bereit, dafür zu kämpfen. Sie war klug, und für die Menschen, die sie liebte, wäre sie, ohne zu zögern, bei Sturm aufs offene Meer gesegelt, wenn es nötig gewesen wäre.«

Ich war hin- und hergerissen von meinen Gefühlen. Ihn so voller Liebe und Zärtlichkeit von seiner Tochter sprechen zu hören, berührte mich. Sie fehlte mir so sehr, und sein Schmerz öffnete meine gerade erst verheilende Wunde.

Aber ich spürte auch heiß kochenden Zorn. Wo war er denn gewesen, als seine Tochter ihn gebraucht hätte? Sie hatte ihn vermisst und war traurig gewesen wegen des Zerwürfnisses. Das wusste ich.

»Ich bin nicht sehr gut mit deinem Vater klargekommen«, sagte Opa jetzt. »Kein Treffen ohne Streit.«

Ich holte Luft, und Opa hob beschwichtigend die Hände. »Ich sage nicht, dass er Schuld an all dem trägt.

Ganz sicher habe ich auch meinen Teil dazu beigetragen. Aber verdammt noch mal, Sabine hätte so viel aus sich machen können. Sie hätte nicht in Fenjesiel hängen bleiben sollen und andere Leute beim Pfannenkauf beraten. Es hat mir das Herz gebrochen, sie so zu sehen. Zu wissen, dass sie früher oder später pleitegehen würde. Was wäre dann gewesen? Hätte dein Vater zu euch gestanden? Ich weiß es nicht. Ich weiß nur, dass ich ihm nicht getraut habe.«

»Wieso hast du ihn so gehasst?« Tränen liefen mir über das Gesicht. Mein Vater war ein wunderbarer Mensch gewesen. Er hatte mich geliebt. Und Mama. Er hätte immer zu uns gestanden. Daran zweifelte ich nicht eine Sekunde.

»Es tut mir leid, Anneke. Ich weiß, du hast ihn geliebt, und heute weiß ich, dass ich falschlag. Ich habe einen schrecklichen Fehler gemacht, und es gibt keinen Weg zurück.«

»Wieso?«, insistierte ich, dem Wunsch nach einer Erklärung folgend.

»Deine Eltern waren jung, als sie sich ineinander verliebten. So jung wie auch ich, als ich deine Oma kennengelernt habe. Ich habe sie geliebt, aber ich habe auch einmal eine Dummheit gemacht und damit beinahe mein Glück verloren. Dein Vater hat mich an mich selbst erinnert. Ich habe mir meinen Fehler nie verziehen, und ich hatte mich in die Vorstellung verrannt, dass er über kurz oder lang eine ähnliche Dummheit machen würde.«

»Du hast dich in ihm gespiegelt. Deine Motive in ihn projiziert«, sagte ich und nickte.

Langsam fügte sich das Puzzle zu einem Bild zusammen.

»Und deshalb habe ich beschlossen, den Kontakt abzubrechen. Ich dachte, es sei besser für alle. Ich war so ein Idiot. Anneke, wenn ich könnte, würde ich es wieder rückgängig machen. Bitte glaube mir. Ich habe das schon lange bereut«, bekannte er. »Aber ich habe keinen Weg zurück gefunden.«

Ich war so aufgewühlt, dass ich kaum noch geradeaus denken konnte. Um mich zu beruhigen, nahm ich das angefangene Tuch aus meiner Tasche und begann zu stricken. Am Anfang zerrte ich an der Arbeit. Zweimal musste ich innehalten und verlorene Maschen wieder auf die Nadel zurückholen. Doch nach ein paar Reihen wurden die Bewegungen geschmeidig. Wieder einmal half mir das gleichmäßige Arbeiten, meinen inneren Sturm zu besänftigen. Stricken war Balsam für meine Seele.

Mein Großvater saß nur da, sah mir zu und wartete.

»Das kann ich alles verstehen«, sagte ich schließlich, als ich das Gefühl hatte, mich wieder unter Kontrolle zu haben. »Aber wieso um alles in der Welt bist du nicht wenigstens zur Beerdigung gekommen?«

Wieso hast du mir nicht zur Seite gestanden? Diese Frage sprach ich nicht aus, aber sie lag in der Luft.

»Weil ich an diesem Tag einen Zusammenbruch hatte. Herzrhythmusstörungen. Ich war im Krankenhaus.«

In Sekundenschnelle verpuffte meine Wut. Ein Blick in seine Augen, und ich verstand.

»Und dann hast du nicht gewusst, wie du dich bei mir melden sollst. Was du mir sagen könntest«, antwortete ich leise.

***

»Ich sehe es schon vor mir«, sagte ich, während ich die letzten rauen Stellen des Stuhlbeins glättete. »Ich glaube, unser Wollcafé wird wunderschön.«

»Du bist wunderschön«, sagte Jonte und gab mir einen Kuss.

Jetzt waren wir schon drei Wochen zusammen, und es fühlte sich noch immer unglaublich an. Dank Nora hatte ich meine Angst, verlassen zu werden, ganz weit nach hinten in ein Kämmerlein meines Herzens geschoben und die Tür zugemacht. Sie hatte recht. Ich hatte dieses Glück verdient und sollte es genießen. Wie lange etwas anhielt, konnte ohnehin nie jemand sagen. Wieso also Zeit mit Angst vor etwas vergeuden, das vielleicht, vielleicht aber auch nicht, passieren würde.

Es hatte einige Abende, viele Maschen und etliche Gläser Wein gebraucht, bis ich diese Erkenntnis verinnerlicht hatte. Aber jetzt fühlte ich mich stark und bereit, glücklich zu sein.

Jonte und ich waren in Hooksiel bei Jontes Freund Holger und lackierten unsere Stühle. Die Idee, auf die Unterstützung des Dorfes zu setzen, hatte ordentlich gezündet. Wir hatten so viele Stühle, dass wir im Sommer sogar den Außenbereich bestuhlen konnten, wenn wir die Erlaubnis dafür bekamen.

Sogar drei kleine Sofas und zwei Sessel hatten wir bekommen.

Mein Handy meldete sich. Ich tippte auf das Display. Es war eine Nachricht von Nora. Sie war im Café und hatte das Streichen der Wände übernommen.

*Das Friesenblau wird knapp. Kannst du auf dem
Rückweg noch eine Dose mitbringen?*

Ich wollte nachher sowieso zu Opa ins Krankenhaus. Da
war es zum Baumarkt nur ein kleiner Schlenker.

Wird erledigt. Sonst noch was?

Seit wir mit dem Umbau begonnen hatten, waren wir die
besten Kunden im Baumarkt. Und wie ich es geahnt hatte,
folgte prompt eine kleine Einkaufsliste.

*Kreppband, noch mal Abdeckfolie, Nägel und
Bilderrahmen, die wir mit Muscheln und Treibholz
verzieren können. Ach, ich kann es kaum erwarten. Wie läuft es mit den Stühlen?*

»Alles okay?«, fragte Jonte und warf mir einen besorgten
Blick zu. Er wusste, dass ich etwas angespannt war, weil
mein Opa heute operiert wurde.

Ich nickte.

»Nora möchte wissen, wie es mit den Stühlen läuft.
Und sie hat mir eine Einkaufsliste für den Baumarkt geschickt.«

Ich hielt das Handy so, dass Jonte die Nachricht lesen
konnte.

»Schick ihr liebe Grüße. Alles bestens. Ich fahre nachher in den Baumarkt, während du deinen Opa besuchst.
Das passt doch gut.«

Läuft. Wir bringen alles mit. Bis später! Liebe
Grüße von Jonte.

»Na dann, lass uns weitermachen, damit wir bald los-
können«, spornte Jonte mich an, nachdem ich das Handy
wieder in der Hosentasche verstaut hatte.

Es war kurz nach zwei, als ich das Krankenhaus betrat.
Opa hatte den Eingriff sicher längst hinter sich, er war als
der erste Patient für die OP eingeplant gewesen. Wenn
alles planmäßig gelaufen war, müsste es ihm schon wieder
ganz gut gehen.

»Hey, Anneke«, begrüßte mich die Stationsschwester.
Wir kannten uns von der Berufsschule.

»Moin Babsi. Und, wie geht es dem Patienten? Ist alles
gut verlaufen?«

»Es tut mir leid, aber das kann ich dir nicht sagen. Es
gab einen Autounfall, der unseren gesamten Plan über
den Haufen geworfen hat. Du kennst das ja. Dein Großvater wird gerade erst operiert.«

»Ach je, das ist ja doof. Wann haben sie denn angefangen?«

Babsi sah auf ihre Uhr und meinte: »Wenn nichts mehr
dazwischenkommt, sollte er in einer halben Stunde wieder auf Station kommen.« Hinter ihr leuchteten gleich
an zwei Zimmern die Lampen auf. »Es tut mir leid, ich
würde gern einen Kaffee mit dir trinken und ein bisschen
plaudern. Aber du siehst ja, was los ist.«

»Kein Problem. Ich setze mich in den Wartebereich und
stricke«, erklärte ich.

»Wir sehen uns bestimmt noch«, sagte Babsi.

»Moin«, grüßte ich freundlich, als ich den Wartebereich betrat. Zwei Herren grüßten zurück, der Rest der Anwesenden nahm mich nicht zur Kenntnis.

Ich setzte mich und schrieb zuerst Jonte, dass er sich nicht beeilen musste, weil ich etwas länger brauchen würde als geplant.

Aber alles okay mit deinem Opa? Gab es Komplikationen?

Alles okay, soweit ich bisher weiß. Die Verzögerung lag nicht an ihm.

Ich nahm mein Strickzeug in die Hand und strich über die ersten Abschnitte meines neuen Tuches. Ich sah vor mir, wie schön es als Deko im Café zur Geltung kommen würde. *Lockerleicht gezackt* hatte ich den Entwurf genannt. Die Farben erinnerten mich an Meer, Sommerfrische und Leichtigkeit. All das, was ich jetzt gerade auch gerne hätte. Doch die aktuelle Wirklichkeit sah anders aus.

Krankenhaus statt Meer, Eiseskälte statt Sommerfrische und drückende Schwere statt Leichtigkeit um mich herum. Der Wartebereich des Krankenhauses war wahrlich kein Ort, um die Seele baumeln zu lassen.

Es herrschte angespannte Unruhe. Ein Mann in Anzug und Krawatte tippte pausenlos auf seinem Handy. Die zwei Herren, die meinen Gruß erwidert hatten, tauschten ihre durchaus unappetitlichen Symptome aus und schienen sich dabei gegenseitig mit Details übertrumpfen zu wollen. Als Krankenschwester und Sprechstundenhilfe war ich abgehärtet, aber die beiden stellten meine Toleranzfähigkeit auf die Probe.

Eine Frau mit braunem Lockenkopf – ich schätzte sie auf Mitte vierzig – blätterte hektisch durch die Zeitschriften, ohne je mehr als die Überschriften zu überfliegen. Hatte sie ein Heft durch, pfefferte sie es auf den Tisch und griff wahllos das nächste.

Gerade sah sie auf die Uhr und schnaubte unwillig. Sie stand auf und spähte auf den Gang. Sie weinte. Mit einem Taschentuch tupfte sie sich die Augen trocken.

Warten zu müssen und die Sorgen um einen lieben Menschen auszuhalten, während man im Ungewissen schwebte, war schlimm. Mir reichte das Warten allein schon, obwohl ich sehr zuversichtlich war, dass bei Opas OP alles gut gehen würde.

Ich hätte der Frau gern geholfen, doch sie ignorierte mein Lächeln und drehte mir den Rücken zu.

Die Energie im Wartebereich ließ mich schaudern. Da konzentrierte ich mich lieber wieder auf mein Strickzeug. Das war meine Rückzugsmöglichkeit, meine kleine Insel in diesem Meer aus Leid.

Ich schob die Nadel durch die nächste Masche und arbeitete konzentriert. Rechte Maschen, linke Maschen, Umschläge und Zunahmen. Nadel hinein, Faden holen, Masche von der linken Nadel gleiten lassen … Das stetige Wiederholen war beruhigend.

Mein Handy brummte, und ich zog es aus der Tasche.

Bist du schon im Krankenhaus? Ist alles gut? Ich denke an dich! Nora

Sie war wirklich lieb und machte sich vermutlich mehr Sorgen als ich. Das war der Vorteil meiner Ausbildung. Ich konnte die Risiken relativ gut abschätzen – auch wenn es sich anders anfühlte, wenn man selbst betroffen war.

Jetzt hat er es sicher bald überstanden und du kannst zu ihm. In Gedanken sitze ich neben dir und halte dich. Jonte.

»Anneke?« Babsis Stimme riss mich aus meinen Gedanken. Sie lächelte. Das war das Erste, was ich wahrnahm, und auch das Wichtigste. Wenn es Komplikationen gegeben hätte, würde sie ernst blicken.

»Dein Großvater ist wieder auf seinem Zimmer«, sagte sie.

Sofort schob ich die Maschen auf der Nadel nach hinten, stopfte das Strickzeug in meine Tasche und stand auf.

»Hey«, sagte ich leise, als ich das Zimmer betrat. Mein Opa hatte Schatten unter den geschlossenen Augen. Aber seine Hautfarbe war gut, der Brustkorb hob und senkte sich ruhig und gleichmäßig, seine Lippen waren rot.

Er hatte mich gehört und schlug die Augen auf.

»Schön, dass du da bist, Anneke.«

Ich nickte und musste gegen die aufsteigenden Tränen kämpfen. Ich war so erleichtert und konnte es noch immer kaum fassen, dass ich meinen Großvater wieder in meinem Leben hatte.

Mein spontaner Besuch bei ihm hatte alles verändert.

Nachdem er nun seinen Herzschrittmacher implantiert hatte, blieben uns hoffentlich noch viele Jahre, um uns kennenzulernen und ein Stück des Wegs gemeinsam zu gehen.

»Wenn sich alles planmäßig entwickelt und es keine Komplikationen gibt, kann ich morgen schon nach Hause«, erzählte er mir gut gelaunt.

Ich war dankbar, dass ich ihn hatte überzeugen können, die Operation machen zu lassen. Die Verbesserung war jetzt schon deutlich spürbar.

»Ich werde da sein und dir helfen«, versprach ich ihm. Gleichzeitig überlegte ich, wie ich das mit meinem Dienst bei Doktor Sievers wohl regeln könnte. Er brauchte Unterstützung, aber ich konnte meinen Opa jetzt nicht allein lassen. Nicht, nachdem ich ihn endlich wiedergefunden hatte.

KAPITEL 20

Nora

Das alte Reetdachhaus in Fenjesiel war von außen betrachtet ein idyllischer Anblick. Ich blieb vor der flachen Steinmauer, die das Grundstück umrandete, stehen. Dahinter wuchsen Hagebuttensträucher. An den kahlen Ästen hingen tieforangene Früchte. Ein gepflasterter Weg führte zum Haus.

Dr. Sievers hatte die Fassade neu streichen lassen. Sie hob sich kontrastreich von dem dunklen Reet und den grünen Fensterrahmen ab. An der Wand neben der Tür stand eine Bank, daneben zwei große Blumenkübel, in denen runde Buchsbäume wuchsen.

Ich schüttelte unwillkürlich den Kopf. Noch immer konnte ich nicht fassen, dass ich tatsächlich angeboten hatte, Annekes Dienst zu übernehmen. Aber ich hatte es getan. Als sie mir erzählt hatte, dass ihr Großvater morgens aus dem Krankenhaus entlassen würde und sie gern vorher noch einmal mit der behandelnden Ärztin sprechen würde, war es einfach so aus mir herausgerutscht.

»Die drei Stunden kann ich mich auch für dich in die Praxis setzen«, hatte ich leichtsinnig angeboten, es im nächsten Moment jedoch wieder revidiert, da mir klar geworden war, dass Annekes Arbeit aus mehr Aufgaben bestand, als einfach nur dazusitzen. Ich hatte noch nicht einmal Ahnung, wie ich ein Rezept ausstellen oder die Patientenkartei am PC öffnen sollte. Doch meine Freundin war sofort angetan gewesen von der Idee, und bevor ich michs versah, hatte sie zum Telefon gegriffen und Doktor Sievers mitgeteilt, dass ich ihren Dienst heute übernehmen würde. Er sei etwas überrascht, aber sofort einverstanden gewesen, hatte meine Freundin mir mit einem strahlenden Lächeln auf dem Gesicht mitgeteilt. Und nun stand ich hier, im Korb einen Rahmkuchen mit einer Kruste aus braunem Rohrzucker und Zimt.

»Moin!« Wie aus dem Nichts stand Ocke neben mir.

»Moin!«, grüßte ich zurück.

»Heute nimmst du mir Blut ab?«, fragte er.

»Warum wundert mich nicht, dass du weißt, wer die Arzthelferin jetzt vertritt«, sagte ich und grinste. »Du bist mutig, Ocke!«

»Mich haut so schnell nichts um.« Er beugte sich etwas zu mir und sagte mit verschwörerischer Stimme: »Aber mir ist zu Ohren gekommen, dass unser Postbote in Ohnmacht fällt, sobald er eine Nadel sieht.«

»Gut zu wissen!«, erwiderte ich. Hinnerksen flirtete gern. Mir waren seine doch manchmal sehr lockeren Annäherungsversuche jedoch unangenehm. Obwohl ich ihn darauf schon hingewiesen hatte, ließ er sich nicht davon abhalten, es immer wieder zu versuchen. Auch meine Androhung, meine Post ab sofort in ein Postfach liefern zu lassen, hielt ihn nicht davon ab, aufs Neue sein Glück bei mir zu versuchen.

Ocke zeigte auf den Korb. Ich hatte den Kuchen in der Springform gelassen, um ihn besser transportieren zu können. »Für den Doc oder für die Patienten?«

»Für den Doc und die netten Patienten. Willst du probieren?« Ich sah auf die Uhr. »Eine Viertelstunde haben wir noch. Die Sprechstunde beginnt erst um acht. Ein paar Teller und Gabeln habe ich mitgebracht.«

Er antwortete mit einem Kopfnicken in Richtung Bank. »Wenn es hier morgens ab sofort immer Kuchen gibt, komme ich gern zum Arzt.«

»Oder du gehst zum Doktor und kommst danach in unser Café.«

»Abgemacht.« Um fünf nach acht Uhr ging die Praxistür auf und der Herr Doktor sah hinaus. Er hatte es nicht weit bis zu seinem Arbeitsplatz, er wohnte, wie ich, direkt obendrüber.

»Ach, so ist das!«, sagte er. »Und ich wundere mich, dass noch niemand im Wartezimmer sitzt.«

»Moin, Doc«, grüßte Femke. Sie saß zwischen Ocke und Fiete auf der Bank. Davor stand Jella.

Mittlerweile hatte ich die meisten Fenjesieler kennengelernt. Sie hatten mich gut aufgenommen, immerhin war ich die Frau, die sie bald mit leckeren Kuchen und Torten verwöhnen würde.

»Moin«, tönte es von hier und da.

»Keine Sorge, für dich ist auch noch was da, Doc«, sagte Ocke und zeigte auf den halben Rahmkuchen. »Übrigens eine nette Idee, die Patienten am Morgen mit einer süßen Leckerei zu begrüßen. Damit könntest du auch gleich das Geschäft der beiden ankurbeln, wenn du den Kuchen dort bestellst.«

Der Doktor legte seine Hand auf Ockes Schulter. »Mach ich gern. Aber erst einmal kriegen wir deinen Diabetes in den Griff.«

»Oh, das wusste ich nicht«, sagte ich schnell.

Ocke wischte mit der Hand durch die Luft. »Ich bin neunundsiebzig, ich weiß, was gut für mich ist.« Er rieb sich den Bauch. »Das war ein nettes Rendezvous am Morgen, gut für die Seele!«

»Ich habe Kaffee und Tee im Angebot.« Doktor Sievers ging durch die Tür. »Darf ich bitten?«

Ich betrat eine völlig neue Welt. Zum Glück hatte ich die Räumlichkeiten bisher noch nicht von innen gesehen. Ich war gesund. Wir hatten Ende November, die obligatorische Erkältung, die mich Jahr für Jahr im Spätherbst erwischte, war bisher ausgeblieben. Die täglichen Spaziergänge bei jedem Wetter hatten mich wohl abgehärtet.

Ich folgte ihm durch den Flur. Die Wände waren mit alten Seekarten geschmückt, und überall lagen Muscheln und Fischernetze als Dekoration herum. Fenjesiel war ein Ort voller Geschichte und Geschichten, und das spiegelte sich auch in der Praxis wider. Anneke hatte erzählt, dass der Doc, wie ihn hier alle schlicht nannten, den alten Charme der Praxis beibehalten hatte. Lediglich die Wände hatte er mit neuer Farbe versorgt und die alten Holzstühle im Wartezimmer durch bequeme Schwingstühle ersetzt. Ein Teil der ausrangierten Möbel würde demnächst in unserem Café zu neuem Glanz erwachen.

Die kleine Patiententruppe nahm im Wartebereich Platz. Doktor Sievers setzte sich in den Empfangsbereich und bot mir den Bürostuhl neben sich an. »Schön, dass Sie heute einspringen können. Der Kuchen sieht köstlich aus, ich hoffe, es bleibt ein Stück für mich übrig.«

Sein Haar war leicht zerzaust. Er war unrasiert, trug einen anthrazitfarbenen Strickpullover, Jeans und die obligatorischen roten Laufschuhe. In den letzten Wochen waren wir uns ein paarmal zufällig über den Weg gelaufen, hatten uns lächelnd gegrüßt. Unterhalten hatten wir uns nicht. Und dennoch wusste ich einiges über den Doc, da Anneke mich stets auf dem Laufenden hielt, was ihn und auch die anderen Fenjesieler betraf.

»Es ist ein Rahmkuchen«, erklärte ich. »Und ja, natürlich bekommen Sie ein Stück ab.« Schließlich hatte Anneke mir erzählt, dass er Käsekuchen besonders gern mochte. Und dass sie keinesfalls zitronig, sondern eher nach Vanille schmecken sollten. Ich hatte in die Masse etwas geriebene Muskatnuss gegeben und auf die Zuckerkruste etwas Zimt. »Was muss ich wissen, um die drei Stunden hier zu überstehen?«

Ich holte meinen Block aus der Tasche. Anneke hatte mir gestern Abend sehr genau erklärt, was zu meinen Aufgaben gehört, und mir die Passwörter für den PC und das Programm aufgeschrieben, mit dem sie arbeiteten. Ich hatte mir Notizen gemacht und hoffte, dass ich einigermaßen klarkam. Doch Doktor Sievers öffnete eine Schublade und holte ein paar unbeschriebene Karteikarten heraus. »Bitte hierauf einfach festhalten, wenn Sie meinen, dass etwas wichtig für die Patienten ist.« Er zeigte mir den Terminkalender, schaltete den Anrufbeantworter aus, hörte die Nachrichten ab, und bevor er ins Behandlungszimmer verschwand, sagte er: »Es hilft mir schon, wenn Sie einfach hier sitzen, die Patienten zu mir reinschicken und ans Telefon gehen. Die Krankenakten der angemeldeten Termine habe ich mir schon rausgesucht.«

Der PC blieb also erst mal aus. »Schaffe ich.«

Ich sah in den Kalender, stand auf und ging ins Wartezimmer.

»Ocke, einmal zum Doc bitte!«

Nach und nach trudelten auch andere Patienten ein, und ich fand mich schnell in meiner ungewohnten Rolle als Arzthelferin zurecht. Dabei lernte ich ein paar der Einwohner von Fenjesiel kennen, zu denen ich bisher noch keinen Kontakt gehabt hatte. Da war Frau Johannesen, eine ältere Dame mit einem fröhlichen Lachen, die mir von ihren Erinnerungen an frühere Seereisen erzählte. Dann gab es Herrn Petersen, der mir stolz ein Foto seines größten Fangs zeigte, einen Hecht, den er im Ditzum-Bunder Sieltief geangelt hatte, und berichtete, dass die Stellen, in denen die kleinen Wassergräben ins Gewässer laufen, immer gut sind für einen Hecht. Und dass er an dem Tag, an dem er das Prachtexemplar am Haken hatte, Opa geworden war, Piet Petersen schon mit eineinhalb

Jahren sprechen, aber mit drei noch nicht schaukeln konnte. Jeder hatte eine eigene Geschichte zu erzählen, und es war faszinierend, ihnen zuzuhören.

Die Arbeit machte mir Spaß. Und es gefiel mir, wie der Doc mit den Patienten umging. Er nahm sich Zeit für jeden Einzelnen, hörte geduldig zu und strahlte eine beruhigende Gelassenheit aus, die ich ihm nicht zugetraut hätte.

Um zehn Uhr rief Anneke an, um mir zu sagen, dass sie mit ihrem Großvater in Ditzum angekommen sei. Der wiedergefundene Familienanschluss tat ihr gut.

»Schön, ich freue mich für dich, für euch«, sagte ich.

»Nur schade, dass wir all die Jahre keinen Kontakt hatten und auch der zu meiner Mutter abgebrochen war.« Sie schnalzte mit der Zunge. »Egal, ich habe beschlossen, mir keine Gedanken mehr darüber zu machen und es so zu nehmen, wie es ist.«

»Lern aus deiner Vergangenheit und lebe in der Gegenwart, eine der Lieblingsweisheiten meiner Oma.«

»Eine kluge Frau«, erwiderte Anneke. »Schade, dass sie nicht zum Adventsmarkt kommt.«

»Das auf jeden Fall.« Meine Versuche, Oma nach Fenjesiel zu locken, um gemeinsam mit mir Waffeln für unseren Stand dort zu backen, waren leider erfolglos geblieben. Sie fand ständig neue Ausreden. Und ich wusste nicht, warum. Sie war doch früher immer so gern in Fenjesiel gewesen. Aber immerhin hatte sie mir das Rezept verraten. »Vielleicht sollten wir noch ein wenig Werbung dafür in den sozialen Medien platzieren. Vielleicht schaffen wir es so, auch Besucher aus den umliegenden Orten anzulocken. Was hältst du davon, wenn wir zum Beispiel ein paar Strickvideos produzieren, in denen du Tipps gibst?«

Sie lachte. »Alles zu seiner Zeit. Erst mal sind die Stühle dran. Aber generell ist es keine schlechte Idee. Ja, also warum nicht?« Sie kicherte. »Wir als YouTube-Stars.«

»Mich bekommst du allerdings nicht vor die Kamera«, sagte ich. Es war schön, mitzubekommen, wie Anneke mehr und mehr wieder zu sich fand. Natürlich war sie noch traurig. Aber sie lachte häufig, besonders, seitdem sie und Jonte zueinandergefunden hatten. Die beiden gaben sich gegenseitig Halt.

»Wie gefällt dir Paul?«, fragte sie, als hätte sie im Gefühl, dass ich gerade ihre neue Liebe im Sinn hatte, die sie sich für mich auch wünschte, am liebsten mit einem Fenjesieler. Aber die waren in der Regel vergeben oder etwas zu alt. Mit Ausnahme des Postboten und des Arztes.

»Gut«, sagte ich spontan. »Aber lass uns später weiterreden. Du weißt ja, die Praxis hat Ohren.« Ich spähte ins Wartezimmer. Das Durchschnittsalter der Patienten schätzte ich auf siebzig, das der Patientinnen auf fünfzig. Bei den Frauen sorgte Bentes vierzehnjährige Tochter, die gerade mit einem dunkelblau angelaufenen Daumen die Praxis betreten hatte, für die Verjüngung.

Da ging die Tür zum Behandlungszimmer auf. »Der Notfall bitte«, rief Doktor Sievers. »Ida.«

Aus den drei Stunden waren vier geworden. Als Dankeschön lud Doktor Sievers mich in der Mittagspause ein, mit ihm gemeinsam in seiner gemütlichen Teeküche zu essen.

»Es gibt Sandwiches«, sagte er.

Ich hatte mit Käse und Schinken gerechnet, nicht aber mit der Wahl zwischen Büffelmozzarella, Mango, Rucola und Avocado, Tomate, Räucherfisch.

»Ein halbes von jedem?«, überlegte ich laut.

»Oder einfach zwei.« Er reichte mir einen Teller. »Gehen wir ins Du über? Es wird Zeit, oder?«

Ich nickte. »In Fenjesiel duzt man sich, es sei denn, man kann sich nicht leiden.«

»Ist das so?« Er runzelte die Stirn. »Dann hat unser Postbote wohl was gegen mich. Ihm habe ich es bereits vor zwei Wochen angeboten, aber er nennt mich immer noch Herr Doktor.«

»Respekt«, sagte ich. »Vor dem Titel.«

»Und nicht vor mir, das habe ich verstanden.«

»Glaube ich nicht. Frag ihn doch einfach mal«, schlug ich vor.

»Wenn er mal in meinem Behandlungszimmer sitzt.« Paul hielt mir das Tablett mit den Sandwiches hin. »Vielleicht isst du das mit Mozzarella zuerst, der Räucherfisch ist doch sehr kräftig und könnte den feinen Geschmack überlagern.«

Genau so hätte ich es auch gemacht. Ich griff zu, biss ab und verdrehte genussvoll die Augen.

»Früher wollte ich Koch werden und unbedingt ein Restaurant eröffnen«, sagte er. »Aber da ich meinen alten Herrn nicht enttäuschen wollte, bin ich schließlich doch in seine Fußstapfen getreten.«

»Hast du es bereut?«

Er schüttelte den Kopf. »Kochen ist mein Hobby geblieben. Der Ausgleich zum manchmal doch recht harten Job.« Er blickte sich um. »Seitdem ich die Praxis übernommen habe, nehme ich mir genügend Zeit dafür. In der Klinik sah es anders aus. Was ist mit dir? Du hast dein Hobby zum Beruf gemacht?«

»Ja«, sagte ich. »Und ich habe es nie bereut, wobei ich mit dem Café nun wieder zurück zu meinen Wurzeln komme ...« Ich erzählte kurz vom Restaurant meines Bruders und dass er vorher BWL studiert hatte. »Du siehst, alles ist möglich.« Ich biss noch einmal in das Sandwich und zeigte einen Daumen nach oben. »Darf ich die Idee klauen und auf unsere Karte setzen?«

»Würdest du mir dafür Nachhilfe im Backen geben?«

»Als hättest du das nötig!« Ich schüttelte den Kopf.

»Tatsächlich stehe ich mit allem, wobei ich mich an das genaue Rezept halten muss, auf Kriegsfuß.« Er lächelte schelmisch. »Die stelle ich lieber aus.«

»Okay«, sagte ich. »Sandwich auf der Speisekarte gegen Nachhilfe beim Backen.«

»Wann?«, fragte er.

»Momentan habe ich sehr viel zu tun. Der Adventsmarkt steht vor der Tür.« Jetzt war ich es, die schelmisch lächelte. »Du könntest mir beim Backen helfen, dabei lernen und nebenbei die vier Stunden abarbeiten, die ich heute hier gearbeitet habe.«

»Abgemacht!«

Eine Weile aßen wir schweigend. Ich putzte alles bis auf den letzten Krümel leer.

»Nachtisch?«, fragte Paul. »Ich hätte da einen sehr guten Rahmkuchen im Angebot.«

Als die Patienten nach der Mittagspause zurückkehrten, überlegte ich, ob ich noch bis zum Abend bleiben sollte, um die Auszubildende zu unterstützen, entschied mich dann aber doch dagegen. Das Café wartete auf mich, wollte weitergestrichen, Einkäufe mussten erledigt werden. Der Abend würde dann mir allein gehören. Anneke hatte mir angeboten, in ihrer Wohnung zu übernachten. Sie wusste, wie sehr mir eine Wanne fehlte, und meinte, eine kleine Auszeit für die Seele würde mir guttun nach der Arbeit in der Praxis und dem Café. Sie wollte bei Jonte auf dem Hausboot schlafen, und ich sollte mich bei ihr wohlfühlen.

Ich würde es mir nach dem Bad mit einem Glas Wein auf der Couch gemütlich machen und mir einen Film anschauen. Auf dem Weg nach Hause ging ich in Gedanken die Liste meiner Lieblingsfilme durch, die zu der Jahreszeit passten.

Obenauf stand »Tatsächlich Liebe«, dicht gefolgt von »Liebe braucht keine Ferien« und dem ähnlich klingenden Titel »Noch einmal Ferien.«

Ich entschied mich für Letzteres und freute mich auf einen entspannten Abend.

KAPITEL 21

Nora

Liebe Nora,

*du bist die Schwester, die ich mir immer gewünscht
habe. Bitte fühl dich wie zu Hause.
Wir sehen uns morgen zum Frühstück. Ich freue mich!*

*Viel Spaß und liebste Grüße
Anneke*

Der Brief lag mitten auf dem Küchentisch. Drum herum
hatte Anneke alles platziert, was ich für einen gemütlichen
Abend brauchen würde: eine Flasche Rotwein und dazu
das passende Glas, Vollkornbrot, Ciabatta, verschiedene
Sorten Käse, Oliven, Tomaten … Sogar an eine Schüssel
mit Weingummis hatte sie gedacht und überall kleine Zet-
telchen dazugelegt: *Guten Appetit – Lass es dir gut gehen –
Kleine süße Sünde für den Film.*

Ich sollte es mir gut gehen lassen, und genau damit fing ich sofort an. Ich öffnete die Flasche, füllte mein Glas zu einem Drittel voll und ging damit zum Badezimmer.

Für samtweiche Haut!

Neben die Wanne hatte Anneke einen kleinen Hocker gestellt und darauf ein großes Einmachglas gefüllt mit groben Salzkörnern. Lächelnd gab ich etwas davon in die Wanne und drehte den Hahn auf. Dann zündete ich die Kerzen an, die meine Freundin auf die Fensterbank gestellt hatte. Dabei fielen mir die dicken dunkelgrünen Socken auf, die auf einem schneeweißen Handtuch lagen, auf das Anneke meinen Namen gestickt hatte.

Nach dem Bad – für dich.

Keine zehn Minuten später stand ich im heißen Wasser. Gänsehaut breitete sich über meine Knöchel nach oben bis zu meiner Kopfhaut aus. Der aromatische Duft von Rosmarin, Thymian und einem Hauch von Lavendel kroch in meine Nase. Ich setzte mich, lehnte mich zurück und nippte am Wein. Nach einer Weile hatte ich das Glas leer getrunken. Ich ließ etwas heißes Wasser nach und schloss die Augen, genoss die Ruhe, die Wärme und das Gefühl von Geborgenheit, das sich in mir ausbreitete.

Nach einer kleinen Ewigkeit stieg ich aus der Wanne, trocknete mich mit dem kuscheligen Handtuch ab, zog den Pyjama an, den ich mitgebracht hatte, und die dicken Wollsocken, die Anneke für mich gestrickt hatte.

In der Küche stellte ich fest, dass es schon kurz nach neun war und ich über eine Stunde in der Wanne verbracht hatte. Ich bediente mich an den Leckereien, die Anneke für mich besorgt hatte, und machte es mir auf der Couch gemütlich. Obwohl ich den Film bestimmt schon zehnmal gesehen hatte, litt und fieberte ich aufs Neue mit Queen Latifa mit, die erfährt, dass sie krank ist, deswegen ihr Hab und Gut verkauft und es sich in einem feudalen Urlaub noch einmal richtig gut gehen lässt.

Gerade als der Abspann des Filmes lief und es mir aufgrund des Happy Ends gut ging, traf eine Nachricht von Anneke bei mir ein.

Warst du schon im Schlafzimmer?

Bin schon unterwegs.

Frisch bezogen. Einfach reinlegen und gut schlafen. Aber vorher schau mal, was ich gestern bei meinem Opa gefunden habe.

Auf der Tagesdecke lag ein Fotoalbum in einem dunkelblauen Samteinband. Ich setzte mich auf die Bettkante, klappte es an beliebiger Stelle auf und sah auf ein Foto, von dem mich ein Mädchen mit großen Augen anlächelte. Ihr lockiges Haar war braun. Sie trug einen blau-weiß geringelten Badeanzug und saß im Sand. Hinter ihr glitzerte die graue Nordsee silbern im Sonnenlicht.

Anneke stand darunter in brüchiger Handschrift geschrieben, *6 Jahre alt, Fenjesiel am Strand, gleich wird eine große Sandburg gebaut.*

Ich fotografierte das Bild, schrieb *Du siehst aus wie Ronja Räubertochter* und schickte es an Anneke.

Heiß, sehr heiß, such weiter.

Sie wollte, dass ich irgendwas fand. Ich blätterte einige Seiten weiter und fand ein Foto, auf dem sie vor einer riesigen Schokotorte saß. Darunter stand:

Anneke, acht Jahre – Oma hat den Lieblingskuchen gebacken.

Schokotorte? Ich dachte, dein Lieblingskuchen ist Schwarzwälder Kirsch?

Ihre Antwort kam postwendend.

Kälter!

Ich blätterte in die andere Richtung. Anneke wurde sieben, wieder sechs, fünf – vier.

»Das gibt es ja nicht!«, entfuhr es mir, und ich rief sie an.

»Du hast es also entdeckt«, sagte sie gut gelaunt. »Ist das nicht der Hammer? Ein Foto von uns beiden. Der Beweis dafür, dass wir uns wirklich schon seit der Kindheit kennen.«

»Was mich viel mehr interessiert ist der kurze Text, der darunter steht.« Ich räusperte mich. »›Anneke, vier Jahre alt, mit Lillis Nora, fünf Jahre alt‹. Wer hat das geschrieben?«

»Mein Opa«, sagte Anneke. »Er hat es mir mitgegeben, als ich gestern nach meinem Besuch zurück nach Fenjesiel gefahren bin. Das Foto habe ich erst entdeckt, als ich mir das Album zu Hause in Ruhe angesehen habe, kurz bevor ich zu Jonte bin. Deswegen habe ich dir das Buch auf das Bett gelegt.«

Ich starrte auf das Bild mit den beiden Mädchen, von denen eins eindeutig ich war, mit raspelkurz geschnittenem Pony und Pferdeschwanz.

»Was ist?«, fragte Anneke am anderen Ende der Leitung.

»Lilli, so heißt meine Oma. Ich frage mich, woher er sie kennt.« Ich hörte, wie Anneke mit den Fingern irgendwo gegen Holz tippelte. »Sie kannten sich. Dein Opa hat doch auch mal hier gearbeitet. Bestimmt daher.«

»Sieht so aus.« Ich sah wieder auf das Foto. Anneke und ich, beide im Sand kniend, mit Schaufeln in der Hand. »Vielleicht haben sie sich auch am Strand kennengelernt, als ich mit Oma und Opa in Fenjesiel war.«

»Ja«, sagte Anneke. »Das kann auch sein. Versuch mal, ob du es abbekommst, vielleicht steht hinten ja was drauf?«

»Mach ich.« Ich löste das Foto vorsichtig aus dem Album und drehte es um.

»*Deine Enkeltochter Anneke am Strand mit ihrer neuen Freundin Nora*«, las ich vor. »Ich schicke dir ein Foto. Warte.«

»Das hat meine Mutter geschrieben«, sagte Anneke, nachdem sie es sich angesehen hatte. »Die deutlichen Überlängen der Anfangsbuchstaben, die Schleifen in den oberen Hälften …«

Irgendwas war merkwürdig an der Sache. Mein Kopf fuhr Achterbahn … »Als ich meine Oma gefragt habe, ob sie sich an den Haushaltswarenladen erinnern kann, hat sie eine Weile überlegt, und erst als ich ihr erzählt habe, dass ich dich dort kennengelernt habe, ist ihr eingefallen, dass wir im Sommerurlaub mal miteinander gespielt haben. Sie hat gefragt, wie es dir geht, was du so machst. Jetzt gibt es plötzlich auch noch ein Foto von uns.«

»Das mein Großvater hatte, zu dem ich jetzt erst wieder Kontakt habe. Schon verrückt. Aber auch schön.«

»Sehr schön!«, sagte ich. Aber in mir blieb das Gefühl, dass da noch mehr dahintersteckte. »Irgendwie komisch, das alles.«

»Wir kennen uns von früher. Ist doch schön!« Für Anneke hatte sich das Thema also erledigt. »Aber jetzt sag mal, wie war dein Abend bisher?«

»Perfekt.« Ich seufzte. »Hoffentlich finde ich bald eine größere Wohnung, und zwar mit Wanne!« Alle, die mir bisher gefallen hatten, waren zu weit weg. Ich wollte gern in Fenjesiel bleiben.

»Wie gefällt dir meine?« Sie legte eine kleine Pause ein. »Ich überlege, ob ich doch nach unten ziehe. Wenn du Miete zahlst, kann ich davon den nötigen Umbau finanzieren. Da müsste einiges gemacht werden. Denk drüber nach.«

»Muss ich gar nicht. Das ist eine sehr gute Idee, ja, lass uns das machen.« Ich hatte vor, Anneke irgendwann darauf anzusprechen, hatte mich bisher aber zurückgehalten, weil ich wusste, wie schwer ihr der Gedanke fiel, die Wohnung ihrer Eltern aufzulösen. Erst vor ein paar Wochen hatte sie zu mir gesagt, dass sie sich nicht vorstellen könne, einfach deren Platz dort einzunehmen.

»Dann lass uns morgen in Ruhe darüber reden.«

»Machen wir!«

Ich sah noch einmal auf unser Kinderfoto, klappte das Buch zu und sah aus dem Fenster in Richtung Deich. Plötzlich hatte ich das Bedürfnis nach frischer Luft, nach Meer.

Unvorstellbar der Gedanke, auf all das irgendwann wieder verzichten zu müssen. Die frische Brise, das Rauschen des Wassers, der Wind … Ich hoffte inständig, dass unser Wollcafé von den Fenjesielern angenommen würde. Zwar freuten sich alle darauf und lobten meinen Kuchen, den ich hin und wieder zum Probieren anbot, wenn jemand im Laden vorbeikam. Aber letztendlich mussten wir Geld damit verdienen, und die Frage war, was passieren würde, wenn Kaffee und Kuchen plötzlich bezahlt werden mussten. Auch graute es mir ein wenig vor dem Saisongeschäft.

Die Nordsee lag dunkel in der Ferne. Mond und Sterne hatten sich hinter den Wolken versteckt. Ich atmete die salzhaltige Luft ein und sah in Richtung Wasser. Sehen konnte ich es nicht, aber ich konnte es hören, das stetige Rauschen der Wellen.

Einen Moment blieb ich stehen, bevor ich weiterging, mit strammen Schritten den Deich entlang. Fast am Hafen angekommen, sah ich ein Licht, das auf mich zukam. Ein Radfahrer oder eine Taschenlampe, überlegte ich, doch da hörte ich das Bellen und kurz darauf eine Männerstimme.

»Hierher, Harriet!«

Es war Paul.

»Ich bin es, Nora!«, rief ich.

»Hiergeblieben«, schimpfte Paul, dann rief er: »Unten bleiben, Harriet!«

Doch die Dogge hörte nicht auf ihn. Kurz darauf war sie auch schon da, bremste vor mir ab und sprang an mir hoch. Ich war so überrascht, dass ich den Halt verlor und auf meinen Hintern fiel, über mir der Kopf der Dogge. Instinktiv hielt ich schützend den Arm über mich, aber Harriet fand den Weg zwischen der Lücke hindurch und ich spürte ihre feuchte Zunge in meinem Gesicht.

»Harriet!«, rief ich und schubste sie von mir weg.

Sie lief zu Paul, der fast bei uns war, bremste diesmal zu spät ab und brachte auch ihn zu Fall.

»Böses Mädchen!«, sagte er mit strenger Stimme. »Ist alles in Ordnung bei dir, Nora?«

Ich rutschte auf dem Boden hin und her. »Mein Hintern tut weh, aber ich kann noch alles bewegen.«

Wir standen gleichzeitig auf.

Paul leinte Harriet an. »Tut mir sehr leid, Nora. Ich habe nicht damit gerechnet, dass wir so spät noch jemandem begegnen. Hätte ich es gewusst, hätte ich Harriet angeleint.«

Sie wedelte mit dem Schwanz und sah zu mir auf. Dabei fiel mir auf, dass sie ein pinkes Halsband trug, auf dem viele kleine Strasssteinchen glitzerten.

Ich zeigte grinsend darauf. »Schick!«

Er fuhr sich durchs Haar. »Normalerweise trägt sie ein Geschirr«, erklärte er. »Aber sie hat sich in irgendeinem toten Tier gewälzt. Vorhin habe ich sie eine halbe Stunde lang geschrubbt und danach mit meinem Eau de Toilette behandelt. Das Geschirr weicht noch ein, bevor ich es morgen wasche.«

Ich schnupperte an ihr. »Riecht gut! Holzig und würzig.«

»Du hast eine gute Nase.«

Ich streichelte Harriet über das Fell. »Keine Sorge, du riechst ganz normal nach Hund. Der Duft haftet an deinem Herrchen.«

»Dann rieche ich gut?«

»Das Eau de Toilette, das du benutzt«, erwiderte ich. Als ich mich aufrichtete, spürte ich einen stechenden Schmerz oberhalb der linken Hüfte. »Autsch!«

»Was, wo tut es weh?«

Ich bewegte meinen Rücken. »Es fühlt sich so an, als hätte ich mir etwas eingeklemmt.«

»Das sollte ich mir auf jeden Fall anschauen.« Er deutete mit dem Kopf in Richtung Fenjesiel. »Begleitest du mich in die Praxis?«

»Hat das nicht Zeit bis morgen?«

»Ungern«, antwortete er. »Zumal ich daran schuld bin, wenn du dich verletzt hast.«

Ich sah auf Harriet. »Sie war das.«

»Ich habe nicht richtig aufgepasst. Also, gehen wir?«

»Ja«, sagte ich. Nun würde ich die Praxis also doch als Patientin betreten.

KAPITEL 22

Anneke

Ich hatte Brötchen und frisches Obst besorgt und war auf dem Weg zu Nora. Wir wollten gemeinsam frühstücken und den Tag planen.

Der Herbst zeigte sich an diesem Morgen von seiner friedlichen Seite. Der Himmel war zwar bedeckt, aber es war nicht so kalt wie die letzten Tage und es ging kaum Wind. Da kam es mir sehr gelegen, dass ich etwas früher dran war als verabredet. Kurz entschlossen stellte ich die Tasche mit den Einkäufen vor die Tür und lenkte meine Schritte um das Haus herum Richtung Deich. Ein kleiner Spaziergang am Meer würde mir guttun.

Ich ließ mir Zeit. Es war kein zügiges Gehen, es war ein verträumtes Schlendern. Ich atmete im Rhythmus der Wellen tief ein und aus und gab mich meinen Gedanken und Gefühlen hin.

Es war richtig, Nora meine Wohnung zu überlassen und endlich die Wohnung meiner Eltern aus ihrem Dornröschenschlaf zu wecken. Die Zeit dafür war reif. Aber wenn ich daran dachte, Mamas Kleidung aus ihrem Schrank zu räumen, Papas Sachen in Kartons zu packen, dann wurde mir flau im Magen, und meine Knie drohten den Dienst zu versagen. Ich musste mich dem stellen, das war mir klar. Wenn es doch nur nicht so schwer wäre.

Während ich zum Klang des Meeres und den Rufen der Möwen meine Schritte setzte, hielt ich den Blick gesenkt. Ein paarmal hatte ich schon besonders hübsche Muscheln und Steine aufgehoben. Für das Wollcafé konnten wir noch einiges an Deko gebrauchen.

»Ich hoffe, es ist für euch in Ordnung, Mama, Papa«, sagte ich leise. Es war mehr ein Gedanke als gesprochene Worte. »Es fällt mir so schwer, aber ich glaube, es ist an der Zeit.«

Mein Blick ging auf das offene Wasser hinaus. Da riss die Wolkendecke auf. Ein Sonnenstrahl traf auf die Wellen und ließ sie glitzern. Es war wie ein Zeichen. Ich konnte gar nicht anders, als es für mich so zu deuten. Ja, es war an der Zeit.

»Danke«, flüsterte ich.

Ich wandte mich um und ging mit flotten Schritten zum Haus zurück.

Nora hatte bereits den Kaffee vorbereitet und den Frühstückstisch gedeckt. Sie begrüßte mich gut gelaunt.

»Du kommst gerade rechtzeitig, um mich vor dem Verhungern zu retten«, sagte sie fröhlich. »Ich wollte nicht ohne dich anfangen.«

Nora wirkte glücklich, fast schon aufgekratzt. Der Abend in meiner Wohnung war offensichtlich genau das, was sie gebraucht hatte.

»Dann ist ja gut, dass ich da bin«, erwiderte ich und umarmte sie.

»Heute stellen Jonte und ich die Wollregale auf«, erzählte ich Nora, während ich die Brötchentüte aus der Tasche holte und das Obst in eine Schale gab.

»Und ich werde mit Paul Testwaffeln backen und alles für den Markt zusammenpacken.«

»Ach, die Backnachhilfe«, sagte ich und grinste.

»Ganz genau«, kam es prompt von Nora zurück.

Ich wurde hellhörig. Da war etwas in ihrem Ton …

»Dann bin ich ja mal gespannt, ob er mit Waffelteig so gut umgehen kann wie mit seinen Patienten«, sagte ich leichthin und ließ Nora dabei nicht aus den Augen. War das ein rosa Hauch auf ihren Wangen?

»Ich bin ziemlich sicher, dass er ein sehr guter Bäcker ist«, meinte sie.

Wir setzten uns. Nora zuckte leicht zusammen.

»Was ist los?«, wollte ich wissen. »Hat dir das Baden nicht gutgetan?«

»Oh doch!« Nora strahlte mich an. »Das Baden und deine zauberhafte Wohnung. Ich habe die Zeit sehr genossen.«

»Und was ist mit deinem Rücken? Oder Hintern? Irgendwas hat dir beim Hinsetzen doch gerade wehgetan. Du hast gezuckt.«

»Harriet.« Nora winkte ab. »Vergiss es, es ist nichts. Alles in Ordnung.«

Von wegen »vergiss es«. Jetzt war meine Neugier geweckt.

»Sag nicht, Harriet hat dich in den Hintern gebissen?« Ich schmunzelte. Die Dogge war riesig, aber auch bis in die Fellspitzen gutmütig. Ich konnte mir nicht vorstellen, dass sie Nora gebissen hatte. Aber was sonst?

»Sie hat mich geküsst«, gestand Nora. »Und zuvor hat sie mich umgeschmissen. Die Landung war etwas unsanft«, erzählte sie. »Aber kein Problem. Es wird nur ein blauer Fleck werden, Paul hat mich untersucht.«

Während unserer Unterhaltung hatte ich mir ein Brötchen geschmiert und kaute. Ich betrachtete Nora kopfschüttelnd. »Wann war das denn alles? Ich dachte, du bist hier in meiner Wohnung und machst es dir so richtig gemütlich.«

»Ich wollte nach unserem Telefonat noch einen kleinen Spaziergang machen. Paul und Harriet hatten die gleiche Idee.«

Und wieder war da dieser Ton in ihrer Stimme. Und dieses Glänzen in ihren Augen. Aber ich kannte Nora schon gut genug, um zu wissen, dass es nicht der richtige Zeitpunkt war, um nachzuhaken. Damit würde ich sie eher in die Flucht schlagen. Nora brauchte Zeit, um mit sich selbst ins Reine zu kommen, ihre Gefühle einzuordnen und anzunehmen. Ich konnte mich täuschen, aber mir schien, dass da was in der Luft lag.

»Ich erkläre das Verhör jetzt für beendet. Lass uns lieber den Vormittag planen. Wie wäre es, wenn wir zusammen in die Wohnung deiner Eltern gehen. Wenn du möchtest, helfe ich dir beim Ausräumen.«

Nora und ich hatten bereits etliche Kartons gepackt. In der ersten Stunde hatte ich noch viel geweint. Es war, als würde die gerade erst geschlossene Wunde wieder aufgerissen. Aber es war in Ordnung, und der Schmerz wurde mit der Zeit erträglicher. Das Arbeiten half. Nora sorgte dafür, dass ich mich nicht in mein Schneckenhaus zurückziehen und in Traurigkeit verlieren konnte. Sie war da, ohne aufdringlich zu sein.

»Was machst du mit den Sachen, die du nicht behalten möchtest?«, fragte sie mich jetzt. »Ebay?«

Ich schüttelte den Kopf. So ein Ausverkauf persönlicher Dinge widerstrebte mir.

»Ich werde die Kleidung und einen Teil des Hausrats dem Kaufhaus am Ostersteg in Leer spenden«, sagte ich. »Ich glaube, das ist die beste Lösung.«

»Sehr gute Idee. Weißt du was? Da werde ich direkt auch eine Kleiderspende machen. Ich hatte eigentlich vor dem Umzug noch ausmisten wollen, aber es dann doch nicht mehr geschafft.«

»Schön. Wenn du es richtest, nehme ich es mit. Vermutlich wird es mehr als eine Fuhre werden.« Ich seufzte und wischte mir mit dem Ärmel über die verschwitzte Stirn. »Eigentlich würde es mir für heute reichen«, sagte ich. »Wie ist das denn, Nora? Wirst du es noch eine Weile über dem Café aushalten? Wir haben gerade so viel zu tun, ich würde mir gern etwas Zeit nehmen für die Wohnung.«

»Na klar! Immer eins nach dem anderen. Ich glaube, der Anfang heute war wichtig. Diesen ersten Schritt hast du geschafft. Ich bin sicher, es wird einfacher. Lass uns den Fokus auf den Markt und das Café legen. Und das mit der Wohnung machen wir, wenn es so weit ist. Du bestimmst das Tempo.«

»Danke!« Ich konnte nicht anders, ich musste Nora umarmen. »Ich bin wirklich froh, dass es dich gibt«, sagte ich.

***

»Wenn ich den erwische, der nicht sorgfältig beschriftet hat«, ächzte Jonte. Er hatte schon das dritte Brett in der Hand, das wieder nicht passte.

»Dann schau in nächster Zeit lieber nicht in den Spiegel«, neckte ich ihn und war sehr froh, dass er das selbst verbockt hatte und nicht ich. Gleichzeitig tat es mir leid, dass es sich so mühsam entwickelte.

»Ich werde dich heute Abend mit einer Massage belohnen«, versprach ich ihm deshalb.

Schon hob sich Jontes Laune wieder. »Schlaues Kerlchen, der Typ, der das verbockt hat. Der wusste, dass es sich lohnt.« Jonte grinste und versuchte Brett Nummer vier. Und siehe da – es passte. »Na also, wieso nicht gleich so.« Schon hatte Jonte den Akkuschrauber in der Hand und fixierte das Seitenteil.

Wir arbeiteten in der künftigen Woll-Ecke. Noch immer lagen mehrere Bretterstapel herum, und Jonte versuchte, das Puzzle zu lösen. Immerhin das erste Regal stand, und das zweite schien auf einem guten Weg zu sein.

Die Wolle, die ich von Tante Erna übernommen hatte, stand noch im Lagerraum. Ich konnte es kaum erwarten, die Regale zu bestücken – auch wenn das noch ein paar Wochen warten musste. Da wir erst im März öffnen wollten, würde die Wolle sonst einstauben. Schade, dass ich den Kalender nicht vorstellen konnte. So ein bisschen magische Kraft hin und wieder wäre wirklich hilfreich. Hex, hex!

Aus der Küche wehte köstlicher Waffelduft in den Ladenraum und ließ mir das Wasser im Mund zusammenlaufen.

»Moin. Ein Paket für Anneke Sperling«, tönte es von der Tür her. Ein junger Paketbote war eingetreten und hatte ein riesiges Paket dabei, stellte es ab und rannte hinaus, um ein zweites zu holen.

»Komme«, rief ich und legte den Einlegeboden, den ich gerade in die Hand genommen hatte, wieder auf den Stapel zurück.

»Moin«, verabschiedete sich der Bote, kaum, dass ich mit dem Finger die Unterschrift gesetzt und den Empfang bestätigt hatte.

Bevor ich den Absender gefunden hatte, fiel mir schon ein Aufkleber ins Auge. Rund, rosa und mit einem weißen Schaf in der Mitte. Das Woolhouse!

»Jonte, kommst du einen Moment ohne mich aus?«, fragte ich und suchte bereits nach einem Messer oder Schraubenzieher, um das Klebeband zu durchtrennen.

»Na klar, ich kann ja den Typ im Spiegel fragen – wobei – nein, ich mach es lieber allein. Reicht, dass er die Markierungen vermurkst hat.«

»Quatschkopf«, warf ich ihm zusammen mit einem liebevollen Lächeln zu und direkt eine Kusshand hinterher. Schon stürzte ich mich auf die Lieferung.

Den Kontakt zum Woolhouse und zu Nicola Sieker hatte mir Tante Erna vermittelt. Das Woolhouse war

Einzelhändler und Großhändler zugleich. Sie hatten die Deutschlandvertretung für verschiedene englische Wollhersteller – unter anderem von den West Yorkshire Spinners und KingCole. Mit im Sortiment war aber auch Novita – die tolle Wolle aus Finnland, die ich schon so oft verstrickt hatte.

Ich hatte mit Nicola telefoniert. Sie war begeistert von der Idee des Wollcafés und hatte mich lange und ausführlich zu den verschiedenen Wollsorten beraten. Aber auch wenn ich eine versierte Strickerin war und einige der Wollsorten bereits kannte, hatte mich die Fülle des Angebots erschlagen. Am Ende hatte ich gar nicht mehr gewusst, was ich denn bestellen soll.

»Pass auf!«, hatte Nicola gesagt. »Ich stelle dir ein Sortiment zusammen, mit dem du starten kannst. Sockenwolle und andere, ein bisschen von allem – für den kleinen und den größeren Geldbeutel. So, dass du für den Anfang gerüstet bist. Und sobald du deine Kunden etwas besser kennst, kannst du das Sortiment der Nachfrage anpassen. Und von ein paar Sachen lege ich dir Proben dazu. Kataloge sowieso. Was meinst du? Deal?«

»Was würde mich das denn ungefähr kosten?«, hatte ich vorsichtig gefragt. Ich wollte schließlich nicht riskieren, für ein paar Tausend Euro Wolle zu kaufen und am Ende darauf sitzen zu bleiben.

»Du entscheidest. Gib mir einen Rahmen«, hatte Nicola geantwortet.

»Puh.« Ich überschlug die Kosten auf die Schnelle im Kopf. Natürlich war für mich als Händlerin die Wolle günstiger als letztendlich im Laden.

»Wenn wir mit der Erstbestellung irgendwo zwischen tausend und maximal zweitausend Euro lägen, wäre das glaube ich in Ordnung für mich. Kommen wir damit hin? Und bitte, wenn das Maximum bei der Erstbestellung nicht ausgereizt wird, ist das auch kein Schaden.«

»Pass auf, ich sorge dafür, dass es nicht too much wird. Du kannst nachbestellen. Anytime. Wir wollen, dass es unseren Händler gut geht. Okay?«

Ich mochte ihren leichten englischen Akzent und hatte zugesagt.

Und jetzt war ich unglaublich gespannt, was für Schätze in diesen Kartons auf mich warteten.

»Oh, ist die schön«, rief ich da auch schon und hielt ein paar Stränge der Exquisite in Händen. Es folgten Croft, Signature, Finesse und viele mehr. Ich fühlte mich, als wäre Weihnachten.

»Zeit für eine Pause«, verkündete Nora und riss mich aus meinen Woll-Träumen. »Kaffee und Waffeln!«

»Endlich«, kam es von Jonte. »Mein Magen knurrt schon so laut, dass man meinen könnte, es gewittert.«

Es fiel mir nicht leicht, mich von der Wolle zu trennen. Aber der Duft nach Waffeln half mir bei der Entscheidung.

»Köstlich«, bestätigte ich, nachdem ich den ersten Bissen gekostet hatte. »Paul, wenn du keine Lust mehr hast auf Patienten – ich glaube, Nora würde dir einen Job als Co-Bäcker anbieten.«

»Einen Plan B zu haben ist ja nie verkehrt«, antwortete Paul. »Aber es braucht auch Menschen, die sich über Noras Backkunst freuen und die Kuchen genießen. Da bin ich sofort dabei. Eigentlich ist das mit der Nachhilfe überflüssig.«

»Von wegen«, mischte sich Nora jetzt ein. »Glaub nicht, dass du dich vor dem Waffelbacken auf dem Adventsmarkt drücken kannst.«

Die beiden lächelten sich an, und mir war, als könnte ich die Funken sehen, die zwischen ihnen hin- und herflogen.

Jonte fasste nach meiner Hand und streichelte mit dem Daumen über meine Haut. Sofort bildete sich auf dem Unterarm eine wohlige Gänsehaut.

Ich sah zu ihm und stellte fest, dass nicht nur ich die Funken wahrgenommen hatte. Jonte warf den beiden einen amüsierten Blick zu und hob vielsagend die Augenbrauen. Na also. Ich würde Nora noch ein bisschen Zeit geben, aber demnächst musste sie Farbe bekennen und mir verraten, was da zwischen dem Doc und ihr lief.

KAPITEL 23

Nora

D er Adventsmarkt hatte noch nicht begonnen, da lag schon der Duft von gebrannten Mandeln, heißer Schokolade und Glühwein in der Luft.

Im warmen Licht der Laternen zeigte sich der Hafen von seiner schönsten Seite. Wie Perlen auf einer Schnur reihten sich Kunsthandwerksstände und Imbissbuden entlang der Wasserlinie. Das sanfte Plätschern des Meeres vermischte sich mit dem erwartungsvollen Gemurmel der Aussteller, die ihre Stände mit kunstvollen Handarbeiten und verführerischen Leckereien bestückt hatten.

Auch wir hatten unseren Stand liebevoll dekoriert. Bunte Mützen, kuschelige Schals und Socken in den verschiedensten Farbtönen, jedes Stück ein Unikat und mit viel Liebe zum Detail von Anneke gestrickt, sollten die Besucher anlocken. Dazwischen hatten wir Waffeln platziert, in schlichten braunen Papiertüten verpackt, auf die wir unser Logo gedruckt hatten, das wir an einem lauschigen Abend entworfen hatten. Eine stilisierte Kaffeetasse in Taubenblau, in der ein lindgrünes Wollknäuel mit zwei Stricknadeln steckte. Darunter stand unser Name: *Fenjesieler Wollcafé.*

Das altmodische, aber unverzichtbare Waffeleisen hatten wir auf einen Tisch neben den Stand gestellt. Oma war schon fleißig dabei. Geschickt formte sie walnussgroße Kugeln und buk sie zu dünnen knusprigen Waffeln. Sie wollte einen möglichst großen Vorrat haben, wenn es losging. Ich hatte es also doch noch geschafft, sie nach Fenjesiel zu locken.

»Hoffentlich haben wir genug Teig gemacht«, sagte sie.

»Die Zutaten sind alle noch da, falls wir etwas nachmachen müssen«, erwiderte Anneke. »Ich war gestern noch einkaufen.«

»Vielleicht solltest du vorsichtshalber noch eine Ladung machen«, schlug Oma vor.

»Ich? Lieber nicht …«

Oma lachte herzlich, als Anneke ihr erzählte, dass sie beim Backen zwei linke Hände habe. »Wenn du stricken kannst, kannst du auch ein Kuchenrezept befolgen«, sagte sie. »Ansonsten gibt Nora dir sicher gerne Nachhilfe. Und du zeigst ihr dafür, wie man eine Naht macht.«

Ich kniff Oma in die Hüfte. »So unbegabt bin ich nicht.«

Sie zog lächelnd die Augenbrauen hoch. »Stimmt, nur ein bisschen nähfaul.«

»Interessantes Wort«, sagte Anneke. »Was muss denn geflickt werden, Nora? Mit den Stricknadeln bin ich zwar geschickter, aber eine gerade Naht bekomme ich hin.«

Ich grinste. »Meine Hose, am Hintern. Ich darf nicht mehr so viel Kuchen essen.«

»Ach was!« Oma sah mich streng an. »Du siehst gut aus, richtig gesund. Die paar Kilos mehr stehen dir gut.«

Ich hatte keine Waage, aber ich schätzte, dass es höchstens zwei Kilo mehr waren. Deshalb war die Hose sicher nicht geplatzt, sie war nur in die Jahre gekommen. »Das war Spaß, Oma. Du weißt doch, ich könnte nie auf Kuchen verzichten.«

Sie sah mich einen Moment nachdenklich an. »Du bist noch hübscher geworden in den letzten Wochen, strahlst richtig. Fenjesiel tut dir gut, das liegt sicher an der frischen Seeluft. Und natürlich an deinen sehr netten Freunden hier.«

Und an Paul. Seit er nach dem kleinen Zwischenfall mit Harriet meinen Rücken abgetastet hatte, ertappte ich mich immer wieder dabei, an ihn zu denken. Ich war seit zwei Jahren Single und mochte es, allein zu sein. Doch nun verspürte ich das Bedürfnis nach körperlicher Nähe, dem ich bisher nur nachts nachgegeben hatte. In meinen Träumen hatte Paul mich schon mehrmals besucht. Und auch tagsüber dachte ich oft an ihn. Ich fühlte mich lebendig wie schon lange nicht mehr.

Für morgen hatte er sich zum Helfen angekündigt. Er wollte Oma mittags ablösen, damit sie mal eine Pause machen konnte.

»Bieten wir die zerbrochenen Waffeln zum Probieren an?«, fragte Oma. Sie schüttelte den Kopf. »Ich verstehe nicht, warum beim Herausnehmen immer mal wieder eine kaputtgeht, obwohl ich alles genau gleich mache.«

Ich ging zu ihr und legte ihr den Arm um die Schulter. »Damit wir zwischendurch naschen können, so wie früher.«

Sie lachte. »Hast du immer noch nicht genug? Nicht, dass dir schlecht wird.«

Sie gab Teigkugeln in das Eisen. Es zischte kurz, als sie es schloss. Nach ein paar Minuten öffnete sie es wieder. Die kleinen quadratischen Waffeln waren perfekt gebräunt.

»Hast du eine innere Uhr, Elli, oder kannst du riechen, wann sie fertig sind?«, fragte Anneke, die plötzlich hinter uns stand.

Oma überlegte einen Moment. »Eine Mischung aus beidem. Sie brauchen ungefähr drei bis vier Minuten. Und ja, sie riechen nach Zucker und Butter, wenn sie aus dem Eisen kommen.« Sie nahm die Waffeln heraus. »Siehst du, sie sind goldgelb mit einem Hauch von Kupfer.«

Genau so hatte Oma es mir früher erklärt.

Mit jeder neuen Waffel, die knusprig und duftend aus dem Eisen kam, erinnerte ich mich an die vielen Stunden, die ich als Kind mit ihr in der Küche verbracht hatte.

Pünktlich um achtzehn Uhr war es dann endlich so weit. Der Adventsmarkt wurde offiziell vom Fenjesieler Shantychor eröffnet, in dem ich einige bekannte Gesichter entdeckte. Ocke, Fiete, Janne und auch Hinnerksen trällerten mit vor Stolz geschwellter Brust »Noch drei Meilen bis Weihnachten« und danach »Sankt Nikolaus war ein Seemann«.

»Der Nikolaus auf einem Boot, eine hübsche Vorstellung«, sagte ich.

»Der Legende nach war er ein Seefahrer«, erklärte Anneke. »Als Schutzheiliger war er immer dabei, wenn der Sturm über das Meer peitschte. Er geht auf Nikolaus von Myra zurück. Er war Bischof und wurde als Heiliger verehrt, weil er in Seenot geratene Seeleute rettete. Es wird erzählt, dass er den Seeleuten erschien, das Ruder übernahm und den Sturm abflauen ließ. Dann verschwand er wieder. Erst später, als die Seeleute in der Kirche für das Wunder ihrer Rettung danken wollten, erkannten sie den Bischof wieder. Seitdem ist er der Schutzpatron der Seefahrer.«

»In den Niederlanden kommt er mit dem Schiff über das Meer«, sagte Oma. »Das habe ich bei einem Städtetrip nach Amsterdam schon mal miterlebt. Ein schönes Spektakel.«

»In Fenjesiel reitet Sünnerklaas«, sagte Anneke. »Am Abend des fünften Dezember stellen die Kinder einen Teller mit Futter für das Pferd bereit. Ich habe immer Brot und ein Blatt Grünkohl darauf gelegt. Als Belohnung gab es einen Klaaskerl aus Stutenteig und ein paar Süßigkeiten auf dem Teller daneben.«

»Uns hat er als Kinder immer persönlich besucht«, erzählte ich. »Mit Rauschebart und rotem Gewand.« Lächelnd sah ich Oma an. »Opa in seiner besten Rolle.«

Oma lächelte auch. »Die einzige, die er gern gespielt hat. Er hat es geliebt, euch zu loben.«

»Stimmt, er hat nie mit uns geschimpft, sondern nur die positiven Sachen erwähnt.« Ich musste lachen. »Nils hatte trotzdem einen Heidenrespekt vor ihm, weil Papa ihm gesagt hat, dass der Nikolaus alles weiß und nur brave Kinder belohnt. Er war immer froh, wenn Opa wieder weg war.«

»Wie alt wart ihr, bis er nicht mehr kam?«, fragte Anneke.

Ich sah Oma an. Ihre Augen blitzten vor Vergnügen, als sie sagte: »Dreißig und achtundzwanzig.«

»Eine schöne Geschichte«, sagte Anneke.

Plötzlich wirkte sie traurig. Ich legte meine Hand um ihre Taille und zog sie an mich an.

»Danke«, sagte sie leise.

Sie hatte mir erzählt, dass ihr vor der Weihnachtszeit graute, in der sie ihre Eltern sicher besonders vermissen würde. Deswegen hatte ich kurzerhand mit meinem Vater telefoniert und den Heiligabend-Besuch bei meinen Eltern abgesagt – schon wieder. Diesmal hatte er allerdings Verständnis. Und nicht nur das. Nur zehn Minuten nach unserem Gespräch rief er mich noch einmal an. Seitdem ich ihm nach dem Abend bei Anneke die Nachricht geschickt hatte, dass ich an ihn dachte, war er wie ausgewechselt. Ausgesprochen hatten wir uns nicht. Er tat einfach so, als ob nie was gewesen wäre. Aber mir war es recht. Ich freute mich darüber, dass wir wieder liebevoll miteinander umgingen.

»Ich habe mit Mama gesprochen. Dann kommen wir eben zu euch«, hatte er gesagt. »Am ersten oder zweiten Weihnachtsfeiertag. Was hältst du davon?«

Wir hatten uns auf den zweiten geeinigt. Kurz darauf war eine Nachricht von meinem Bruder eingetroffen.

Wir kommen auch, Luisa und ich. Schieben wir eine Gans in den Ofen? Das volle Programm? Rotkohl, Klöße, Maronen und zum Nachtisch Wackelpudding mit Vanillesoße?

Luisa hatte es tatsächlich geschafft, dass Nils einen der Feiertage das Restaurant geschlossen ließ. Sie tat ihm gut. Ich freute mich, dass er anscheinend die Richtige gefunden hatte. Nur auf den Nachtisch hatte ich mich nicht eingelassen, auch wenn es eine schöne Kindheitserinnerung war.

»Mist!«, schimpfte Oma plötzlich und riss mich aus meinen Gedanken. Sie klappte das Eisen auf. »Die Waffeln sind verbrannt!«

»Ich mag sie schön braun«, sagte Anneke.

Oma schüttelte den Kopf. »Die Dinger sind verbrannt. Ab jetzt passen wir besser auf.« Sie rieb sich die Hände. »Der Markt ist eröffnet, es geht los!«

Die Besucher kamen und gingen, angelockt vom Duft und den liebevoll gestrickten Unikaten. Kinder mit rosigen Wangen und leuchtenden Augen standen für eine Tüte Waffeln an, während ihre Eltern sich von den Strickwaren begeistern ließen. So verging Stunde um Stunde.

Als die Sterne am Himmel aufleuchteten und die abendliche Kälte die warme Atmosphäre des Adventsmarktes durchbrach, konnte ich mir keinen schöneren Ort vorstellen. Hier, umgeben von der Liebe meiner Großmutter, der Freundschaft mit Anneke und der Verbundenheit mit Fenjesiel, fühlte ich mich geborgen und glücklich. Es ging mir gut, Oma hatte recht.

Der Lichterglanz des Adventsmarktes verlieh dem Hafengelände eine fast märchenhafte Atmosphäre. Ich beobachtete die Besucher, die gut gelaunt über den Markt schlenderten. Inzwischen war es neun Uhr. Noch eine Stunde, dann hatten wir es geschafft. Unsere Kasse war gut gefüllt. Anneke hatte einige ihrer Strickwaren verkauft, und auch unser Waffelvorrat war ordentlich geschrumpft. Das Geschäft lief gut. Morgen und übermorgen würden wir noch mehr zu tun haben. Heute war der Markt am Abend eröffnet worden, Samstag und Sonntag fingen wir bereits um elf Uhr an. Bei gutem Wetter war erfahrungsgemäß an beiden Tagen sehr viel los, wie Anneke gesagt hatte. Ich freute mich darauf. Die Stimmung war zauberhaft. Insbesondere von den Fenjesielern wurde unser Stand sehr gut besucht. Niemand ging, ohne ein Paar Socken oder eine Tüte Waffeln gekauft zu haben. Oma erwies sich als besonders geschäftstüchtig. Sie pries unsere Ware als die perfekten Weihnachtsgeschenke an, legte eine Liste für Vorbestellungen an und nahm auch Sonderwünsche entgegen.

»Mit Anis, warum nicht?«, sagte sie in diesem Moment. »Wobei ich mir zerstoßene Fenchelsamen auch vorstellen könnte.«

Schmunzelnd sah ich ihr zu.

»Verschicken Sie auch?«, fragte die Frau, mit der sie sprach. »Ich suche noch eine nette Geschenkidee für meine sechs Mitarbeiterinnen. Je ein Paar Socken und dazu eine große Tüte Waffeln, mit Vanille, Zimt ist nicht jedermanns Sache. Und für mich welche mit Anis und welche mit Fenchelsamen. Oder wissen Sie was, mischen

Sie einfach selbst zusammen, auch für die Mitarbeiterinnen.« Sie nickte, wie um sich selbst zu bestätigen. »Sechs Paar Socken und sechs mal drei Tüten Waffeln, nein, machen Sie direkt zwölf mal drei, dann habe ich auch gleich Geschenke für die Familie.« Sie lachte. »Wir haben vereinbart, dass wir uns nur noch Handgemachtes schenken, niemand hat jedoch davon gesprochen, dass es nicht von einer anderen Person sein darf.«

»Und außerdem unterstützen Sie ein ansässiges kleines Unternehmen, das bald hier in Fenjesiel für wolliges Wohlgefühl sorgen wird«, erklärte Oma und sah zu mir. »Wir verschicken doch?«

»Zu wann brauchen Sie die Waffeln?«, fragte ich.

»Spätestens Heiligabend, da haben wir noch alle Hände voll zu tun. Ich bin Inhaberin eines Frisier- und Kosmetiksalons in Leer. Ich weiß, es ist nicht sehr weit, ich könnte auch noch mal vorbeikommen und die Sachen abholen, aber im Moment habe ich kaum Zeit. Ich bin schon froh, dass ich es heute hierhergeschafft habe.«

Ich griff mir durch das Haar. »Sie haben nicht zufällig kurz vor Weihnachten noch einen Termin frei? Ich brauche einen neuen Schnitt und vor allem etwas Pflege. Dann könnte ich die Waffeln und die Socken mitbringen.«

»Dafür bräuchte ich dann noch die Schuhgrößen«, mischte Anneke sich nun ein. »Ich vermute mal, dass der Sockenvorrat nach dem Adventsmarkt aufgebraucht ist. Das heißt, ich stricke neue, und Sie dürfen sich die Farben aussuchen.«

»Ach, das ist ja wunderbar.« Sie musterte mich. »Schnitt und Pflege?«

Ich nickte und zog die Mütze vom Kopf. »Strähnchen wären auch wunderbar. Vielleicht in einem schönen Honigblond?«

»Können Sie auch am Abend, nach Ladenschluss, so gegen neunzehn Uhr? Anders könnte ich es nicht einrichten.«

»Sehr gern!«

Sie sah zu Anneke. »Und was ist mit Ihnen, vielleicht kommen Sie gemeinsam? Ich lade Sie ein auf einen Haarschnitt mit Rundumverwöhnprogramm!«

»Oh, das ist aber nett«, sagte Anneke und strahlte über das ganze Gesicht. »Das Angebot nehme ich gern an. Aber selbstverständlich zahlen wir.«

»Oder wir tauschen einfach. Irgendwie werden wir uns schon einig.« Sie kramte in ihrer Tasche und gab Oma eine Visitenkarte. »Mein Name ist Helena. Und Sie sind selbstverständlich auch herzlich eingeladen.«

»Ich bin Elli, die Oma der beiden.« Sie tätschelte Annekes Rücken. »Wenn das in Ordnung für dich ist.«

»Aber so was von!« Anneke drückte Oma einen Kuss auf die Wange. »Danke, das bedeutet mir sehr viel.«

»Ihr kommt also zu dritt?«, fragte Helena. »Dann bitte ich eine Mitarbeiterin, an dem Abend länger zu bleiben.«

Oma schüttelte den Kopf. »Wahrscheinlich bin ich dann gar nicht mehr hier.« Sie lächelte schelmisch und fuhr mit den Fingern durch das kurze graue Haar. »Außerdem bin ich sehr zufrieden mit meiner neuen Frisur.« Sie sah zu mir. »Wie hieß die Schauspielerin noch gleich, mit der du mich verglichen hast, Nora?«

»Judi Dench«, sagte Helena. »Sie sehen aus wie Agent M in 007.«

»Du kennst James Bond nicht?«, fragte Anneke.

Oma hob die Augenbrauen. »Wie kommst du denn darauf? Selbstverständlich kenne ich Ian Flemings James-Bond-Reihe. Allerdings gefielen mir die alten Filme mit Bond Nummer eins, dem verdammt gut aussehenden Kerl, der zum Ritter geschlagen wurde, Sean Connery, am besten. Wobei mir Nummer fünf auch sehr gut gefallen hat, Pierce Brosnan. Die neuen Streifen habe ich auch gesehen, und natürlich kenne ich M. Nur ihren richtigen Namen vergesse ich immer.«

»Wir könnten mal alle Filme hintereinander schauen«, schlug Anneke vor.

»Na, das wird aber ein paar Tage dauern«, sagte Oma sichtlich amüsiert. »Immerhin sind es mittlerweile fünfundzwanzig Filme.«

»Du kennst dich aber gut aus«, Anneke sah sie mit einem warmen Lächeln an, »Oma.«

Es war schön, den beiden zuzuhören. Ich war aber auch etwas traurig, weil meine Oma nicht länger bei uns in Fenjesiel blieb.

KAPITEL 24

Nora

Wir unterhielten uns noch ein wenig mit Helena und sahen ihr nach, als sie zum nächsten Stand ging.

»Eine nette Frau«, sagte Oma. »Sie erinnert mich an jemanden, aber ich kann mich jetzt nicht erinnern.«

»Ich auch nicht.« Anneke zückte ihr Handy. »Warte …« Kurz darauf hielt sie es Oma unter die Nase. »Guck mal.«

»Ja, genau die meine ich«, sagte Oma und kniff die Augen zusammen. »Wie heißt sie, Tanja Wedhorn?«

»Genau, die Frau Doktor aus der Serie ›Praxis mit Meerblick‹.« Anneke hielt mir jetzt auch das Handy hin.

Aber ich interessierte mich nicht für die Frau, die eine Ärztin spielte. Denn ich hatte nur Augen für die Gestalt, die ich in diesem Moment in der Menge entdeckte, einen echten Arzt mit einer Praxis am Meer. Mein Herz schlug schneller, als ich Paul erkannte.

Er trug einen dicken blauen Parka und hielt ein Tablett mit vier Tassen in den Händen, mit denen er nun auf uns zukam.

»Moin, die Damen«, sagte er fröhlich. »Glühwein? Zwei mit, zwei ohne Schuss, ihr könnt wählen.«

»Welcher ist mit?«, fragte Oma.

»Der blaue Becher«, antwortete Paul, und Oma griff beherzt zu. »Vielen Dank, junger Mann. Ich bin Elli, die Oma von den beiden. Und wer sind Sie?«

»Paul«, sagte er. »Noras Nachhilfeschüler im Backen und morgen Mittag der Waffelbäcker.«

»Aha, der Doktor also.« Oma nickte. »Schön, Sie kennenzulernen.«

Ich atmete erleichtert auf. Oma hatte gehört, wie ich mit Anneke über ihn gesprochen hatte. Obwohl unser Gespräch sehr harmlos gewesen war, hatte Oma sofort gespürt, dass ich den Mann mochte. Sie war eine M mit dem Spürsinn einer Miss Marple. Und meistens sagte sie unverblümt, was sie dachte. Das konnte manchmal ganz schön peinlich sein.

»Freut mich sehr, Elli.« Er reichte mir das Tablett. »Möchtest du auch?«

»An deiner Stelle würde ich zugreifen, Nora«, sagte Oma und sah mir tief in die Augen.

Neben mir kicherte Anneke. Sie hatte sofort verstanden, dass Oma Paul meinte.

Ich nahm einen Becher ohne Schuss und wünschte mir ein Loch, in dem ich verschwinden konnte.

Paul hatte die Anspielung entweder nicht verstanden oder ignorierte sie. »Euer Stand ist zauberhaft«, sagte er.

»Trinken wir darauf. Und auf euer Wollcafé!« Er sah sich um. »Wo ist Jonte, wollte er heute nicht helfen?«

»Bei seiner Mutter, aber er kommt morgen wieder«, sagte Anneke.

Sie wäre gern mit ihm zur Familie gefahren, aber Jonte hatte Anneke nicht gefragt, ob sie ihn begleiten wollte.

»Weil er weiß, dass du sowieso keine Zeit hast«, hatte ich ihr gesagt, als sie enttäuscht davon erzählt hatte.

Und sie hatte geantwortet, dass sie sich trotzdem gefreut hätte, sie kennenzulernen – und seine Schwester.

Ich konnte Anneke verstehen. Sie und Jonte waren glücklich zusammen. Aber wenn es um seine Familie ging, hielt er sich zurück und sprach nur von ihr, wenn Anneke ihn danach fragte. Dass er spontan zu seiner Mutter nach Hamburg fahren wollte, hatte er Anneke erst gestern erzählt. Auf dem Weg würde er seine jüngere Schwester in Bremen abholen, von der Anneke immer noch nichts wüsste, hätte sie nicht zufällig mitbekommen, wie Jonte mit seiner Mutter am Telefon über sie sprach. Anneke erwähnte Jonte gegenüber nicht, dass sie das Gespräch belauscht hatte. Sie wollte warten, bis er es von sich aus erzählte. Ich bewunderte ihre Geduld und hoffte, dass sich Jonte Anneke bald anvertrauen würde.

Der Glühwein wärmte von innen. Der anstrengende Tag ging zu Ende. Ocke gesellte sich irgendwann zu uns, Fiete, dann plötzlich Bente und Bente. Schließlich kam auch Hinnerksen dazu.

»Moin!«, sagte er, strahlte uns an und trank einen Schluck Glühwein.

»Was ist los, Hinnerksen?«, fragte Ocke. »Hast du im Lotto gewonnen?«

»Den Jackpot!«, antwortete Hinnerksen. »Sie heißt Frieda und kommt aus Jemgum.« Er sah mich an. »Tut mir leid, Nora, das wird nichts mit uns.«

Ich verschluckte mich an dem Glühwein und musste husten. Paul klopfte mir auf die Schulter.

»Freut mich für dich, Hinnerksen«, sagte ich schließlich.

Da hielt Oma den Teller mit den zerbrochenen Waffeln in die Runde. »Möchte jemand?«

»Du solltest zugreifen, Nora«, sagte Paul und strich mit dem Daumen über meinen Handrücken. Mein Herz machte einen kleinen Hüpfer vor Freude.

Am nächsten Morgen wurde der Adventsmarkt in Fenjesiel von der winterlichen Morgensonne erleuchtet. Die Luft war noch kalt, und der Duft von frischem Kaffee und süßen Waffeln zog durch die engen Gassen. Wir bereiteten uns auf einen weiteren Tag mit unserem Wollcafé-Stand vor.

Anneke stellte eine große Schüssel mit Teig neben das Waffeleisen. »Hoffentlich ist er gut geworden, ich habe mich genau an die Anleitung gehalten.«

Oma warf einen kritischen Blick in die Schüssel, nahm etwas Teig heraus und formte eine Kugel zwischen den Handflächen. »Die Konsistenz stimmt. Gut gemacht, Anneke. Fangen wir gleich an.«

Eine Stunde später war der Waffelvorrat aufgefüllt, und die ersten Besucher schlenderten über den Markt.

»Opa«, sagte Anneke plötzlich. »Das ist ja eine Überraschung.«

Ich schaute den großen Mann an, der vor uns stand.

»Moin, Hannes«, sagte ich. »Schön, dass du uns besuchen kommst. Gut siehst du aus!« Es war Annekes Großvater aus Ditzum. Ich hatte ihn bisher nur einmal gesehen, aber ich hätte ihn sofort wiedererkannt. Mit seinen buschigen weißen Augenbrauen, dem weißen, noch sehr vollem Haar, den dunklen Augen und dem kantigen Kinn war er eine imposante Erscheinung. Und im Gegensatz zum letzten Mal wirkte er nicht mehr wie ein blasser Geist, sondern sehr lebendig.

Aber er beachtete mich nicht. Seine Augen waren auf Oma gerichtet, die gerade die Waffeln in Tüten packte.

»Du hast dich kaum verändert, Lilli«, sagte er plötzlich mit seiner tiefen, etwas kratzigen Stimme.

Oma blickte auf, sah Annekes Großvater überrascht an und sagte nichts. Ihr schienen die Worte zu fehlen, was bei ihr selten vorkam.

»Das gibt's doch nicht, erkennst du mich nicht, Lilli?«, fragte Hannes schelmisch. »Bin ich etwa so alt geworden?«

»Ja, nein«, sagte Oma, schüttelte den Kopf, lächelte dann und strich sich verlegen durch das Haar.

Hannes sah zu mir, dann wieder zu Oma. »Sag bloß, Nora ist deine Enkelin, Lilli.«

»Ja«, sagte Oma.

Ja, nein, ja, Oma brachte keinen vernünftigen Satz mehr heraus.

»Das bin ich«, sagte ich.

»Dann haben sich unsere Enkeltöchter also angefreundet.« Hannes schüttelte ungläubig den Kopf. »Das ist ja ein Ding. Warum habt ihr mir das nicht erzählt?«

Meine Oma und Annekes Opa kannten sich offensichtlich. Das war wirklich ein Ding. Was mich auch wunderte, war, wie er sie nannte. Oma hieß mit vollem Namen Elisabeth. Opa nannte sie immer Elli, und so nannten wir sie auch. Lilli hatte ich noch nie gehört. Aber der Name gefiel mir.

Jetzt erwachte Oma aus ihrer Starre. »Ich wusste doch gar nicht, dass Anneke deine Enkelin ist«, sagte sie und hielt sich kurz die Hand vor den Mund. »Mein Gott, Hannes, du hast deine Tochter und deinen Schwiegersohn verloren. Das tut mir sehr leid.«

Hannes' Augen füllten sich mit Tränen. Dann drehte er sich wortlos um und ging, ohne ein weiteres Wort zu sagen.

»Kommt ihr ohne mich zurecht?«, fragte Oma und lief ihm nach.

»Ich habe Opa noch nie weinen sehen«, sagte Anneke mit brüchiger Stimme neben mir und griff fast im selben Moment nach meiner Hand. »Da kommt Jonte.«

Ich folgte ihrem Blick. Er war nicht allein. Neben ihm ging eine blonde Frau mit kurzem Pagenschnitt. Sie trug einen cremefarbenen Wollmantel, dunkle, enge Hosen und dazu helle Stiefel.

»Seine Schwester?«, fragte ich.

Anneke schüttelte den Kopf. »Ich nehme an, das ist seine Mutter.«

Sie war es, da war ich mir jetzt sicher. Eine elegante,

sehr gepflegte Erscheinung, wie mir auffiel. Aus der Ferne hatte ich sie wegen ihrer gefärbten Haare für jünger gehalten, aber jetzt sah man ihr das Alter an. Aufgrund der kleinen Fältchen um ihre Augen und Mundwinkel schätzte ich sie auf Mitte sechzig. Jonte war achtunddreißig, das musste passen. Es war offensichtlich, dass sie verwandt waren. Sie hatten die gleichen hellblauen Augen und zeigten beim Lächeln schöne weiße Zähne.

»Mama, das ist Anneke«, sagte Jonte. »Die Frau, die ich liebe.«

Mein Herz hüpfte vor Freude. Und ich war mir sicher, dass Annekes gerade Purzelbäume schlug. Sie streckte Jontes Mutter die Hand entgegen. »Hallo, ich freue mich sehr, Sie kennenzulernen.«

»Gleichfalls.« Jontes Mutter streifte ihren ledernen Handschuh ab, bevor sie ihre Hand in Annekes legte. »Du kannst dir gar nicht vorstellen, wie sehr ich mich freue, dich kennenzulernen. Ich bin Juliane.«

»Ich freue mich auch sehr«, sagte Anneke und sah zu mir. »Das ist meine Freundin Nora.«

»Möchten Sie eine frisch gebackene Waffel?«, fragte ich, nachdem wir uns begrüßt hatten.

»Unbedingt«, sagte Jontes Mutter.

Ich öffnete das Eisen und legte eine Teigkugel hinein.

»Wo ist denn deine Oma, Nora?«, fragte Jonte.

»Die ist mit meinem Opa verschwunden«, antwortete Anneke.

»Dann war sie es also doch«, sagte Jonte. »Ich dachte, ich hätte mich geirrt.«

»Warum?«, fragte Anneke.

»Sie standen am Wasser.« Jonte rieb sich das Kinn. »In einer sehr innigen Umarmung.«

Einen Moment lang sagte niemand etwas. »Wie fühlst du dich dabei, Nora?«, fragte Anneke schließlich.

Ich spürte einen Moment in mich hinein. »Ich freue mich für unsere Oma und deinen Opa«, antwortete ich. »Was auch immer zwischen den beiden früher mal gewesen sein mag.«

»Hast du gerade unsere Oma gesagt?«, fragte Jonte. »Hab ich was verpasst? Seid ihr verwandt?«

Anneke und ich lachten beide gleichzeitig.

»Schwestern im Herzen«, sagte sie und legte ihren Arm um mich.

Ich legte meinen Kopf an ihren, dachte an meinen Bruder und dass alles irgendwie einen Sinn hatte. Hätte ich nicht in seinem Restaurant gearbeitet, hätte ich meine Arbeit in der Konditorei nicht aufgegeben, wäre ich nicht überarbeitet und frustriert gewesen, wäre ich nicht nach Fenjesiel gefahren, um mich zu erholen.

Oder doch?

Am Ende fügte sich alles zusammen. Jonte und Juliane übernahmen das Waffelbacken, Anneke und ich verkauften unsere Waren.

Paul kam, um zu helfen. Mein Bauch kribbelte, als er sich neben mich stellte. Ich war gerade dabei, mit Gunda zu verhandeln, die unsere Waffeln für ihre Eisdiele bestellen wollte. Wir hatten das Café noch nicht eröffnet, und schon ergaben sich Möglichkeiten, die wir bisher nicht in Betracht gezogen hatten.

Paul nahm eine Tüte Waffeln und betrachtete sie eine Weile. »Die Verpackung ist euch sehr gut gelungen. Der Inhalt natürlich auch. Vielleicht solltet ihr sie genauso dauerhaft in euer Sortiment aufnehmen«, schlug Paul vor.

»Und unbedingt auch deine Kuchen im Glas, Nora«, sagte Anneke. »Wir könnten die Sachen gemeinsam mit meinen Stricksachen auch an den Markttagen verkaufen, hier und in den umliegenden Orten.«

Ich musste lachen. »Wie sollen wir das denn schaffen? Wir werden mit dem Wollcafé schon genug zu tun haben.«

»Außerhalb der Saison«, sagte Anneke.

Sie hatte recht. Das war eine gute Idee. Ich nickte. »Das machen wir.«

»Wann eröffnet ihr denn?«, fragte Paul. »Bleibt es bei März?«

»Ich weiß nicht«, antwortete Anneke. »Was meinst du, Nora? Mich haben heute schon ein paar Fenjesieler darauf angesprochen, dass sie das Café jetzt schon gern hätten. Wir sind fast fertig mit der Renovierung …«

»Wir eröffnen, sobald der neue Ofen da ist«, entschied ich. Ich hatte mich für einen cremeweißen Gasofen mit zwei Backkammern entschieden, in den ich mich sofort verliebt hatte. Der Händler hatte uns die Lieferung in etwa zwei Wochen zugesagt. »Mit ganz viel Glück schaffen wir es noch vor Weihnachten.«

KAPITEL 25

Anneke

Es war fast alles fertig. Noch eine Stunde, dann kamen unsere Gäste. Ich war so aufgeregt, dass ich kaum atmen konnte. Jetzt war es wirklich so weit.

Auf den Tischen standen mit Sand, Muscheln und kleinen Lichterketten befüllte Windleuchten. Am Schaufenster prangte unser Logo. Darunter hatten wir wie bei unserem Verkaufsstand auf dem Adventsmarkt Strickwaren, Wolle, Papiertüten mit Waffeln und auch Kuchen im Glas dekoriert.

Die vielen Lichterketten, die Jonte und ich aufgehängt hatten, verwandelten den Raum in ein sanftes Lichtermeer. Und der Duft nach Zucker, Butter, Vanille und Zimt, der über allem lag, war wie eine zärtliche Umarmung.

»Zufrieden?«, fragte Jonte, der gerade ein letztes Mal vor dem Fest durchfegte.

»Frag mich das in ein paar Stunden, falls ich dann noch lebe.« Meine Stimme klang höher als normal.

»Hey, es wird wunderbar. Entspann dich, Anneke, und genieße diesen Moment. Ihr habt euch das verdient, Nora und du.«

Jonte hatte recht. Nora und ich hatten die letzten Wochen durchgepowert und all unsere Energie in unser gemeinsames Projekt gesteckt. Kaum zu glauben, dass wir das alles in der kurzen Zeit geschafft hatten. Und wie viel Freude es uns gemacht hat, so zu schuften. Plötzlich hatte es uns nicht mehr schnell genug gehen können.

»Wir haben echt alles gegeben. Aber ohne die Hilfe von dir und den anderen hätten wir das nie geschafft«, sagte ich. »Es ist wie ein Wunder.«

Ich schluckte. Vor lauter Rührung und Dankbarkeit hatte ich einen Kloß im Hals.

Es war wirklich viel Arbeit gewesen. Ich konnte mir gar nicht mehr vorstellen, wie es sich anfühlte, ausgeschlafen und ausgeruht zu sein. Neben der Vorbereitung für das Café und inmitten des ganzen Trubels hatten wir uns auch noch um Helenes Bestellung gekümmert.

Die Caféeröffnung zu planen und gleichzeitig Strickaufträge abzuarbeiten, hatte mich allerdings an meine Grenzen gebracht. Das war nur mit Tante Ernas Hilfe möglich gewesen. Stunde um Stunde hatte sie bei uns im Café in ihrem Schaukelstuhl gesessen und mich beim Sockenstricken unterstützt.

Nora und ich hatten vor zwei Tagen die Bestellung nach Leer geliefert und uns verwöhnen lassen. Helene war wirklich nett. Wir hatten beschlossen, solch einen Wellnessabend zu wiederholen.

»Weihnachten ist doch die Zeit für Wunder«, antwortete Jonte. Er kehrte die letzten Reste zusammen, stellte sich vor mich und sagte: »Melde beflissen: Jonte einsatzbereit. Was kann ich tun?«

Seine Augen blitzten vor Vergnügen, und als er auch noch die Hacken zusammenschlug, hatte er es geschafft. Ich lachte und merkte, wie meine Anspannung sich zusammen mit meinem Kloß im Hals löste.

»Mich küssen«, antwortete ich und spitzte die Lippen.

Diese Aufgabe erfüllte Jonte umgehend und mit viel Begeisterung.

Seit Jonte mich seiner Mutter vorgestellt hatte, war unsere Beziehung intensiver geworden, und ich genoss das Gefühl, zu ihm zu gehören, sehr. Die Unverbindlichkeit, die mich immer wieder verunsichert hatte, war verschwunden und hatte einer Gewissheit Platz gemacht, die von einer wundervollen gemeinsamen Zukunft erzählte.

»Ich liebe dich«, flüsterte er zwischen den einzelnen Küssen.

»Und ich liebe dich«, antwortete ich.

Aus der Küche hörte man fröhliches Plaudern und Lachen. Paul unterstützte Nora bei den Vorbereitungen für unser Eröffnungsfest. Seit Tagen zauberte sie die köstlichsten Kunstwerke. Sie hatte neben Torten und Kuchen auch Weihnachtsplätzchen gebacken. Und natürlich auch die kleine Auswahl an herzhaften Speisen Probe gekocht. Bei der Verkostung hatten Jonte und ich sie unterstützt.

Paul war in jeder freien Minute bei uns im Café gewesen. Bei unserem Wellnessabend in Leer hatte Nora endlich zugegeben, dass da etwas sein könnte. Vielleicht.

»Ach komm, Nora, hör auf rumzueiern. Butter bei die Fische. Du bist verliebt.«

Doch sosehr ich es versuchte, sie hatte nur gelächelt, verträumt geschaut und gesagt: »Vielleicht.«

Ich war mir ziemlich sicher, dass es nur eine Frage der Zeit war, bis aus diesem Vielleicht ein Ja wurde. Aber okay, ich konnte warten.

»Ich brauche Hilfe«, kam es von der Küche her. Nora steckte den Kopf durch die Tür. »Könnte bitte jemand bei den Tabletts mit anpacken?«, fragte sie.

Für die Eröffnungsfeier hatten wir beschlossen, ein Büfett anzubieten. So konnten Nora und ich uns um die Getränke kümmern und dann mit unseren Gästen zusammen feiern.

Nora hatte herzhafte kleine Gemüsetartes gebacken, einen Eintopf gekocht, Sandwiches belegt und allerlei friesische Antipasti gezaubert. Um den Fisch würde ich einen Bogen machen, aber es gab genug Auswahl. Hoffentlich konnte ich vor lauter Aufregung überhaupt etwas essen.

»Ich würde gern die Wolle noch mal kontrollieren«, sagte ich. »Kannst du Nora helfen?«

»Aye«, witzelte Jonte. Er stibitzte sich noch einen kleinen Kuss, dann durchquerte er mit großen Schritten den Raum und verschwand in der Küche.

Ich sah ihm lächelnd hinterher. Hatte ich mich je so wohl gefühlt bei einem Mann? Ich konnte mich nicht erinnern. Bevor ich ins Träumen abtauchen konnte, riss ich mich zusammen und wandte mich der Wollecke zu.

Prüfend ging ich die Regale entlang, schob die Knäuel zurecht, strich bewundernd über die Wolle und seufzte.

Ich hatte auch einige meiner Stricksachen platziert. Damit konnte ich zeigen, wie die Wolle verstrickt wirkte. Tante Erna hatte mir verraten, dass das die Kauflust anregte. Und ich wusste aus eigener Erfahrung, dass das stimmte.

Am liebsten hätte ich mir mein Strickzeug geschnappt, mich in den Schaukelstuhl gesetzt und ein paar Reihen gearbeitet, um meine Aufregung unter Kontrolle zu bringen. Doch dazu blieb keine Zeit mehr.

Mein Magen knurrte lautstark.

»Hast du heute überhaupt schon etwas gegessen?«

Ich zuckte erschrocken zusammen. Jonte stand neben mir und streckte mir ein Sandwich hin. »Hier. Nervennahrung.«

Ich schüttelte den Kopf. »Das ist lieb. Aber wirklich, Jonte, ich bekomme keinen Bissen hinunter. Dazu bin ich viel zu aufgeregt.«

Doch Jonte blieb unerbittlich. »Iss. Sonst hole ich Paul.«

»Bin schon da«, meldete sich Paul, der eine Platte mit Käsehäppchen auf das Büfett stellte. »Greif zu«, sagte er. »Ärztliche Anweisung.«

»Männer!« Ich rollte mit den Augen und grinste. Aber ich nahm Jonte das Sandwich ab und biss hinein. Es war köstlich! Und es tat mir gut. Das innere Zittern ließ nach.

Ich hatte gerade den letzten Happen geschluckt, da ging die Tür auf.

»Moin«, brüllte Matta uns entgegen. »Und herzlichen Glückwunsch zur Eröffnung!«

»Nora, komm schnell. Die ersten Gäste«, rief ich. Doch Nora hatte es schon gehört und war auf dem Weg. Sie stellte sich neben mich. Wir sahen uns an und umarmten uns kurz.

»Toi, toi, toi«, sagte ich.

»Mast- und Schotbruch«, antwortete sie.

Dann hatten wir keine Zeit mehr. Die Gäste fluteten unser Café. Wir wurden umarmt, beglückwünscht und beschenkt.

Lachen und Unterhaltungen füllten den Raum. Jonte und Paul scheuchten uns von der Theke weg und übernahmen es, die Gäste mit Getränken zu versorgen.

Zuerst gab es für alle ein Glas Sekt oder wahlweise auch Orangensaft.

»Auf das Fenjesieler Wollcafé«, sagte Paul.

Alle erwiderten den Toast, und in mir machte sich ein tiefer Frieden breit. Mama und Papa wären stolz, wenn sie das erleben dürften. Das wusste ich.

»Fenjesiel kann sich glücklich schätzen«, sagte Bente.

»Genug der Worte«, verkündete Nora. »Jetzt dürft ihr testen, ob das alles auch so stimmt, was ihr da an Vorschusslorbeeren über uns ausgeschüttet habt. Das Büfett ist eröffnet. Bedient euch, lasst es euch gut gehen, und danke, dass ihr hier seid, um diesen besonderen Moment mit uns zu feiern.«

»Das habt ihr ganz wunderbar hinbekommen«, sagte Oma, die zusammen mit Opa ebenfalls gekommen war. Die beiden hatten die letzten Tage viel geredet und ihre Freundschaft aufgefrischt, die vor Jahren unterbrochen worden war.

Was genau zwischen den beiden vorgefallen war, hatten sie uns noch immer nicht verraten, aber irgendwann würden wir es sicher erfahren.

»Dieses Tuch ist der Hammer«, meinte Bente und kam mit einem kunterbunten Tuch zu mir, das ich *Gute Laune* genannt hatte. Es war ein wilder Mix aus Mustern und Farben, genau das richtige Mittel gegen das Grau des Winters. Ich hatte es mit der CottonSocks von KingCole und der Signature von den West Yorkshire Spinners gestrickt.

»Mensch, Anneke, aber das ist ja mindestens genauso wunderschön«, jubelte Bente und holte sich das Tuch, das *Locker gezackt* hieß. Das war nicht ganz so bunt, da hatte ich Cremeweiß, Blau und Türkis gemischt.

»Weißt du was? Ich kauf sie beide. Sie sind genau mein Geschmack. Legst du sie mir bitte zurück?«

»Na klar, das mache ich gern.« Ich freute mich, denn Bentes Begeisterung war echt, das konnte ich spüren.

»Wirst du auch einen Strickkurs anbieten?«, wollte Bente jetzt wissen. »Das wäre doch was für uns Einheimische in der Nebensaison. Also ich wäre dabei!«

»Ich auch«, sagte Paul und zuckte mit den Schultern, als ich ihn erstaunt ansah. »Es müsste nur außerhalb der Sprechstunde sein. Offen gestanden, wollte ich schon immer Stricken lernen, aber ich hatte bisher nie die Zeit.«

»Backen, stricken – du willst aber hoffentlich nicht unser Café übernehmen«, ulkte Nora.

»Sicher nicht. Aber vielleicht kann ich künftig für deine warmen Füße sorgen«, sagte er, und nicht nur ich sah, dass er dabei nicht nur an selbst gestrickte Socken dachte.

»Zeit für ein bisschen Livemusik«, verkündete Jonte. Er stellte die Hintergrundmusik ab, nahm seine Gitarre, platzierte sich an der Theke und begann zu spielen.

Ich setzte mich auf eins der gemütlichen Sofas, nippte an meiner Toten Tante mit Baileys und nutzte den ruhigen Moment, um mich zu sammeln.

Unfassbar, wie sich mein Leben gewandelt hatte. Noch vor ein paar Monaten hatte ich in diesem tiefen Loch gesessen, gefangen in einem Netz aus Trauer, Verzweiflung, Wut über die Ungerechtigkeit des Schicksals, Einsamkeit und innerer Starre. Und jetzt?

Die Traurigkeit war noch immer da, aber nicht mehr übermächtig. Sie hatte sich in einer Ecke meines Herzens eingenistet und würde ein Teil von mir bleiben. Aber größere Bereiche waren mit Glück, Vorfreude, Abenteuerlust und Liebe belegt, und das war einfach wundervoll.

Die Liebe hatte sogar direkt mehrere Bereiche besetzt. Ich war nicht mehr länger allein. Ich hatte Jonte, Nora, meinen Opa und eine neue Oma – eine neue Familie.

»Auf uns«, sagte Nora leise. »Es ist schön, dass es dich gibt, Anneke.«

»Und dich, Nora.«

EPILOG

*D*en ganzen Tag über war es bewölkt gewesen. Jetzt war Wind aufgekommen, der in Böen über das Wasser fegte.

»Vielleicht sollten wir ein anderes Mal rausfahren«, schlug ich vor.

Anneke schüttelte den Kopf. »Kommt nicht infrage. Das bisschen Wind macht doch nichts.« Sie grinste. »Außerdem wollte ich schon immer mal bei Regen unter einem Schirm in einem Ruderboot sitzen.« Sie blickte auf. »Ocke hat gesagt, dass es nicht stürmt. Das ist ja die Hauptsache.«

»Okay, dann los!«

Wir zogen das Boot ins Wasser. Anneke legte den Rucksack und den Regenschirm hinein. »Die Fischer lachen sich ins Fäustchen, wenn es richtig regnet und wir den Schirm aufspannen«, sagte sie, stieg ein und reichte mir die Hand. »Das leuchtende Rot fällt sofort auf.«

278

»Stimmt!« Ich nahm die Hand meiner Freundin und ließ mir an Bord helfen. Das Boot schaukelte auf den Wellen, wir verloren das Gleichgewicht und wären fast ins Wasser gefallen.

»Das fängt ja gut an.« Anneke lachte und griff nach den Rudern.

Es dauerte einen Moment, bis sie den Dreh raushatte und mit kräftigen Zügen über das Wasser ruderte.

»Ich fühle mich gerade um fünfundzwanzig Jahre zurückversetzt. Ich habe die Ausflüge mit meinem Großvater immer geliebt.« Ich tauchte meine Hand ins Wasser und ließ sie durch die Wellen gleiten. »Schade, dass die Freundschaft zwischen unseren Großeltern damals zerbrochen ist.«

»Das finde ich auch. Auf der anderen Seite …« Anneke hob die Ruder und legte sie ins Boot. »Im Grunde ist es doch ganz gut so, wie es jetzt ist. Stell dir vor, Oma Lilli hätte sich meinen Opa ausgesucht. Dann wären wir gar nicht erst geboren.«

Inzwischen hatte ich mich daran gewöhnt, dass Oma zwei Namen hatte. Für mich würde sie immer Elli bleiben, Anneke und Hannes nannten sie Lilli. Seit wir im Dezember das Café eröffnet hatten, kam Oma oft zu uns. Sie half mir beim Backen, und wenn Anneke eine Kundin über Wolle beriet, half Oma manchmal beim Bedienen. Am liebsten verbrachte sie ihre Freizeit mit Hannes. Sie unternahmen viel zusammen in der Natur. Erst kürzlich hatte Oma sich ein E-Bike gekauft, um Hannes auf seinen Touren durch das Rheiderland begleiten zu können. Was damals genau passiert ist, wussten wir nicht. Nur so viel, dass die beiden einmal sehr verliebt gewesen waren, Hannes Oma aber enttäuscht und sie sich dann für meinen Opa entschieden hatte. Was Hannes gemacht hatte, hatte uns Oma nicht erzählt. Es war auch nicht wichtig.

»Opa und Oma haben ein spätes Glück verdient«, sagte Anneke, als hätte sie meine Gedanken erraten.

Oma hatte mir anvertraut, dass sie Hannes sehr mochte, aber nicht bereit war, sich noch einmal auf einen Mann einzulassen, zumal Hannes schon seine Chance gehabt hatte. Außerdem habe sie Opa geliebt und er fehle ihr immer noch sehr. Vielleicht würde sich das eines Tages ändern, vielleicht auch nicht, hatte sie gesagt. Dass sie im Hier und Jetzt leben wolle und dass alles gut sei, so, wie es sei.

»Was ist Glück?«, fragte ich.

Plötzlich rissen die Wolken auf, die Sonnenstrahlen fanden ihren Weg auf das Wasser und ließen es golden leuchten. Die Wellen glätteten sich, und eine seltsame Stille lag in der Luft.

»Psst!«, sagte ich.

Anneke schaute mich mit großen Augen an.

Und dann hörten wir es. Tief unten im Wasser läuteten die Glocken des versunkenen Kirchturms von Torum.

Omas Zimtwaffeln

Omas Zimtwaffeln werden in einem speziellen Eisen gebacken. Auf der Oberseite hat ein Zimtwaffeleisen ein feines Gittermuster, auf der Unterseite verschiedenste Motive. Oma Ellis' Eisen ist in acht kleine quadratische Waffeln unterteilt. Aber es gibt sicher auch andere Varianten. Die Anschaffung lohnt sich, die Waffeln schmecken himmlisch gut.

Zutaten für 64 Stück

500 g Mehl (Dinkel oder Weizen)
250 g Zucker
250 g Butter
3 Eier, Gr. L
40 bis 50 g Zimt oder andere Gewürze

Anleitung

Die Butter mit dem Zucker cremig rühren. Ein Ei nach dem andern dazugeben und unterrühren.

Den Zimt in das Mehl mischen und in kleineren Etappen in die Butter-Zucker-Mischung einarbeiten.

Den Teig über Nacht, mindestens aber ein bis zwei Stunden, kühlen.

In walnussgroße Kugeln formen und je eine davon in die Unterteilungen des vorgeheizten Waffeleisens setzen.

Schließen und in drei bis vier Minuten goldbraun backen. Die duftenden Zimtwaffeln behutsam aus dem Eisen nehmen.

Noch heiß entlang der Nahtstellen in Quadrate schneiden und auskühlen lassen.

In luftdichten Dosen aufbewahrt, bleiben sie drei bis vier Wochen knusprig – sofern sie nicht vorher schon weggenascht werden.

Noras Rahmkuchen mit Zimt und Muskatnuss

Zutaten für eine 26er Springform

Für den Mürbeteig
300 g Weizenmehl
200 g Butter
100 g Zucker

Für die Rahmfüllung
600 g Sahne
600 g Schmand
75 g Stärke
150 g Zucker
2 Teel. Vanille oder 2 Pck. Bourbon-Vanillezucker
3 Eier, Größe M
1–2 Teel. frisch gemahlene Muskatnuss

Für die Kruste

3 Essl. brauner Zucker, 1 Essl. Zimt, vermischt.

Zubereitung

Die Springform mit Backpapier auslegen.

Für den Mürbeteig alle Zutaten rasch zu einem Teig verkneten und mindestens eine Stunde lang kühlen.

Den Backofen auf 180 °C Ober-/Unterhitze vorheizen.

Den Mürbeteig auf einer bemehlten Arbeitsfläche etwas größer als die Springform ausrollen und hineingeben. Einen etwa vier Zentimeter hohen Rand ziehen.

Den Schmand mit dem Zucker, der Vanille und den Eiern verrühren.

Die Speisestärke mit ein paar Esslöffeln der Sahne verrühren, bis die Stärke sich darin auflöst. (Wie bei der Puddingzubereitung.) Die restliche Sahne hinzugeben und alles gut verrühren.

Dann behutsam in die Schmandmasse rühren.

Die Füllung auf den vorbereiteten Mürbeteig geben und auf mittlerer Schiene etwa fünfundvierzig Minuten backen.

Die Ofentür öffnen, den Zimtzucker auf der Oberfläche verteilen und den Kuchen weitere zehn Minuten backen.

Nach dem Backen den Ofen ausschalten und bei geöffneter Tür eine Stunde (oder länger) ruhen lassen.

Den Kuchen herausnehmen und am besten über Nacht stehen lassen. Es dauert, bis die Füllung fest ist. Das Warten lohnt sich.
Den Kuchen aus der Form nehmen, in Stücke schneiden und genießen.

Gute-Laune-Tuch

Wolle: CottonSocks, KingCole, in den Farben Azure, Rose, Silver, Denim, Olive und Signature, West Yorkshire Spinners, in den Farben Turmeric und Kingfisher

Material: CottonSocks: 58% Baumwolle, 38% Polyamide, 4% PBT und Signature: 75% Wolle, 25% Nylon

Lauflänge: CottonSocks, 100 g ca. 365 m, und Signature, 100 g ca. 400 m

Rundstricknadel: 3 bis 3,5 mm, 80 cm Seillänge

Maschenprobe
22 M und 28 R sind 10 x 10 cm

Muster:
Kraus rechts
Hin- und Rückr rechte M str.

Glatt rechts
Hinr rechte M, Rückr linke M str.

Glatt links
Hinr linke M, Rückr rechte M str.

Noppe
Es ist nur die Hinreihe gezeichnet, in der Rückreihe alle Maschen links stricken.

N	■	-	■	-	■	1

Rapport = 4 Maschen

Schachbrettmuster
Es sind Hin- und Rückreihen geschrieben. Die Strickschrift wird immer von rechts nach links gelesen.

■	■	-	-	3
-	-	■	■	1

Rippen
In der Rückreihe die M stricken, wie sie erscheinen.

-	-	■	■	1

Legende
■ = 1 Masche rechts
- = 1 Masche links
N = 1 Noppe: Aus der folgenden Masche 4 Maschen he-

rausstricken (1 Masche rechts, 1 Masche rechts verschränkt im Wechsel), die linke Nadel durch die 4 M stechen, den Faden über die Nadel legen, anspannen und durchziehen. 1 M re, um die Noppe zu fixieren.

Tuchrahmen und Zunahmen

1. Hälfte (Reihe 1 bis 250)
Hinreihe immer die ersten drei M rechts, die vorletzte M kfb und die letzte M rechts.
Rückreihe immer die ersten und die letzten drei M rechts

Mitte (Reihe 251 bis 300)
Die drei ersten und drei letzten M kraus rechts stricken. Keine Zunahmen arbeiten.

2. Hälfte (Reihe 301 bis Ende)
Hinreihe immer die ersten drei M rechts, die zwei vorletzten M rechts zusammen und die letzte M rechts stricken.
Rückreihe immer die ersten und die letzten drei M rechts stricken.

Es geht los:
Farbe: Denim
5 M anschlagen
1.–40. R: kraus rechts (25 M)
Farbe: Olive
41. und 42. R: glatt rechts
43.–54. R: Schachbrettmuster (32 M)

Farbe: Turmeric

55.–60. R: glatt rechts

61. und 62. R: Noppen

63.–66. R: glatt rechts (38 M)

Farbe: Silver

67. und 68. R: glatt rechts

69.–72. R: glatt links

73.–76. R: glatt rechts

77.–80. R: glatt links

81.–84. R: glatt rechts (47 M)

Farbe: Rose

85. und 86. R: glatt rechts

87.–106. R: Rippen (58 M)

Farbe: Olive

107. und 108. R: glatt rechts

109.–112. R: glatt links

113.–116. R: glatt rechts

117.–120. R: glatt links

121.–124. R: glatt rechts (67 M)

Farbe: Azure

125. und 126. R: glatt rechts

127.–150. R: Schachbrett (80 M)

Farbe: Turmeric

151. und 156. R: kraus rechts (83 M)

Farbe: Denim

157.–162. R: glatt rechts

163. und 164. R: Noppen

165.–168. R: glatt rechts (89 M)

Farbe: Rose

169. und 170. R: glatt rechts

171.–174. R: glatt links
175.–178. R: glatt rechts
179.–182. R: glatt links
183.–186. R: glatt rechts (98 M)
Farbe: Kingfisher
187. und 188. R: glatt rechts
189.–214. R: Rippen (112 M)
Farbe: Silver
215.–224. R: kraus rechts (117 M)
Farbe: Turmeric
225. und 226. R: glatt rechts
227.–250. R: Schachbrett (130 M)

Ab hier ohne Zunahmen stricken

Farbe: Olive
251. und 252. R: glatt rechts
253.–256. R: glatt links
257.–260. R: glatt rechts
261.–264. R: glatt links
265.–268. R: glatt rechts
Farbe: Azure
269.–274. R: glatt rechts
275. und 276. R: Noppen
277.–280. R: glatt rechts
Farbe: Denim
281.–300. R: kraus rechts

*Ab hier in den Hinr. die beiden vorletzten M rechts zu-
sammenstricken*

Farbe: Rose
301. und 302. R: glatt rechts
303.–326. R: Schachbrett (117 M)
Farbe: Silver
327. und 328. R: glatt rechts
329.–344. R: Rippen (108 M)
Farbe: Kingfisher
345. und 346. R: glatt rechts
347.–350. R: glatt links
351.–354. R: glatt rechts
355.–358. R: glatt links
359.–362. R: glatt rechts
363.–366. R: glatt links
367.–370. R: glatt rechts
371.–374. R: glatt links (93 M)
Farbe: Olive
375. und 376. R: glatt rechts
377.–396. R: Schachbrett (82 M)
Farbe: Turmeric
397. und 398. R: glatt rechts
399.–408. R: Rippen (76 M)
Farbe: Silver
409. und 410. R: glatt rechts
411. und 412. R: Noppen
413.–416. R: glatt rechts (72 M)
Farbe: Denim
417. und 418. R: glatt rechts

419.–442. R: Schachbrett (59 M)

Farbe: Azure

443. und 444. R: glatt rechts

445.–448. R: glatt links

449.–452. R: glatt rechts

453.–456. R: glatt links

457.–460. R: glatt rechts (50 M)

Farbe: Olive

461. und 462. R: glatt rechts

463.–474. R: Rippen (43 M)

Farbe: Denim

475.–480. R: kraus rechts (40 M)

Farbe: Kingfisher

481. und 482. R: glatt rechts

483.–500. R: Schachbrett (30 M)

Farbe: Turmeric

501. und 502. R: glatt rechts

503.–506. R: glatt links

507.–510. R: glatt rechts

511.–514. R: glatt links

515.–518. R: glatt rechts (21 M)

Farbe: Silver

Ab 515. R bis 5 M Rest: kraus rechts

Die letzten 5 M abketten.

Alle Fäden vernähen, und geschafft.

Das Gute-Laune-Tuch ist Teil der Gute-Laune-Kollektion. Die Anleitung für die Gute-Laune-Socken und die Gute-Laune-Stulpen findest du auf dem YouTubekanal »Der kleine Strickladen«.

https://www.youtube.com/c/DerkleineStrickladen
Die schriftliche Anleitung der Gute-Laune-Socken ist im
Anhang des Cozycrimes »Tod im Stroh«, HarperCollins
Verlag, zu finden.

Locker gezackt – Symmetrisches Dreieckstuch

GRÖSSE (gebadet und gespannt)
250 cm lang und 75 cm breit (breiteste Stelle)

MATERIAL
- Schachenmayr, Pyramid Cotton (LL 50 g / 175 m) in Farbe 1: marine 00050 (Moos 00071), Farbe 2: türkis 00065 (Flieder 00047), Farbe 3: natur 00002 (00001 weiß) je 100 g
- Rundstricknadel 3,0–3,5 mm, 60–80 cm lang 8 MM

Alternativ-MATERIAL
- KingCole, Cotton Socks (LL 100 g / 365 m) in Farbe 1: Cobald 4763, Farbe 2: Mauve 4767, Farbe 3: Azure 4764 je 100 g
- Rundstricknadel 3,5 mm–4,0 mm, 60–80 cm lang 8 MM

MASCHENPROBE

Ungebadet:

Glatt rechts mit Pyramid Cotton Nd 3,0–3,5 mm und mit Cotton Socks NS 3,5–4,0 mm sind 22 M und 33 R = 10 cm x 10 cm.

Gebadet:

Glatt rechts mit Pyramid Cotton Nd 3,0–3,5 mm und mit Cotton Socks NS 3,5–4,0 mm sind 16 M und 24 R = 10 cm x 10 cm.

Aufbau des Tuchs

Rand (erste Hälfte des Tuchs – 6 Abschnitte mit je 50 R)

40 R:

1. R: 3 Rdm (= 3 M rechts), Mittelteil je nach Muster, 1 kfb, 1 Rdm. (= Faden vor die Arbeit, M abh.)

2. R: 1 Rdm (= 1 M re), Mittelteil je nach Muster, 3 Rdm (= 1 M links, 2 M abh., Faden vor der Arbeit).

Diese 2 R werden ständig wiederholt.

Das heißt, immer rechts die 3 Rdm str und jeweils in der Hinr links die vorletzte M kfb und die letzte M Rdm.

10 R: Statt der vorletzten M kfb werden nun immer die zwei M vor der letzten M re zusammengestr.

Rand (Mitte des Tuchs – 2 Abschnitte mit je 50 Reihen)

Im ersten Abschnitt werden über 50 Reihen Zunahmen gestrickt und im zweiten Abschnitt über 50 Reihen Abnahmen.

Rand (zweite Hälfte des Tuchs – 6 Abschnitte mit je 50 Reihen)

Gegenläufig zur ersten Hälfte werden nun über 10 Reihen Zunahmen und über 40 Reihen Abnahmen gearbeitet.

Hinweis:

Das Lacemuster startet direkt nach den 3 RM. Die nicht mehr zum Lacemuster gehörenden Maschen links am Tuchrand werden glatt rechts gestrickt.

Tipp

MM zwischen den Rapporten erleichtern das Arbeiten.

Kraus rechts

In Hin- und Rückr rechte M str.

Glatt rechts

In Hinr rechte M, in Rückr linke M str.

Lace-Muster 1

| ○ | ◢ | 1

Legende:

◢ = 2 M rechts zusstr.

○ = Umschlag

Lace-Muster 2

Rückreihen li M

																29	1
																27	3
																25	5
																23	7
																21	9
																19	11
																17	13
																15	15
																13	17
																11	19
																9	21
																7	23
																5	25
																3	27
																1	29

16 15 14 13 12 11 10 9 8 7 6 5 4 3 2 1

Legende:

◩ = 2 M rechts zusstr.

◪ = 2 M rechts überzogen zusammenstricken: 1 Masche wie zum Rechtsstricken abheben, die nächste Masche rechts stricken und die abgehobene Masche überziehen

■ = 1 Masche rechts

○ = Umschlag

Rückreihen li M

Jetzt geht es los
Abschnitt 1 – kraus rechts
Farbe 1
5 M anschl.
Zum besseren Verständnis hier die ersten Reihen ausführlich.
1. R: 3 M re, 1 kfb, 1 Rdm (1 M abh)
2. R: 3 M re, 3 Rdm (1 M li, 2 M abh)
3. R: 4 M re, 1 kfb, 1 Rdm (1 M abh)
4. R: 4 M re, 3 Rdm (1 M li, 2 M abh)
usw.
Ende Abschnitt 1: 20 M
Abschnitt 2 – kraus rechts
Farbe 2
Ende Abschnitt 2: 35 M
Abschnitt 3 – kraus rechts, horizontal gestreift
Abwechselnd 2 R Farbe 2, 2 R Farbe 3
Ende Abschnitt 3: 50 M
Abschnitt 4 – glatt rechts, Muster 1 und 2
Achtung!
An den Wechsel von Zunahme zu Abnahme am linken Tuchrand denken!
Farbe 1
4 R: glatt re
2 R: *Muster 1* wdh., so oft es zur Maschenzahl passt
4 R: glatt re
30 R: 3 x Muster 2, restliche M glatt rechts
4 R: glatt re
2 R: *Muster 1* wdh., so oft es zur Maschenzahl passt
4 R: glatt re

Ende Abschnitt 4: 65 M

Abschnitt 5 – kraus rechts

Farbe 3

Ende Abschnitt 5: 80 M

Abschnitt 6 – glatt rechts, vertikal gestreift

1 M Farbe 1, 1 M Farbe 2

Hinweis

Die nach der ersten Reihe in Abschnitt 6 hinzukommenden Maschen in Farbe 1 stricken.

Ende Abschnitt 6: 95 M

Abschnitt 7 – glatt rechts, Muster 1 und 2

Achtung!

Abschnitt 7 nur Zunahmen am linken Tuchrand!

Farbe 2

4 R: glatt re

2 R: *Muster 1* wdh., so oft es zur Maschenzahl passt

4 R: glatt re

30 R: 6 x Muster 2, restliche M glatt rechts

4 R: glatt re

2 R: *Muster 1* wdh., so oft es zur Maschenzahl passt

4 R: glatt re

Ende Abschnitt 7: 120 M

Abschnitt 8 – glatt rechts, Muster 1 und 2

Achtung!

Ab Abschnitt 8 gegensätzlich arbeiten. Das heißt, in Abschnitt 8 nur Abnahmen am linken Tuchrand! Danach in jedem Abschnitt jeweils 10 R Zunahmen, 40 R Abnahmen. Und auch das Lacemuster von oben nach unten statt von unten nach oben stricken.

Farbe 1

4 R: glatt re

2 R: *Muster 1* wdh., so oft es zur Maschenzahl passt.

4 R: glatt re

30 R: 6 x Muster 2, restliche M glatt rechts

4 R: glatt re

2 R: *Muster 1* wdh., so oft es zur Maschenzahl passt.

4 R: glatt re

Ende Abschnitt 8: 95 M

Abschnitt 9 – kraus rechts, horizontal gestreift

Abwechselnd 2 R Farbe 1, 2 R Farbe 2

Ende Abschnitt 9: 80 M

Abschnitt 10 – kraus rechts

Farbe 3

Ende Abschnitt 10: 65 M

Abschnitt 11 – glatt rechts, Muster 1 und 2

Farbe 2

4 R: glatt re

2 R: *Muster 1* wdh., so oft es zur Maschenzahl passt.

4 R: glatt re

30 R: 3 x Muster 2, restliche M glatt rechts

4 R: glatt re

2 R: *Muster 1* wdh., so oft es zur Maschenzahl passt.

4 R: glatt re

Ende Abschnitt 10: 50 M

Abschnitt 12 – kraus rechts, horizontal gestreift

Abwechselnd 2 R Farbe 2, 2 R Farbe 3

Ende Abschnitt 9: 35 M

Abschnitt 13 – kraus rechts

Farbe 1

Ende Abschnitt 2: 20 M

Abschnitt 14 – kraus rechts

Farbe 2

Ende Abschnitt 2: 5 M

Die letzten 5 M abketten.

Fäden vernähen, Tuch baden und spannen und mit Freude tragen.